dtv

Eigentlich ist der Student aus Russland ein vielversprechender junger Mann, doch neigt er bisweilen zu seltsamen Wahnvorstellungen. Ist der gepflegte ältere Herr in dem Pariser Café wirklich der Bettler, dem er vor zwei Jahren ein Almosen gab? Die beiden freunden sich an, und der Student besucht Pawel Alexandrowitsch und dessen junge Geliebte fortan regelmäßig. Eines Abends überlegt er, ob es für seinen Freund nicht das Beste wäre, genau jetzt zu sterben, da er offenbar rundum glücklich ist. Am nächsten Tag wird der Freund ermordet aufgefunden. Und der einzige Zeuge, ein goldener Buddha, ist verschwunden …

Gaito Gasdanow, 1903 in St. Petersburg geboren und 1971 in München gestorben, gilt als einer der wichtigsten russischen Exilautoren des frühen 20. Jahrhunderts. Er wuchs in Sibirien und der Ukraine auf, nahm nach der Oktoberrevolution in General Wrangels Weißer Armee am Bürgerkrieg teil und gelangte schließlich 1923 nach Paris, wo er zunächst unter anderem in den Renault-Werken und als Taxifahrer arbeitete. Dort begann er auch, regelmäßig literarische und journalistische Texte zu veröffentlichen. Sein Werk umfasst mehrere Romane und zahlreiche Erzählungen.

Gaito Gasdanow

Die Rückkehr des Buddha

Roman

Aus dem Russischen übersetzt
und mit einem Nachwort versehen
von Rosemarie Tietze

dtv

Von Gaito Gasdanow sind bei dtv außerdem erschienen:
Das Phantom des Alexander Wolf (14335)
Ein Abend bei Claire (14409)

Ausführliche Informationen über
unsere Autoren und Bücher
www.dtv.de

2017 dtv Verlagsgesellschaft mbH & Co. KG, München
Lizenzausgabe mit Genehmigung des Carl Hanser Verlag

Die Originalausgabe erschien erstmals unter dem Titel
›Vozvraščenie Buddy‹ in der russischen Literaturzeitschrift
›Novyj Žurnal‹ in New York (Nr. 22, 1949, und Nr. 23, 1950)
Umschlaggestaltung: Wildes Blut, Atelier für Gestaltung,
Stephanie Weischer unter Verwendung des Fotos
›Colonne Morris Dans le Brouillard‹ (1933) von Brassai
(bridgemanart.com/Christie's Images)
Gesamtherstellung: Druckerei C.H.Beck, Nördlingen
(Satz nach einer Vorlage des Carl Hanser Verlag)
Gedruckt auf säurefreiem, chlorfrei gebleichtem Papier
Printed in Germany · ISBN 978-3-423-14583-1

Die Rückkehr des Buddha

Ich starb – lange habe ich nach Wörtern gesucht, mit denen ich es beschreiben könnte, um endlich einzusehen, dass keiner der Begriffe, die ich kannte und mit denen ich gewöhnlich operierte, es erfasst hätte, und das Wort, das mir noch am wenigsten ungenau erschien, gehörte nun mal in den Bereich des Todes – ich starb im Monat Juni, des Nachts, während eines der ersten Jahre meines Aufenthalts im Ausland. Ebenso unbegreiflich war allerdings, dass ich der einzige Mensch war, der von diesem Tod wusste, und sein einziger Zeuge. Ich sah mich im Gebirge; mit der absurden und unbedingten Notwendigkeit, wie sie typisch ist für Situationen, in denen die Überlegungen eines Menschen merkwürdigerweise keine Rolle mehr spielen, musste ich eine hohe und fast überhängende Felswand erklimmen. Hie und da sprossen aus der graubraunen Steinwand, unerfindlich wie, kleinere Dornensträucher, an einigen Stellen gab es sogar verdorrte Baumstämme und Wurzeln, die längs der Brüche und Risse im Stein senkrecht hinabkrochen. Unten, an der Stelle, von wo ich aufgestiegen war, zog sich ein schmaler Felsabsatz um die Wand, und noch weiter unten, da floss im düsteren Abgrund, unter fernem und dumpfem Tosen, ein Gebirgsbach. Lange schon kletterte ich aufwärts, tastete vorsichtig nach Vertiefungen im Stein und klammerte mich mit den Fingern bald an einem Strauch, bald an einer Baumwurzel, bald an einem scharfkantigen Vorsprung fest. Ich näherte mich allmählich einer kleinen Felsfläche, die mir von unten nicht sichtbar war, wo aber, wie ich merkwürdigerweise wusste, ein schmaler Pfad begann; und ich konnte mich nicht von dem bedrückenden und – wie alles, was da geschah – unverständlichen Vorgefühl freimachen, es wäre mir nicht mehr vergönnt, ihn zu sehen und noch einmal seinen engen Biegungen zu folgen, die sich unregelmäßig den Berg hinaufwanden und von Kiefernnadeln übersät waren. Später fiel mir ein, dass oben anscheinend jemand auf mich gewartet hatte, in dem ungeduldigen und brennenden Wunsch, mich zu sehen. Schließlich war ich fast ganz hinaufgestiegen, meine rechte Hand packte die Kante am Vorsprung der Felsfläche, in wenigen Augenblicken wäre ich schon dort, doch plötzlich brach unter meinen Fingern der harte Granit, und nun fiel ich mit unglaublicher Geschwindigkeit hinab, mein Körper prallte gegen den Fels, der vor meinen Augen aufwärts zu fliegen schien. Dann erfolgte ein heftiger, außerordentlich harter Stoß, wonach mir die Armmuskeln tödlich schmerzten, es verschlug mir den Atem – und ich hing, meine erstarrten Finger hielten sich krampfhaft am verdorrten Zweig eines toten Baumes fest, der sich irgendwann in einer waagrechten Felsspalte eingenistet hatte. Unter mir aber war Leere. Ich hing, blickte aus weit aufgerissenen, unbeweglichen Augen auf das kleine Stück Granit, das sich in meinem Blickfeld befand, und merkte, dass der Zweig sich unter meinem Gewicht langsam und sanft verschob. Eine durchsichtige kleine Eidechse tauchte für einen Moment oberhalb meiner Finger auf, ich sah deutlich ihren Kopf, ihre sich rasch hebenden und senkenden Flanken und ihren toten Blick, kalt und reglos, den Blick des Reptils. In einer kaum wahrnehmbaren, biegsamen Bewegung schoss sie aufwärts und verschwand. Dann hörte ich das satte Brummen einer Hummel, bald tiefer, bald höher und durchaus nicht frei von gewisser zudringlicher Melodik, so glich es einer dunklen Erinnerung des Gehörs, die sich demnächst klären müsste. Aber unter meinen Fingern senkte sich immer mehr der Zweig, immer tiefer durchdrang mich das Entsetzen. Und das ließ sich noch am allerwenigsten beschreiben; es überwog das Bewusstsein, dies seien die letzten Minuten meines Lebens, keine Macht der Welt könne mich noch retten, ich sei allein, vollkommen allein, und unten, in der schrecklichen Tiefe, die ich in all meinen Muskeln spürte, erwarte mich der Tod, und gegen ihn sei ich wehrlos. Nie hätte ich gedacht, dass diese Gefühle – Einsamkeit und Entsetzen – nicht nur seelisch, sondern buchstäblich auf der gesamten Körperoberfläche spürbar wären. Und obwohl ich noch am Leben war und meine Haut keinen einzigen Kratzer hatte, durchlief ich in überaus raschem Tempo, das nichts aufhalten, nicht einmal verlangsamen konnte, seelische Agonie, eiskalte Qual und unbesiegbaren Gram. Und erst in der allerletzten Sekunde oder im Bruchteil einer Sekunde empfand ich so etwas wie schmählich angenehme Erschöpfung, die seltsamerweise nicht zu trennen war von Qual und Gram. Und mir schien, wenn ich sämtliche Gefühle, die ich im Lauf meines Lebens empfunden hatte, zu einem Ganzen zusammenfassen könnte, so wäre die Macht dieser gebündelten Gefühle ein Nichts im Vergleich zu dem, was ich in diesen wenigen Minuten empfand. Aber das war mein letzter Gedanke: Der Zweig knackte und brach, und rings um mich wirbelten unerträglich rasch, wie in einem riesigen Schacht, Felsen, Sträucher und Vorsprünge, und schließlich, nach unendlich langer Zeit in der feuchten Luft, erschallte auf den Steinen am Bach der schwere Aufprall meines zerschellenden Körpers. Noch eine Sekunde lang stand mir, unaufhaltsam im Verschwinden begriffen, das Bild der steilen Felswand und des Gebirgsbachs vor Augen, dann war es weg, und nichts blieb zurück.

Solcherart war meine Erinnerung an den Tod, nach dem ich unbegreiflicherweise weiterlebte, einmal vorausgesetzt, ich sei trotz allem ich selbst geblieben. Davor hatte ich wie die meisten Menschen oft geträumt, ich fiele irgendwo hinab, und jedesmal war ich während des Fallens aufgewacht. Doch im Lauf des schwierigen Aufstiegs am Fels – sowohl als ich den kalten Augen der Eidechse begegnete, wie auch als der Zweig unter meinen Fingern brach – hatte ich das Bewusstsein, ich schliefe nicht. Folglich war anzunehmen, dass bei diesem eindeutigen und eigentlich prosaischen Unfall, dem überhaupt nichts Romantisches oder Phantomhaftes eignete, jemand doppelt zugegen war, als Zeuge und als Beteiligter. Diese Doppeltheit ließ sich im übrigen kaum wahrnehmen und verlor sich manchmal ganz. Nun aber, zurückgekehrt aus dem Nichts, hatte ich das Gefühl, erneut in der Welt zu sein, in der ich schon bisher eine derart fiktive Existenz geführt hatte; nicht dass diese Welt sich plötzlich verändert hätte, vielmehr wusste ich nicht, was im verworrenen und zufälligen Chaos der Erinnerungen, grundlosen Aufregungen, widersprüchlichen Empfindungen, der Gerüche, Gefühle und Visionen nun eigentlich die Konturen meines eigenen Seins bestimmte, was mir und was anderen zugehörte und worin die phantomhafte Bedeutung der sich ständig ändernden Verbindung der verschiedenen Elemente lag, deren unsinniges Zusammenspiel theoretisch mich ausmachte, da es mir Vornamen, Nachnamen, Nationalität, Ort und Tag meiner Geburt und meine Biographie verschafft hatte, somit eine lange Abfolge von Misserfolgen, Katastrophen und Verwandlungen. Es kam mir vor, als tauchte ich allmählich da wieder auf, wohin ich gar nicht hätte zurückkehren dürfen – und als hätte ich alles vergessen, was bisher gewesen war. Aber dies war kein Gedächtnisverlust im buchstäblichen Sinne; ich hatte bloß unwiederbringlich vergessen, was als wichtig und was als unbedeutend anzusehen war.

Nun spürte ich in allen Verhältnissen die ungewöhnliche Phantomhaftigkeit meines eigenen Lebens, sie war vielfältig und unausweichlich, ganz gleich, ob es um Vorhaben und Absichten ging oder um die unmittelbaren materiellen Existenzbedingungen, die sich im Lauf einiger Tage oder einiger Stunden völlig verändern konnten. Diesen Zustand hatte ich im übrigen schon früher gekannt, er war eines der Dinge, die ich nicht vergessen hatte. Die Welt bestand für mich aus Dingen und Empfindungen, die ich wiedererkannte, wie wenn ich sie vor langer Zeit schon einmal erlebt hätte und sie jetzt zu mir zurückkehrten, gleichsam aus einem in der Zeit verlorenen Traum. Und das sogar in Fällen, wenn ich wohl zum ersten Mal im Leben damit konfrontiert wurde. Geradezu als ob ich in einem riesigen und chaotischen Gemengsel verschiedenartigster Dinge wie tastend nach einem Weg suchte, den ich einst gegangen war, ohne zu wissen, wie und wann. Vielleicht ließen mich deshalb die meisten Ereignisse völlig gleichgültig, und nur seltene Augenblicke, wenn Dinge zufällig übereinstimmten oder es mir so vorkam, fesselten mit Macht meine Aufmerksamkeit. Zu bestimmen, wodurch sie sich von anderen unterschieden, wäre mir schwergefallen, ob durch eine unerklärliche Nuance oder einen zufälligen, mir sichtbaren Vorzug. Fast nie betrafen sie mein eigenes Schicksal oder meine persönlichen Interessen, meist waren es Visionen, die wer weiß woher auftauchten. Schon früher hatte es das in meinem Leben gegeben, dass ich jahrelang offenbar nicht mir selbst gehörte und an dem, was mit mir geschah, nur äußerlich und in geringem Maß Anteil nahm; ich war völlig gleichgültig gegenüber allem, was mich umgab, obwohl es stürmische Ereignisse waren, die manchmal Todesgefahr mit sich brachten. Davon wusste ich jedoch nur theoretisch und konnte kein echtes Verständnis dafür aufbringen, es hätte in meiner Seele wahrscheinlich Entsetzen ausgelöst und mich veranlasst, anders zu leben, als ich es tat. Wenn ich allein war und niemand mich hinderte, in eine endlose Folge unklarer Empfindungen, Visionen und Gedanken abzutauchen, kam es mir oft vor, als reichte mir nur nicht die Kraft für die eine, letzte Anspannung, um schlagartig, in einer einzigen, umfassenden und klar umrissenen Vorstellung, mich selbst zu finden und endlich den verborgenen Sinn meines gesamten Schicksals zu erkennen, das meinem Gedächtnis nach bisher als zufälliger Wechsel zufälliger Ereignisse verlaufen war. Aber das wollte mir nie gelingen, auch gelang es mir nie zu begreifen, wieso die oder jene Tatsache, die überhaupt keine Beziehung zu mir zu haben schien, für mich plötzlich eine ebenso unverständliche wie offensichtliche Bedeutung erlangte.

In meinem Leben begann nun ein neuer Zeitabschnitt.

Eine ganze Reihe ungewöhnlich starker Empfindungen, von denen viele mich in Wirklichkeit nie heimgesucht hatten, zogen durch mein Dasein: die Gluthitze wasserloser Gegenden und unerträglicher Durst, die kalten Wellen eines Nordmeers, die mich von allen Seiten umgaben und durch die ich stundenlang zu einem fernen, felsigen Ufer schwamm, die heiße Berührung eines braunen Frauenkörpers, den ich nie gekannt hatte. Manchmal befielen mich quälende körperliche Schmerzen, wie sie für unheilbare Krankheiten typisch sind, deren Beschreibung ich dann in medizinischen Büchern fand – Krankheiten, an denen ich nie gelitten hatte. Mehr als einmal war ich blind, oftmals war ich ein Krüppel, und eine der seltenen Empfindungen körperlichen Glücks, die ich erfuhr, war die Rückkehr des Bewusstseins und das Gefühl, ich sei vollkommen gesund und befände mich, dank einer unverständlichen Verkettung von Zufällen, jenseits dieser bedrückenden Zustände von Krankheit und Verstümmelung.

Aber gerade das erlebte ich ja längst nicht immer. Was mittlerweile ständig andauerte, war jene Eigentümlichkeit, derentwegen ich fast nicht mehr mir selbst gehörte. Kaum war ich allein, umgab mich augenblicklich, in unruhiger Bewegung, eine riesige Phantasiewelt, die mich unaufhaltsam mit sich fortriss und der ich kaum folgen konnte. Es war dies ein Chaos von Lauten und Bildern, zusammengesetzt aus unzähligen unterschiedlichen Dingen; manchmal war es ferne Marschmusik, auf allen Seiten von hohen Steinmauern umfasst, manchmal war es die lautlose Bewegung einer endlosen, von mittelhohen Bergen zerteilten grünen Landschaft, die sich seltsam wellenartig vor mir aufstaute, manchmal war es der ferne Vorort einer holländischen Stadt, dort standen, wer weiß woher aufgetaucht, Steintröge, in die gleichmäßig plätschernd Wasser floss; und wie um diesen offenkundigen Verstoß gegen die holländische Realität noch zuzuspitzen, näherten sich hintereinander Frauen mit Krügen auf dem Kopf. Irgendeine innere Logik hatte das nie, das ständig bewegte Chaos barg nicht einmal entfernt die Möglichkeit einer harmonischen Struktur. Dementsprechend geriet zu jenen Zeitabschnitten, die ständig vom Chaos geprägt waren, mein Seelenleben in einen ebenso unsicheren und schwankenden Zustand. Ich konnte mir der Dauer des oder jenen Gefühls nicht sicher sein, ich wusste nicht, wovon es morgen oder in einer Woche abgelöst würde. Und wie mich in den ersten Büchern, die ich las, als ich das Alphabet gelernt hatte, sehr verwunderte, dass die Menschen da in durchaus vollständigen Sätzen sprachen, mit Subjekt und Prädikat in klassischer Anordnung und mit einem Punkt am Ende, während doch, wie mir schien, in Wirklichkeit das niemand je machte, ebenso kam es mir jetzt fast unverständlich vor, dass der oder jener Mensch Buchhalter oder Minister, Arbeiter oder Bischof sein konnte und zudem noch der festen Überzeugung, gerade dies sei wichtiger und beständiger als alles sonst, als ob Bischofsrock und Arbeiterjoppe auf geheimnisvolle und genaue Weise der wahren Bestimmung und Berufung derer entsprächen, die sie trugen. Ich wusste natürlich, dass zur gegebenen Zeit und unter den gegebenen Verhältnissen ein Arbeiter genausowenig Bischof werden wie ein Bischof sich in einen Arbeiter verwandeln konnte, und dass sich das meist so lange fortsetzte, bis der Tod sie in unerbittlicher Entpersönlichung gleichmachte. Aber ich spürte auch, dass die Welt, in der es dem einen beschieden war, so zu sein, dem anderen, anders zu sein, sich plötzlich als fiktiv und phantomhaft erweisen könnte, dann würde sich alles erneut bis zur Unkenntlichkeit verändern. Anders gesagt – worin mein Leben ablief, da fehlten mir die scharf abgegrenzten und in gewissem Sinn endgültigen Konturen, es hatte nichts Beständiges, die Dinge und Begriffe, die es ausmachten, konnten Form und Inhalt verändern wie die unbegreiflichen Wandlungen eines endlosen Traums. Und jeden Morgen, wenn ich aufwachte, schaute ich verwirrt und verwundert auf die immer gleichen Tapetenmuster an den Wänden in meinem Hotelzimmer, die mir jedesmal anders zu sein schienen als am Vorabend, denn vom gestrigen Tag auf den heutigen waren so viele Veränderungen eingetreten, und ich wusste, ohne darüber nachzudenken, dass auch ich mich verändert hatte, fortgerissen von der unmerklichen und unaufhaltsamen Bewegung. Ich lebte damals in einer fast realitätsfernen Welt und fand darin nie jene Logik der Gedanken oder Dinge, die einigen meiner früheren Lehrer als etwas Unerlässliches und Endgültiges erschienen war, als ein grundlegendes Gesetz jeder willkürlichen Evolution und jeder menschlichen Existenz.

Und in ebendiesen unsicheren und fernen Zeiten begegnete ich einem Menschen, der wie mit Absicht aus dem Nichts geholt worden war, um gerade in jenem Lebensabschnitt vor mir aufzutauchen. Eigentlich war es kein Mensch, es war eine ins Unkenntliche verzerrte Erinnerung an jemanden, der einst existiert hatte. Es gab ihn nicht mehr, er war verschwunden, aber nicht spurlos, denn von ihm war noch übrig, was ich erblickte, als er das erste Mal auf mich zutrat und sagte:

»Excusez-moi de vous déranger. Vous ne pourriez pas m'avancer un peu d'argent?«[1]

Sein Gesicht war dunkel, von rot-grauen Bartstoppeln dicht bedeckt, die Augen waren verquollen und die Lider schlaff; er trug einen zerrissenen schwarzen Hut, ein langes Sakko, das einem kurzen Mantel, oder einen kurzen Mantel, der einem sehr langen Sakko glich, die Farbe dunkelgrau, dazu weißlich-schwarze, an vielen Stellen aufgeplatzte Halbschuhe und hellbraune, von zahllosen Flecken bedeckte Hosen. Seine Augen schauten allerdings ruhig und klar geradeaus. Besonders frappierte mich jedoch seine Stimme, die überhaupt nicht seiner äußeren Erscheinung entsprach, eine gleichmäßige und tiefe Stimme, in der erstaunliche Selbstsicherheit mitschwang. Unüberhörbar lag darin der lautliche Reflex einer anderen Welt als der, zu der dieser Mann offensichtlich gehörte. Kein Vagabund oder Bettler hätte mit solch einer Stimme sprechen dürfen, er hätte weder das Recht noch die Möglichkeit dazu gehabt. Und wenn ich eines unwiderlegbaren Beweises bedurft hätte, dass dieser Mann eine lebendige Erinnerung an einen anderen, verschwundenen darstellte, wären diese Stimmschwingungen in ihrer überraschenden Lautlichkeit überzeugender gewesen als sämtliche biographischen Angaben. Das veranlasste mich sofort, ihm mehr Aufmerksamkeit zu schenken, als ich einem gewöhnlichen Pennbruder, der mich um ein Almosen anging, zugewandt hätte. Der zweite Umstand, der mich aufhorchen ließ, war das unnatürlich korrekte Französisch, das er sprach.

1 Entschuldigen Sie die Störung. Könnten Sie mir nicht ein wenig Geld vorstrecken?

Ereignet hatte sich das Ende April im Jardin du Luxembourg; ich saß auf einer Bank und las Karamsins Reisenotizen. Er warf einen Blick auf das Buch und sprach nun Russisch, ein sehr reines und korrektes Russisch, allerdings überwogen leicht archaische Wendungen: »hielte es für meine Pflicht«, »wenn Sie zu berücksichtigen geruhten«. Innerhalb kürzester Zeit hatte er mir einiges über sich mitgeteilt, was mir nicht weniger phantastisch erschien als sein Aussehen; darin figurierten das nebelverhangene Gebäude der Petersburger Universität, die er einst abgeschlossen habe, die Historisch-philologische Fakultät und irgendwelche ungenauen und verklausulierten Anspielungen auf riesigen Reichtum, den er – sei es verloren, sei es zu erhalten habe.

Ich holte zehn Franken hervor und reichte sie ihm. Er verneigte sich, wahrte dabei den Ausdruck ideal deplazierter Würde, und den Hut zog er in derart wellenförmigen Bewegungen, wie ich sie noch bei niemandem gesehen hatte. Dann ging er ruhigen Schrittes davon, vorsichtig setzte er die Füße in den zerrissenen Schuhen auf. Doch selbst an seinem Rücken war nichts von dem verschreckten Auf-der-Hut-Sein oder dem körperlichen Bankrott, die für Menschen dieser Kategorie typisch sind. Er entfernte sich langsam; die Aprilsonne neigte sich schon, und meine Phantasie – wie eine schlechte Uhr ging sie ein paar Minuten vor – ließ entlang des Gitters am Jardin du Luxembourg bereits jenes Dämmerlicht aufkommen, das ein wenig später anbrechen sollte und zu der Zeit noch gar nicht herrschte. Und mir prägte sich die Figur des Bettlers in dieser Dämmerung ein, die noch nicht angebrochen war. Die Figur bewegte sich und entschwand in der milchigen

Weichheit des vergehenden Tages, und in dieser Erscheinung, schwankend und phantomhaft, erinnerte sie mich an Gestalten meiner Phantasie. Später, als ich nach Hause zurückgekehrt war, fiel mir ein, dass ich eine solche Beleuchtung, wenn der soeben verschwundene Sonnenstrahl noch zu spüren ist, weil er in dieser Luft die kaum fassbare, aber unbezweifelbare Spur seiner langsamen Auflösung hinterlassen hat – eine solche Beleuchtung hatte ich auf einigen Bildern gesehen, insbesondere auf einem Gemälde von Correggio, das ich in meinem Gedächtnis allerdings nicht rekonstruieren konnte.

Die Anspannung des Gedächtnisses ging, für mich selbst unmerklich, in etwas anderes über, woran ich nicht weniger gewöhnt war und was sich in letzter Zeit noch verstärkt hatte – in jene unaufhörliche Abfolge von Visionen, die mich verfolgten. Bald sah ich eine Frau in hochgeschlossenem schwarzem Kleid, die schweren Schrittes die enge Straße einer mittelalterlichen Stadt entlangging, bald einen beleibten Mann mit europäischem Anzug und Brille, der, verstört und unglücklich, etwas suchte, das er nicht finden konnte, bald einen hochgewachsenen Greis, der über einen staubigen, sich schlängelnden Weg wanderte, bald die weit aufgerissenen und entsetzensstarren Augen in einem Frauengesicht, das ich seltsamerweise längst und gut kannte. Zur gleichen Zeit empfand ich bedrückende, fremde Gefühle, und diese vermengten sich mit persönlichen Empfindungen, die mit dem oder jenem Ereignis in meinem Leben zusammenhingen. Auch fiel mir auf, dass durch bestimmte Ursachen hervorgerufene Seelenzustände weiterhin existierten, selbst nachdem die Ursachen bereits verschwunden waren, und ich fragte mich, was wohl vorausgegangen war – die Ursachen dem Gefühl oder das Gefühl den Ursachen; und wenn das Gefühl, veranlasste es dann nicht in manchen Fällen etwas Wesentliches und Nichtwiedergutzumachendes, etwas, das in jene materielle Welt gehörte, über die, sollte man meinen, nur die Gesetze der Schwerkraft und der Zahlenverhältnisse Macht haben? Noch eine andere Frage tauchte beständig vor mir auf: Was verband mich mit diesen Menschen meiner Phantasie, die ich mir niemals ausdachte und die ebenso unvermittelt erschienen wie derjenige, der vom Felsen gestürzt und in dem ich unlängst gestorben war, wie diese Frau in Schwarz, wie alle, die mich zweifellos noch erwarteten, beharrlich darauf versessen, sich für kurze Zeit als Phantom in mir zu verkörpern? Keiner von ihnen glich den anderen, sie waren nicht zu verwechseln. Was verband mich mit ihnen? Vererbungsgesetze, deren Linien mich in solch bizarren Mustern umwucherten, jemandes vergessene Erinnerungen, die, unerfindlich weshalb, gerade in mir zum Leben erwachten, oder auch, dass ich Teil des ungeheuer zahlreichen Menschenkollektivs war und dass von Zeit zu Zeit die undurchdringliche Hülle, die mich von den anderen trennte und die meine Individualität umschloss, plötzlich ihre Undurchdringlichkeit verlor und ungeordnet etwas hereinbrach, das nicht zu mir gehörte – wie Wellen mit Wucht in eine Felsspalte eindringen? Ich konnte niemandem davon erzählen, wusste ich doch, es würde als Fieberphantasie oder eine besondere Form der Geisteskrankheit aufgefasst werden. Aber es war weder das eine noch das andere. Ich war ideal gesund, alle Muskeln meines Körpers funktionierten mit automatischer Präzision, keine Veranstaltung an der Universität kam mir schwierig vor, meine logischen und analytischen Fähigkeiten waren normal. Ich kannte keine Ohnmachten, kannte fast keine körperliche Müdigkeit, ich war gleichsam geschaffen für die echte und reale Welt. Zugleich folgte mir unentwegt und allenthalben eine andere, eine Phantomwelt, und fast täglich, manchmal im Zimmer, manchmal auf der Straße, im Wald oder im Park, hörte ich zu existieren auf, ich als der so und so geartete Mensch, geboren an dem und dem Ort, in dem und dem Jahr, der das Gymnasium vor einigen Jahren abgeschlossen hatte und nun an der und der Universität Vorlesungen hörte – und an meiner Statt tauchte mit gebieterischer Unausweichlichkeit immer wieder jemand anderes auf. Diesen Wandlungen gingen meist qualvolle körperliche Empfindungen voraus, die manchmal meine gesamte Körperoberfläche erfassten.

Ich erinnere mich, wie ich eines Nachts erwacht war und auf meinem Gesicht deutlich die Berührung meiner langen und fettigen, unangenehm riechenden Haare fühlte, wie ich meine welken Wangen spürte und wie meine Zunge – eine unverständlicherweise gewohnte Empfindung – Löcher fand an Stellen, wo Zähne fehlten. Der Eindruck, ich sähe das von außen, und der drückende Geruch, den ich zunächst wahrgenommen hatte, waren im nächsten Moment jedoch verschwunden. Wie ein Mensch, der allmählich Gegenstände unterscheidet im Dämmerlicht – welches im übrigen für den Beginn fast jeder meiner Visionen typisch war –, erkannte ich, was für einer erbärmlichen Verkörperung ich diesmal zum Opfer gefallen war. Ich erblickte mich als alte Frau mit schlaffem und müdem, ungesund weißem Leib. Ein stickiges Zimmer, durch ein kleines, auf den engen und dunklen Hof hinausgehendes Fenster strömte in warmen Sommerwellen der drückende Gestank eines Elendsviertels herein, und da lag, auf grauweißem, schweißfeuchtem Leintuch, dieser hinfällige Leib, dessen lange und schwere Brüste seitlich herabhingen und dessen Bauch mit einer Fettfalte den Ansatz ebenso dicker, in schwarzgeränderten Zehennägeln endender Beine überdeckte. Daneben schlief in schwerem Schlaf, den Kopf mit den starren schwarzen Kräusellocken zurückgeworfen und die weißen Zähne wie ein Hund gefletscht, ein Araber, ein Jüngelchen, dessen Rücken und Schultern von Pickeln übersät waren.

Die Gestalt dieser alten Frau beschäftigte meine Phantasie allerdings nicht lange, sie verlor sich nach und nach im Halbdunkel – und ich fand mich auf meinem schmalen Bett wieder, in meinem Zimmer mit dem hohen Fenster über der stillen Straße des Quartier Latin. Morgens, als ich erwachte und dann erneut die Augen schloss, sah ich, diesmal eindeutig von außen, dass der Araber nicht mehr im Zimmer war, und auf dem Bett war nur der Leichnam der Alten zurückgeblieben und geronnenes Blut von einer schrecklichen Wunde am Hals. Danach erblickte ich sie nie wieder, sie blieb für immer verschwunden. Zweifellos war diese Empfindung die ekelhafteste, die mich zeit meines Lebens heimgesucht hat, die Empfindung dieses alten Leibs, fett und welk und die Muskeln qualvoll bankrott.

Seit dem Tag, als ich im Jardin du Luxembourg erstmals dem älteren russischen Bettler begegnet war und dieser sich so deutlich und unbeweglich meinem Gedächtnis eingeprägt hatte: der zerrissene schwarze Hut, die Bartstoppeln im Gesicht, die sich auflösenden Halbschuhe und dieser erstaunliche Mantel, oder war es doch eher ein

Sakko? – seither waren rund zwei Jahre vergangen. Langwierige, fast endlose Lebensjahre waren das gewesen, durchsetzt von den stummen Schwärmen der Fiebervisionen, in denen wer weiß wohin führende Korridore, engen Abgründen gleichende Brunnenschächte oder exotische Bäume auf den fernen Küstenstrich eines südlichen Meeres trafen, auf schwarze, im Traum fließende Flüsse und auf die verschiedensten Menschen, eine nie abreißende Folge, mal Männer, mal Frauen, wobei der Sinn ihres Auftauchens sich nach wie vor meinem Verständnis entzog, doch von meinem eigenen Dasein waren sie nicht abzutrennen. Fast täglich überkam mich diese abgehobene Seelenmüdigkeit, Ergebnis einer vielfältigen und nicht weichenden Geistesstörung, die merkwürdigerweise weder meine Gesundheit noch meine Fähigkeiten beeinträchtigte und mich nicht davon abhielt, rechtzeitig das nächste Examen abzulegen oder die Abfolge der Universitätsvorlesungen im Gedächtnis zu behalten. Manchmal versiegte der lautlose Strom plötzlich, ohne dass mich etwas darauf hingewiesen hätte, es würde in Kürze geschehen; dann lebte ich sorglos und gedankenlos, sog lustvoll die feuchte Winterluft der Pariser Straßen ein und genoss mit animalischer Lust den Geschmack des Fleisches, das ich im Restaurant aß und dessen saftige Stücke meine Zähne gierig zerrissen.

An einem solchen Tag saß ich in einem großen Café am Boulevard Montparnasse, trank Kaffee und las Zeitung. Hinter mir sagte eine selbstsichere Männerstimme, dem resümierenden Tonfall nach offenbar als Abschluss eines Satzgefüges, das ich nicht gehört hatte:

»Und glauben Sie mir, ich habe genügend Lebenserfahrung, um das zu behaupten.«

Ich wandte mich um. Mir war, als hätte ich im Klang dieser Stimme etwas Bekanntes aufgefangen. Aber der Mann, den ich erblickte, war mir völlig unbekannt. Raschen Blickes musterte ich ihn; er trug einen soliden Mantel, einen gestärkten Kragen, eine dunkelrote Krawatte und einen blauen Anzug, am Handgelenk eine goldene Armbanduhr. Eine Brille hatte er auf, vor ihm lag ein Buch. Neben ihm saß eine vielleicht dreißigjährige Blondine, eine Malerin, die ich ein paarmal bei Bekannten getroffen hatte; sie rauchte eine Zigarette und schien ihm unaufmerksam zuzuhören. Dann schlug er das Buch zu, nahm die Brille ab – wahrscheinlich war er weitsichtig –, und ich erblickte seine Augen. Da erkannte ich, und mochte mir selbst nicht glauben, den Mann, dem ich im Jardin du Luxembourg zehn Franken gegeben hatte. Aber nur an den Augen und der Stimme konnte ich ihn erkennen, denn ansonsten gab es zwischen dem Herrn im Café und dem Pennbruder, der vor zwei Jahren auf mich zugetreten war und um Geld gebeten hatte, nicht die mindeste Gemeinsamkeit. Ich hätte nie gedacht, dass Kleidung einen Menschen so verändern kann. An seiner Wandlung war etwas Unnatürliches und Unglaubhaftes. Eine Art Rückwärtsbewegung der Zeit, die vollkommen phantastisch erschien. Vor zwei Jahren hatte dieser Mensch nur noch als Erinnerung existiert, jetzt war die Erinnerung auf fast wundersame Weise zu demjenigen zurückgekehrt, der ihr einst vorausgegangen war und dessen Verschwinden unumkehrbar hätte sein müssen. Ich konnte mich nicht fassen vor aufrichtigem Erstaunen.

Die Malerin stand auf und ging, im Weggehen winkte sie mir zu, gleichermaßen zur Begrüßung wie zum Abschied. Darauf trat ich an sein Tischchen und sagte:

»Verzeihen Sie, aber ich glaube, ich hatte das Vergnügen, Ihnen schon einmal begegnet zu sein.«

»Nehmen Sie doch bitte Platz«, erwiderte er mit ruhiger Höflichkeit. »Das macht Ihrem Gedächtnis Ehre. Von allen Leuten, die ich in früherer Zeit kannte, sind Sie der erste, der mich erkennt. Sie sagen, wir seien einander begegnet? Völlig richtig. Es war in jener Zeit, als ich im Elendsviertel gelebt habe, in der Rue Simon le Franc.«

Seine Hand machte eine unbestimmte Geste.

»Sie wüssten gerne, was mit mir geschehen ist? Nun gut, fangen wir damit an, dass es Wunder auf der Welt nicht gibt.«

»Noch vor einigen Minuten dachte ich genauso wie Sie. Jetzt beginne ich daran zu zweifeln.«

»Zu Unrecht«, sagte er. »Nichts ist unsicherer als der äußere Aspekt der Dinge. Darauf Behauptungen aufbauen kann man nur, wenn man von vornherein zulässt, bei totaler Willkür zu landen. In fünf Minuten werden Ihnen die Gründe für meine Metamorphose vollkommen natürlich erscheinen.«

Er stützte die Ellbogen auf das Tischchen.

»Ich weiß nicht mehr, ob ich Ihnen seinerzeit gesagt habe ...«

Und er erzählte mir, was sich mit ihm ereignet hatte, und daran war tatsächlich nichts Wundersames. In einem der baltischen Staaten – er sagte nicht, in welchem – hatte sein älterer Bruder gelebt, der sich über die Revolution hinaus ein beträchtliches Vermögen erhalten hatte. Nach den Worten meines Gesprächspartners war er ein hartherziger und geiziger Mensch, der heftig und aus Prinzip alle Leute hasste, die sich mit der Bitte um Geld an ihn wandten oder hätten wenden können. Er war alleinstehend und hatte keine Erben. Vor einiger Zeit ertrank er beim Baden im Meer, und die Erbschaft fiel seinem Bruder zu, den ein Anwalt in Paris ausfindig machte, in der Rue Simon le Franc. Nach Erledigung der Formalitäten erhielt er ein Vermögen im Wert von vielen Hunderttausend Franken. Daraufhin mietete er sich eine Wohnung in der Rue Molitor und lebte dort jetzt allein, und seine Zeit verbrachte er, wie er sagte, mit Lektüre und angenehmem Müßiggang. Er lud mich ein, ihn einmal zu besuchen, ohne Voranmeldung, zu der und der Tageszeit. Wenn ich ihn ganz sicher zu Hause antreffen wolle, könnte ich ja vorher telephonieren. Damit trennten wir uns. Ich blieb noch im Café, er ging, und wieder, wie vor zwei Jahren, schaute ich ihm nach. Es war ein kalter Apriltag, anders als seinerzeit. Er schritt durch den breiten Gang zwischen den Tischchen, und mit seinem straffsitzenden neuen Mantel und dem neuen Hut entschwand er langsam im weichen elektrischen Licht, und jetzt konnte die Sicherheit seiner Schritte niemandem mehr deplaziert erscheinen, nicht einmal mir, den sie bei unserer ersten Begegnung so frappiert hatte.

Allein geblieben, hing ich meinen Gedanken nach, erst frei sinnierend; dann tauchten im formlosen Gedankenstrom allmählich festere Umrisse auf, und ich entsann mich mehr und mehr der Zeit vor zwei Jahren. Jetzt war es kalt, damals war es warm gewesen, und damals blieb ich genauso auf der Bank im Jardin du Luxembourg sitzen wie jetzt im Café, nachdem der Mann gegangen war. Damals aber hatte ich Karamsin gelesen, die gelesene Seite sofort vergessen und war zu meinen Gedanken über die Besonderheiten des neunzehnten Jahrhunderts und dessen heftigem Gegensatz zum zwanzigsten zurückgekehrt. Sogar über den Unterschied der politischen Regime dachte ich nach – ein Gedanke, der mich eigentlich höchst selten beschäftigte –, und mir schien, als hätte das neunzehnte Jahrhundert nicht die barbarischen und gewaltsamen Formen der Staatlichkeit gekannt, die für die Geschichte einiger Länder im zwanzigsten Jahrhundert typisch waren. Ich entsann mich Durkheims Theorie des sozialen Zwangs, der *contrainte sociale*, und erneut wechselte ich von den Universitätsvorlesungen zu Überlegungen allgemeineren und strittigeren Charakters. Die Dummheit staatlicher Gewalt, dachte ich, dürfte für die Zeitgenossen stets viel augenfälliger sein als für die sogenannten künftigen Historiker, denen gerade die persönliche Bedrängnis durch diese Unterjochung samt der deutlichen Einsicht in ihre Absurdität unverständlich sein muss. Staatliche Ethik, dachte ich außerdem, so sie bis zu ihrem logischen Paroxysmus, dem Kulminationspunkt eines kollektiven Wahns, gesteigert wird, führe unweigerlich zu einer fast kriminellen Konzeption der Macht, und in solchen Geschichtsepochen sei die Macht tatsächlich in der Hand von unwissenden Kriminellen und Fanatikern, Tyrannen und Verrückten; manchmal endet ihr Leben am Galgen oder unter der Guillotine, manchmal sterben sie eines natürlichen Todes, und ihren Sarg begleiten die stummen Verfluchungen derjenigen, denen das Unglück und die Schande widerfahren ist, ihre Untertanen zu sein. Auch an den Großinquisitor und das tragische Schicksal seines Verfassers dachte ich, auch daran, dass persönliche Freiheit, sogar wenn sie illusorisch ist, sich im Grunde als ein negativer Wert erweisen kann, dessen Sinn und Bedeutung oft unbekannt bleiben, weil darin, bei extrem instabilem Gleichgewicht, die Anfänge entgegengesetzter Bewegungen beschlossen sind.

Jetzt aber lagen mir diese Gedanken fern, sie kamen mir düster und unbedeutend vor, verglichen mit den egoistischen Überlegungen zu meinem persönlichen Schicksal, dessen phantomhafte Vagheit mich unablässig beschäftigte, um so mehr, als meine heutige Begegnung mit dem Ende des glücklichen Lebensabschnitts zusammenfiel, in dem ich mich gerade befand und dessen Seligkeit – ein anderes Wort konnte ich nicht finden – darin bestand, dass ich in diesen Wochen gelebt hatte, ohne zu träumen und ohne nachzudenken.

Schon am Tag davor hatte mich verworrene Unruhe gepackt, wie immer grundlos und deshalb besonders bedrückend. Sie verstärkte sich am Tag danach und verließ mich dann nicht mehr. Mir war nun, als drohte mir Gefahr, eine ebenso unbestimmte wie unverständliche. Wäre ich nicht längst an die Beharrlichkeit der Phantomwelt, die mir so unentwegt folgte, gewöhnt gewesen, hätte ich vielleicht befürchtet, ich bekäme Verfolgungswahn. Aber die Besonderheit meiner Situation lag ja eben darin, dass ich im Unterschied zu Menschen, die von echtem Wahnsinn befallen und deshalb fest überzeugt sind, es verfolge sie tatsächlich jemand Unsichtbares und Unfassbares, der über unzählige Agenten verfügt – den Schaffner im Bus, die Wäscherin, einen Polizisten, einen unbekannten Herrn mit Hut und Brille –, durchaus wusste, meine Erregung lasse sich voll und ganz mit einem willkürlichen Sprung der Einbildung erklären. Ich wusste, wenn ich so lebte, wie ich es tat, also fast ohne über persönliche Mittel zu verfügen, ohne mit irgendeiner politischen Organisation verbunden zu sein, ohne mich auf irgendeine Weise gesellschaftlich zu engagieren und überhaupt ohne mich irgendwie von der anonymen, Millionen zählenden Masse der Pariser Bevölkerung abzuheben, konnte ich kein Verfolgungsziel sein, ganz gleich von wem. Es gab keinen einzigen Menschen auf der Welt, für den mein Leben von irgendwelchem Interesse wäre, es gab niemanden, der mich hätte beneiden können. Ich begriff nur zu gut, dass meine verworrene Erregung vollkommen gegenstandslos war und dass es einen Grund dafür nicht gab, gar nicht geben konnte. Aber unerklärlicherweise spürte ich sie weiterhin, und wie offenbar unbegründet sie auch war, ich konnte mich nicht aus diesem Zustand befreien. Im Gegensatz zu Paranoikern, deren Aufmerksamkeit bis zum Äußersten gespannt zu sein pflegt und denen von allem, was rings um sie geschieht und worin sie beharrlich den sie verfolgenden Feind vermuten, nicht das kleinste Detail entgeht, lebte ich und bewegte ich mich, als wäre ich von leichtem Nebel umfangen, der Gegenständen und Menschen die festen Konturen nahm.

Mit dieser Empfindung einer gestaltlosen Erregung und einer Vorahnung schlief ich ein und wachte ich wieder auf. So vergingen die Tage, und das setzte sich fort bis zu dem Moment, als ich, es war in der Dämmerung eines Pariser Abends, ziellos durch die Straßen eines mir unbekannten Stadtteils streifte und in eine schmale Passage zwischen den Häusern einbog. Es war schon fast dunkel. Die Passage erwies sich als erstaunlich lang, und als ich ihr Ende erreichte, stand ich vor einer massiven Wand, von dort schwenkte der Weg in scharfer Biegung nach links. Ich begab mich in Richtung Ausgang, der sich meiner Schätzung zufolge irgendwo in der Nähe befinden musste. Nach der Biegung war es noch dunkler. Ich ging zwischen zwei Wänden entlang, und an der einen nahm ich von Zeit zu Zeit undeutlich Nischen wahr, deren Bestimmung mir rätselhaft erschien. So legte ich einige Dutzend Meter in trüber Finsternis zurück, darüber stand ein sternloser Himmel; es herrschte vollkommene Stille, unterbrochen nur vom Geräusch meiner Schritte auf dem unebenen Straßenpflaster. Und plötzlich, als ich auf der Höhe einer der Nischen war, die ich schon am Anfang dieser Passage bemerkt hatte, kam von dort, unglaublich schnell und vollkommen lautlos, jemandes schwarzer Schatten angestürmt, und für einen Sekundenbruchteil empfand ich jenes tödliche Entsetzen, auf das ich durch meinen unaufhörlichen, tagelangen Erregungszustand längst vorbereitet war. Dann spürte ich an meinem Hals die zupackenden Finger des Menschen, der sich so überraschend und unerklärlich auf mich gestürzt hatte. Wie merkwürdig es auch scheinen mag, doch von dem Moment an empfand ich sowohl die abstrakte Erregung wie das unmittelbare Entsetzen nicht mehr. Dafür blieb mir auch gar keine Zeit. Was da geschah, hatte bereits etwas Reales und Unbezweifelbares, es war Wirklichkeit, keine unabwendbare Abstraktion. In einer instinktiven Bewegung spannte ich die Halsmuskeln. Am ungestümen Klammergriff der Finger, die meine Kehle umschlossen, war zu erkennen, dass sie einem erwachsenen, starken Mann gehörten, der obendrein die Überraschung des Überfalls für sich verbuchen konnte. Zugleich aber war mir klar, dass trotz seiner scheinbaren Überlegenheit und meiner verzweifelten eigenen Lage der Vorteil letztlich bei mir liegen musste. Das hatte ich gleich im ersten Augenblick begriffen; ich hatte mich lange Zeit mit verschiedenen Sportarten abgegeben, besonders dem Ringen, so war für mich unschwer festzustellen, dass der Angreifer davon keine Ahnung hatte und sich nur auf seine Körperkraft verlassen konnte. Bestimmt erwartete er, ich würde ihn an den Händen packen und sie von meinem Hals wegzureißen suchen – die natürliche und meist nutzlose Verteidigung eines untrainierten Menschen. Ich aber tastete, schon halb am Ersticken, im Dunkeln nach seinen kleinen Fingern, dann bog ich sie in einer heftigen Bewegung beider Hände gleichzeitig um, dabei brach ich ihm die Endgelenke. Sogleich ächzte und stöhnte er, und ich konnte wieder ungewohnt leicht atmen, nachdem er meine Kehle losgelassen hatte. Jetzt krümmte er sich stumm vor mir im Dunkeln, und normalerweise hätte das wohl mein Mitleid geweckt. Aber nun befiel mich plötzlich eine rasende Wut, als ob dieser Unbekannte die Ursache jenes langanhaltenden Erregungszustands verkörperte, den ich die ganze Zeit empfunden hatte, als ob gerade er daran schuld wäre. Ich stieß ihn gegen die eine Schulter, zog die andere zugleich zu mir her, und als er, da er noch nicht begriff, mir den Rücken zudrehte, packte ich mit dem rechten, fast im rechten Winkel abgeknickten Arm seinen Hals. Mit den Fingern der linken Hand umklammerte ich die rechte und zog diese tödliche Schlinge immer weiter zu, ohne sie für eine Sekunde zu lockern. Kurzum, ich tat, was er hätte tun müssen, falls er mich ersticken wollte, und was er nicht getan hatte, womit er sein Todesurteil unterschrieb. Er bäumte sich ein paarmal auf, aber ich wusste, dass seine Lage hoffnungslos war. Als dann jeglicher Widerstand endete, löste ich die Hände, und seine Leiche fiel schwer und weich vor meinen Füßen nieder. Es war so finster, dass ich sein Gesicht gar nicht recht betrachten konnte, ich bemerkte nur, dass er einen kleinen Schnurrbart und schwarzes Kraushaar hatte.

Ich lauschte. Nach wie vor herrschte rings um mich vollkommene Stille, und als ich den ersten Schritt tat, kam mir dessen Geräusch beunruhigend laut vor. Ohne mich umzuwenden, ging ich weiter. In der Ferne zeigte sich endlich ein vages Licht, anscheinend von einer Straßenlaterne, und ich atmete befreit auf. Aber in dem Moment, als ich den Ausgang aus dieser Falle fast schon erreicht hatte, traf mich mit außerordentlicher Stärke ein Schlag auf den Kopf, und ich verlor das Bewusstsein.

In meiner Ohnmacht hatte ich vage den Eindruck, als würde ich irgendwo hingebracht. Offenbar war mir eine ziemlich starke Narkose verabreicht worden, denn mein bewusstloser oder halbbewusster Zustand dauerte unnatürlich lange. Als ich schließlich die Augen öffnete, lag ich auf einer schmalen Steinbank in einer kleinen Zelle mit hoher Decke und drei grauen Wänden. Eine vierte Wand gab es nicht, an ihrer Stelle gähnte eine riesige Lichtöffnung. Ich hatte völlig jede Zeitvorstellung verloren. Hinter der fensterlosen Holztür waren Schritte zu hören und erklangen Stimmen, die etwas sagten, was ich nicht verstehen konnte. Dann entfernten sie sich. Ich musterte die Zelle, und erst da entdeckte ich, dass ich nicht allein war: Rechts von mir saß auf einer zweiten Steinbank, an die Wand gelehnt und mit untergeschlagenen Beinen, ein Mann in Lumpen. Seine Augen waren geschlossen, aber die Lippen bewegten sich lautlos. Dann wandte er den Kopf zu mir, seine Lider hoben sich langsam, und mich traf sein Blick, ein dermaßen durchsichtiger, leerer und kalter Blick, dass mir gleich ganz anders wurde. Alles, was sich danach ereignete, hatte ich später deutlich in Erinnerung, mit Ausnahme eines Details, das zu rekonstruieren mir nicht gelang, wie sehr ich auch mein Gedächtnis anstrengte: Ich wusste nicht mehr, in welcher Sprache wir miteinander redeten, zunächst er und ich, dann alle anderen. Mir war, als seien ein paar Sätze auf Russisch gesagt worden, andere auf Französisch, wieder andere auf Englisch oder Deutsch.

»Gestatten Sie, dass ich Sie willkommen heiße«, sagte der Mann in Lumpen, und mich verwunderte seine farb- und ausdruckslose Stimme. »Ich habe nicht das Vergnügen, Ihren Namen zu kennen.«

Ich stellte mich vor und fragte, ob er mir nicht erklären könne, wo ich mich befände und warum ich hier hergeraten sei.

»Sie befinden sich im Untersuchungsgefängnis.«

»Im Untersuchungsgefängnis?«, wiederholte ich, bass erstaunt. »Doch aus welchem Anlass?«

»In allernächster Zukunft wird Ihnen bestimmt die entsprechende Anklage unterbreitet. Was für eine, weiß ich nicht.«

An der Lichtöffnung flog langsam, fast berührte er sie mit dem Flügel, ein riesiger Vogel mit nacktem Hals vorüber. Sein Auftauchen und die Antwort meines Gesprächspartners kamen mir derart unglaublich vor, dass ich fragte:

»In welchem Land geht das hier vor sich?«

»Sie befinden sich auf dem Gebiet des Zentralstaates.«

Merkwürdigerweise fand ich diese Antwort zufriedenstellend; wahrscheinlich ließ es sich damit erklären, dass die Narkose immer noch nachwirkte. Ziemlich mühsam erhob ich mich, machte ein paar Schritte zu der Lichtöffnung, die offenbar das Fenster ersetzte – und zuckte unwillkürlich zurück: Sie ging auf einen Hof hinaus, und die Zelle befand sich auf ungewöhnlicher Höhe, vielleicht im dreißigsten Stockwerk. Gegenüber dem Haus, in einer Entfernung von vierzig oder fünfzig Metern, ragte eine massive Wand.

»Eine Flucht von hier ist unmöglich«, sagte mein Nachbar, der jede meiner Bewegungen beobachtete.

Ich nickte. Nun sagte ich zu ihm, es fehle mir jedes Verständnis, weshalb ich hier hergeraten sei, ich sei mir keiner Schuld bewusst, und alles komme mir völlig absurd vor. Danach fragte ich ihn, wofür er verhaftet worden sei und was ihm drohe. Da lächelte er zum erstenmal und erwiderte, im gegebenen Fall gehe es um ein offenkundiges Missverständnis und ihm persönlich drohe keine Strafe.

»Was genau ist Ihnen denn zugestoßen?«, fragte er.

Ich berichtete ihm detailliert, was für wenig überzeugende Tatsachen mich so unerwartet hier hergeführt hatten. Er bat mich, ihm noch einiges aus meiner Biographie mitzuteilen, und als er sich alles angehört hatte, sagte er, meine Erläuterungen stellten ihn vollauf zufrieden und er garantiere mir, dass ich freigelassen werde. Mir hätte der Verdacht kommen müssen, aus dem Mund des zerlumpten Häftlings klinge eine solche Erklärung zumindest seltsam. Aber ich nahm ihn ernst; meine analytischen Fähigkeiten waren noch nicht zurückgekehrt.

Nach einiger Zeit wurde die Zellentür aufgesperrt, und zwei bewaffnete Soldaten, von denen einer meinen Nachnamen schrie, führten mich durch einen langen Korridor mit rosa Wänden und zahlreichen Kehren. An jeder

Kehre hing das riesige, immer gleiche Porträt eines betagten, kahlgeschorenen Menschen mit dem Durchschnittsgesicht eines Arbeitsmannes, aber einer unnatürlich schmalen Stirn und kleinen Augen. Bekleidet war er mit einem Mittelding zwischen Sakko und Uniformrock, behängt mit Orden, Ankern und Sternen. Einige Statuen und Büsten desselben Mannes waren entlang der Wände aufgestellt. Endlich erreichten wir, in totalem Schweigen, eine Tür, durch die sie mich in ein Zimmer stießen, wo an einem großen Schreibtisch ein älterer Mann mit Brille saß. Er trug einen merkwürdigen, halb militärischen, halb zivilen Anzug, dessen Machart dem auf den Porträts und an den Statuen glich.

Er begann damit, dass er aus der Schreibtischschublade einen kolossalen Revolver hervorholte und ihn neben den Briefbeschwerer legte. Danach hob er mit einem heftigen Ruck den Kopf, fixierte mich und sagte:

»Ihnen ist natürlich bekannt, dass nur ein freimütiges Geständnis Sie retten kann?«

Nach dem langen Gang durch den Korridor – die Soldaten waren rasch ausgeschritten, und ich musste im selben Tempo mithalten – merkte ich, dass die halbe Ohnmacht, in der ich mich bisher befunden hatte, endlich einem normaleren Zustand wich. Ich spürte meinen Körper wie sonst auch, was ich vor Augen hatte, sah ich vollkommen klar, und jetzt war für mich offenkundiger denn je, dass alles, was mit mir geschah, eindeutig das Ergebnis eines Missverständnisses war. Zugleich kamen mir die Gefängnisumgebung und die Aussicht auf ein willkürliches Verhör nervenaufreibend vor. Ich schaute auf den sitzenden Mann mit Brille und sagte:

»Entschuldigen Sie bitte, wer sind Sie?«

»Hier werden keine Fragen gestellt!«, fuhr er mich an.

»Darin liegt ein gewisser Widerspruch«, sagte ich. »Mir schien, dass in Ihrer Stimme, als Sie mich ansprachen, deutlich ein fragender Tonfall mitschwang.«

»Begreifen Sie doch, es geht um Ihr Leben«, sagte er. »Für Dialektik ist es jetzt zu spät. Vielleicht ist es nicht unnütz, Sie daran zu erinnern, dass Sie des Hochverrats angeklagt sind.«

»Nicht mehr und nicht weniger?«

»Nicht mehr und nicht weniger. Und machen Sie sich keine Illusionen: Das ist eine schreckliche Anschuldigung. Ich sage noch einmal, dass nur ein volles Geständnis Sie retten kann.«

»Worin äußert sich denn mein Hochverrat?«

»Sie besitzen die Frechheit, danach zu fragen? Gut, ich will es Ihnen sagen. Der Hochverrat liegt bereits darin, dass Sie das verbrecherische Prinzip pseudostaatlicher Ideen, die der großartigen Theorie des Zentralstaates widersprechen, für möglich halten, dabei wurde diese Theorie von den größten Genies der Menschheit ausgearbeitet.«

»Was Sie sagen, ist derart ungereimt und naiv, dass jede Antwort darauf peinlich wäre. Nur so viel möchte ich anmerken: Irgendein Prinzip als möglich anzunehmen ist lediglich eine These, keine Tatsache, derentwegen man einen Menschen anklagen könnte.«

»Sogar hier, im Tribunal der Zentralmacht, sprechen Sie eine Sprache, bei der jedes Wort Ihr Verbrechertum widerspiegelt. Zunächst einmal hat ein Vertreter der Macht, insbesondere der Untersuchungsrichter, für Sie unfehlbar zu sein, und nichts, was er von sich gibt, kann als naiv oder ungereimt bezeichnet werden. Aber es geht nicht nur darum, obgleich sich Ihre Schuld, nach dem, was Sie gesagt haben, jetzt um einen weiteren Punkt erhöht hat: um die Beleidigung eines Vertreters der Zentralmacht. Sie sind des Hochverrats angeklagt, der Verschwörung gegen das Leben des Staatsoberhaupts und schließlich der Ermordung des Bürgers Ertel, eines unserer besten Vertreter außerhalb unseres Staatsgebiets.«

»Ertel? Wer ist das?«

»Der Mann, den Sie getötet haben. Versuchen Sie nicht, es abzustreiten: Der Zentralmacht ist alles bekannt. Ein volles Eingeständnis, das ist das letzte, was Sie beitragen können und was der Staat und die öffentliche Meinung des ganzen Landes als Geste von Ihnen erwarten.«

»Das einzige, worauf ich antworten kann, betrifft Ertel. Dieser Mann war ein gedungener Mörder. Ich befand mich in der Situation legitimer Selbstverteidigung. Ertel hatte bisher anscheinend nie mit Menschen zu tun, die ihr Leben zu verteidigen wissen, ihn hat seine Ungeschicklichkeit zugrunde gerichtet. Was die übrigen Anschuldigungen betrifft, ist das törichter Unsinn, der die geistigen Fähigkeiten dessen, der ihn sich ausgedacht hat, aufs übelste charakterisiert.«

»Sie werden Ihre Worte noch bitter bereuen.«

»Ich mache Sie darauf aufmerksam, dass das Verb ›bereuen‹ ein unabdingbarer Bestandteil von Begriffen eindeutig religiösen Ursprungs ist. Es berührt mich merkwürdig, das Wort aus dem Mund eines Vertreters der Zentralmacht zu hören.«

»Was Sie wohl bei einer Gegenüberstellung mit Ihren Komplizen sagen werden?«

Ich zuckte die Schultern.

»Es reicht!«, sagte er und schoss mit dem Revolver. Die Kugel drang anderthalb Meter über meinem Kopf in die Wand. Die Tür ging auf, und die gleichen Soldaten, die mich hergebracht hatten, betraten den Raum.

»Führen Sie den Angeklagten ab in die Zelle«, sagte der Untersuchungsrichter.

Erst während ich nun in die Zelle zurückkehrte und hie und da auf die Porträts und Statuen blickte, überlegte ich, dass ich nicht richtig gehandelt hatte und dem Untersuchungsrichter nicht so hätte antworten sollen, wie ich es getan hatte. Ich hätte ihm einfach beweisen müssen, dass ich nicht der sein kann, für den er mich hält. Anstatt diese Position einzunehmen, redete ich mit ihm, als ob ich irgendeine absurde Legitimität seiner Argumente akzeptierte, und obwohl ich, sozusagen dialektisch, nicht damit einverstanden war, bewegte ich mich auf derselben Ebene wie er. Zugleich war augenfällig, dass ich der Welt, in die es mich verschlagen hatte, vollkommen fremd war. Die Gesichter der mich geleitenden Soldaten zeigten nicht die geringste Spur eines Gedankens und nicht die geringste seelische Regung. Die Porträts sahen aus wie Öldrucke, gefertigt von jemandem, dessen künstlerische Hilflosigkeit unwillkürlich Bedauern und Verachtung hervorrief; von gleicher Art waren die Statuen. Was der Untersuchungsrichter zu mir gesagt hatte, war von ebenso bitterer geistiger Armut geprägt, und in der Welt, aus der ich kam, hätte ein derartiger Mensch niemals eine Stelle im Justizapparat bekleiden können.

In die Zelle zurückgekehrt, wollte ich meinem Nachbarn von dem Verhör berichten, aber ich wurde sofort wieder weggeführt, diesmal in eine andere Richtung, und ich geriet zu einem zweiten Untersuchungsrichter, der ein wenig anders mit mir umging als der erste.

»Uns ist bekannt«, hob er an, »dass wir es mit einem vergleichsweise gebildeten Menschen zu tun haben und nicht mit dem schlichten Söldner der oder jener politischen Organisation, die uns feindlich gesinnt ist. Sie wissen, dass wir von Feinden umzingelt sind, das zwingt uns zu erhöhter Wachsamkeit und veranlasst uns manchmal, Maßnahmen zu ergreifen, die zu hart erscheinen mögen, die sich aber nicht immer vermeiden lassen. Und so ist es auch bei Ihnen passiert. Wir wissen oder wollen auf jeden Fall hoffen, dass Ihre Schuld geringer ist, als es auf den ersten Blick erscheinen mag. Seien Sie offen mit uns, das ist sowohl in Ihrem wie in unserem Interesse.«

Aus seiner Redeweise ließ sich der Schluss ziehen, dass er natürlich viel gefährlicher war als der erste Untersuchungsrichter. Aber ich war beinahe froh darüber, denn mit ihm konnte man sich in einer anderen Sprache unterhalten.

»Ich habe Verständnis für Ihre Gereiztheit während des ersten Verhörs«, fuhr er fort. »Da ist ein Fehler passiert, ein äußerst ärgerlicher: Der Untersuchungsrichter, zu dem Sie geraten sind, behandelt gewöhnlich nur die einfachsten Fälle, obwohl er unentwegt Dinge anstrebt, die seine Kompetenz ganz klar übersteigen. Wissen Sie, er hat über die Parteilinie Karriere gemacht, besondere Ansprüche darf man nicht an ihn stellen. Aber kommen wir zur Sache. Ihnen ist bekannt, wessen Sie beschuldigt werden?«

»Ich wüsste gerne«, sagte ich, »für wen man mich hält. Mir ist offensichtlich, dass alles, was derzeit geschieht, das

Ergebnis eines Missverständnisses ist, das ich gerne aufklären würde. Mein Name ist« – ich nannte meinen Nachnamen –, »ich lebe in Paris und studiere an der Universität, an der Historisch-philologischen Fakultät. Ich habe mich, was sich selbst bei oberflächlichster Ermittlung leicht feststellen lässt, niemals mit Politik abgegeben und war niemals Mitglied in einer politischen Organisation. Die Beschuldigungen, ich hätte irgendwelche terroristischen Absichten gehegt, sind dermaßen absurd und willkürlich, dass ich es nicht für nötig halte, darauf einzugehen. Mag sein, dass der Mann, für den Sie mich halten, sowohl Terrorist wie auch Ihr politischer Gegner ist. Aber mit mir hat das überhaupt nichts zu tun. Und ich hoffe, dass Ihr Staatsapparat nun doch rational genug organisiert ist, um das festzustellen.«

»Folglich behaupten Sie, Rosenblatt habe sich geirrt? Wenn dem so ist, nimmt der Fall für Sie allerdings eine tragische Wendung.«

»Rosenblatt? Wer ist das? Ich höre diesen Namen zum erstenmal und habe diesen Menschen nie gesehen.«

»Ich muss sagen, dass Sie alles dafür getan haben, damit ihn niemand je wieder zu Gesicht bekommt: Sie haben ihn erwürgt.«

»Erlauben Sie mal, vor einer halben Stunde wurde mir gesagt, sein Name sei Ertel gewesen.«

»Das ist ein Fehler.«

»Wie, schon wieder ein Fehler?«

»Ich habe Rosenblatt nie geschätzt, ich persönlich«, fuhr der Untersuchungsrichter fort. »Als Sie ihn einen gedungenen Mörder nannten, waren Sie nicht weit von der Wahrheit entfernt. Unglücklicherweise war er der einzige, der

Sie hätte retten können. Sie haben ihm diese Möglichkeit genommen. Uns liegt sein geheimer Rapport über Sie und Ihre Tätigkeit vor. Die dort aufgeführten Informationen sind zu detailliert und exakt, um ausgedacht zu sein. Zudem verfügte dieser Mann über absolut keine Phantasie.«

»Das mag durchaus sein, dass die Informationen, die sein Rapport enthält, völlig exakt sind. Aber die einzige und wichtigste Überlegung in diesem Fall ist doch, dass es sich um jemand anderes handelt, nicht um mich.«

»Tja, aber wie das beweisen?«

»Insbesondere kann dieser Mensch mir nicht gleichen wie ein Zwilling. Außerdem trägt er, nehme ich an, einen anderen Namen. Es gibt schließlich Unterscheidungsmerkmale: Alter, Haarfarbe, Größe und so weiter.«

»Rosenblatts Rapport ist zwar in allem anderen recht ausführlich, enthält aber gerade diese Hinweise leider nicht. Außerdem, ganz im Ernst, warum sollte ich Ihnen glauben und nicht ihm?«

»Sie brauchen mir nicht zu glauben. Doch nichts ist einfacher, als in Paris Auskünfte einzuholen.«

»Wir vermeiden tunlichst jeden Kontakt mit ausländischer Polizei.«

Allmählich sah ich ein, dass meine Lage ausweglos war. Der Justizapparat des Zentralstaats zeichnete sich dadurch aus, dass ihm alle Beweglichkeit und jegliches Interesse am Angeklagten fehlte; in seinen Funktionen war er rein auf Bestrafung ausgerichtet. Die Primitivität, die für jede Rechtsprechung typisch ist, war hier ins Absurde gesteigert. Es gab nur ein einziges Schema: Ein jeder, der vor Gericht kam, wurde des Hochverrats angeklagt und unterlag der Bestrafung. Die Möglichkeit, dass der Angeklagte unschuldig war, gab es zwar theoretisch, doch sie war außer acht zu lassen. Offenbar drückte mein Blick so etwas wie Verzweiflung aus, denn der Untersuchungsrichter sagte:

»Ich befürchte, den Fehler zu beweisen haben Sie einfach keine reale Möglichkeit. Dann bleibt Ihnen nur, entweder auf dem fruchtlosen Abstreiten zu beharren und so mit Vorbedacht in den Tod zu gehen, oder das Geständnis zu unterschreiben und sich damit abzufinden, dass Sie einige Zeit in Gefangenschaft verbringen werden, wonach Sie erneut die Freiheit erwartet.«

»Sind Sie der Ansicht, dass der Beschuldigte vor allem anderen ehrlich zu sein hat?«

»Zweifellos.«

»In diesem Fall kann ich kein Geständnis von etwas unterschreiben, das ich nie getan habe. Verhielte ich mich so, würde ich die Justizinstanzen des Zentralstaats bewusst in die Irre führen.«

»Ideologisch haben Sie recht. Aber nicht darum geht es. Sie sind gezwungen, im Rahmen Ihrer Möglichkeiten zu handeln. Diese sind leider nicht besonders groß, da stimme ich Ihnen zu. Halten wir sie noch einmal fest. Einerseits völliges Abstreiten der Schuld und die Möglichkeit der Höchststrafe. Andererseits ein Geständnis und ein vorübergehender Freiheitsentzug. Alles andere ist Theorie. Ich rate Ihnen, darüber nachzudenken. In Kürze werde ich Sie wieder holen lassen.«

In die Zelle zurückgekehrt, berichtete ich meinem Nachbarn detailliert vom ersten und zweiten Verhör. Während er mir zuhörte, saß er in ein und derselben Haltung, die Augen geschlossen. Als ich endete, sagte er:

»Das war leicht vorauszusehen.«

Ich schaute noch einmal auf seine Lumpen und auf sein unrasiertes Gesicht, und mir fiel ein, dass dieser Mensch mir die Freilassung versprochen hatte.

»Sie meinen, da wäre etwas zu machen?«

»Sehen Sie«, sagte er, ohne darauf einzugehen, »ich kenne diese Gesetze besser als jeder Untersuchungsrichter. Eigentlich sind das keine Gesetze, es ist der Geist des Systems und nicht ein Gesetzbuch mit bestimmten Vorschriften.«

Er sprach, als ob er eine Vorlesung hielte.

»Das Fehlen elementarer Rechtsnormen wirkt sich um so schlimmer aus, als die einfachen Beamten der Justizbehörde grässlich ungebildet sind und ihre Funktionen mit den Funktionen einer Art juristischer Henker vermengen. Ihre Argumente können Sie zerpflücken und ihnen, wie zweimal zwei ist vier, beweisen, dass sie nicht recht haben und dass ihre Anklageschrift mit naiver Dummheit abgefasst ist, was auch meistens der Realität entspricht. Aber das spielt überhaupt keine Rolle. Trotzdem werden Sie zu einer Strafe verurteilt – nicht weil Sie schuldig sind und das bewiesen wäre, sondern weil die Aufgaben der Zentralgerichtsbarkeit so verstanden werden. Jegliches Erörtern ist prinzipiell etwas zu Ahndendes und Abzulehnendes. Ein Disput mit der Justiz ist ein Staatsverbrechen, ebenso ein Zweifel an ihrer Unfehlbarkeit. Es gibt ein Dutzend Formeln, von denen jede eine besondere Art uninformierter Dummheit zum Ausdruck bringt, und in dieses Dutzend Formeln wird die ungeheuer vielfältige Tätigkeit von Millionen und Abermillionen Menschen hineingezwängt. Zu kämpfen gegen dieses System, das sich kaum mit zwei Worten charakterisieren lässt ...«

»Ich würde sagen: zügellose Idiotie.«

»Sehr schön. Also, zu kämpfen gegen diese zügellose Idiotie ist auf rationalem Weg unmöglich. Man muss anders vorgehen. Welche Kampfmethoden haben Sie angewandt, als Ertel-Rosenblatt Sie erwürgen wollte?«

»Diejenigen, die mir mein Sportlehrer beigebracht hat.«

»Gut. Hätten Sie anders gehandelt, wären Sie höchstwahrscheinlich nicht mehr auf der Welt.«

»Durchaus möglich.« Und ich erinnerte mich an die Finsternis, den Klammergriff der Finger an meinem Hals und wie ich halb am Ersticken war.

»Weil Sie im vorliegenden Fall wissen, dass Sie weder damit, dass Sie recht haben, noch damit, dass Sie es beweisen können, etwas erreichen, müssen Sie anders handeln. Ich habe diesen anderen Weg gefunden. Es ist mir sehr teuer zu stehen gekommen, aber jetzt habe ich vor nichts Angst. Meine Vorgehensweise ist unfehlbar, und deshalb habe ich Ihnen versprochen, dass Sie freigelassen werden. Ich bestätige es Ihnen noch einmal.«

»Verzeihen Sie, aber wenn Sie über solch ein machtvolles Kampfmittel verfügen, wie konnte es geschehen, dass Sie sich am gleichen Ort befinden wie ich?«

»Ich sagte Ihnen schon – ein Missverständnis.« Er zuckte die Schultern. »Ich wurde nachts verhaftet, als ich schlief.«

»Und was für ein Mittel ist das?«

Er schwieg lange, und seine Lippen bewegten sich lautlos, wie als ich ihn zum erstenmal erblickte. Dann sagte er, ohne den Kopf zu heben:

»Ich bin Hypnotiseur. Den Schlussbericht des Untersuchungsrichters diktiere ich.«

»Und wenn er der Hypnose widersteht?«

»Einen solchen Fall hatte ich noch nie. Doch selbst wenn er dieser Form der Hypnose widersteht, erliegt er einer anderen Form.«

»Mit anderen Worten ...«

»Mit anderen Worten – ich würde ihn veranlassen, seinem Leben durch Selbstmord ein Ende zu setzen, und der Fall würde einem anderen übergeben, der sich mir unterwerfen würde.«

»Noch etwas«, sagte ich, verwundert über die Sicherheit, mit der er sprach. »Der Untersuchungsrichter wird mich in kürzester Zeit holen lassen, aber Sie werden nicht dabei sein. Können Sie sich seinen Willen auf Distanz unterwerfen?«

»Das wäre weitaus schwieriger. Aber wir beide werden fast zur gleichen Zeit geholt werden.«

»Wie können Sie das wissen?«

»Als der erste Untersuchungsrichter Sie verhörte, hat der zweite mich verhört.«

Dann versank dieser gelassene Mensch in totalem Schweigen, das er auch nicht mehr brach im Verlauf der drei Tage, während ich auf das nächste Verhör wartete, bei dem sich – falls meinem Nachbarn zu glauben war – derart Unwahrscheinliches ereignen sollte. Zweimal am Tag wurde uns Essen gebracht, das ich zunächst stehenließ, so ekelhaft war es. Erst am dritten Tag schluckte ich ein paar Löffel von einer hellgrauen Flüssigkeit und aß ein Stück nicht durchgebackenes und widerlich gummiartiges Brot. Ich fühlte mich geschwächt, aber mein Bewusstsein blieb vollkommen klar. Mein Nachbar rührte in der ganzen Zeit das Essen nicht an. Meist verharrte er unbeweglich, und mir war unfassbar, wie seine Muskeln und Gelenke die dauernde Anspannung aushielten. Auf meiner Steinpritsche liegend, dachte ich darüber nach, wie phantastisch doch die Wirklichkeit war und wie alles, was mich umgab, mir klar und deutlich eine undurchdringliche Ausweglosigkeit zu spüren gab: die gesamte Geometrie von Wänden und Decke, die an der Öffnung zum dreißigstöckigen Abgrund endete, wo bald die Sonne schien, bald der Regen rauschte, dazu die ständige, unbewegliche Gegenwart dieses erstaunlichen Pennbruders. Einmal begann ich, um irgendwie die steinerne Lautlosigkeit zu durchbrechen, eine Arie aus *Carmen* zu pfeifen, aber mein Pfeifen klang so matt und fremd und war so offenkundig fehl am Platz, dass ich gleich wieder damit aufhörte. Ich hatte Zeit, viele Male in allen Einzelheiten zu durchdenken, was mit mir geschehen war, und zu konstatieren, dass eine gewisse Folgerichtigkeit zwar durchaus vorlag, insgesamt jedoch die Tatsachen, die ich in meinem Gedächtnis rekonstruierte, natürlich völlig irrational erscheinen mussten. Am allerwenigsten dachte ich über die Gefahr nach, die mir drohte, und obwohl dem, was mein Nachbar mir versprochen hatte, äußerlich keine Wahrscheinlichkeit zukam, glaubte ich ihm aufs Wort.

Am Abend des dritten Tages wurde ich schließlich geholt. Ich erhob mich und spürte zum ersten Mal während der ganzen Zeit eine ungewöhnliche Kälte in mir, vielleicht entfernte Todesangst, vielleicht auch dunkle Furcht vor dem Unbekannten. Jedenfalls wusste ich, dass ich selbst keine Möglichkeit hatte, mich zu verteidigen. Und ich dachte noch, um wieviel alles einfacher gewesen war und um wieviel ich damals, in der dunklen Pariser Passage, weniger in Gefahr war, als die Hände des unbekannten

Mörders mir die Kehle zupressten. Damals hing die Rettung meines Lebens von mir ab, von elementarer Geistesgegenwart und mir vertrauter Schnelligkeit der Bewegungen. Jetzt war ich schutzlos.

Ich wurde ins Büro des Untersuchungsrichters geführt. Er bot mir an, Platz zu nehmen, und gab mir eine Zigarette. Dann fragte er:

»Haben Sie sich überlegt, was ich Ihnen das letzte Mal sagte?«

Ich nickte. Das Kältegefühl in meinem Innern hinderte mich sonderbarerweise am Sprechen.

»Werden Sie Ihr Geständnis unterschreiben?«

Es kostete mich außergewöhnliche Mühe, um auf die Frage des Untersuchungsrichters mit Nein zu antworten. Zugleich wusste ich, dass nur das Wort Nein mich – vielleicht – retten konnte. Es kam mir vor, als hätte ich nicht genug Kraft, um es auszusprechen, und ich begriff in diesem Augenblick, weshalb Menschen Verbrechen gestehen, die sie nicht begangen haben. Alle Muskeln meines Körpers waren angespannt, mir schoss das Blut ins Gesicht, ich hatte ein Gefühl, als stemmte ich eine riesige Last. Endlich antwortete ich:

»Nein.«

Alles vor mir krachte nun in sich zusammen, mir war, als verlöre ich das Bewusstsein. Doch vernahm ich deutlich die Stimme des Untersuchungsrichters:

»Uns gelang herauszufinden, dass Ihre auf den ersten Blick so überzeugenden Aussagen – und das erschwert noch Ihre Schuld – gelogen waren. Derjenige, der in der Organisation, die Sie leiteten, Ihre rechte Hand war, hat Sie verraten und ein volles Geständnis unterzeichnet.«

Schlagartig war mir leichter zumute. Aber ich hatte den Eindruck, als klänge meine Stimme sehr unsicher.

»Weder den Menschen noch die Organisation, von denen Sie reden, hat es je gegeben. Das System Ihrer Beschuldigungen ist absurd.«

Da ging die Tür auf, und die Soldaten führten meinen Zellennachbarn herein. Dann entfernten sie sich. Ich warf einen raschen Blick auf ihn; es kam mir vor, als sei er nun von größerem Wuchs.

»Sie werden nicht abstreiten, dass Sie diesen Mann erkennen?«, fragte der Untersuchungsrichter.

»Ich erkenne ihn.«

Der Untersuchungsrichter wollte offenbar noch etwas hinzufügen, unterließ es aber. Schweigen trat ein. Er stand vom Sessel auf, machte ein paar Schritte durch den Raum. Danach ging er ans Fenster und öffnete es. Dann kehrte er im Zickzack an seinen Platz zurück, setzte sich aber nicht, sondern blieb in unnatürlicher und unbequemer Haltung, halb gekrümmt, stehen. Mein Eindruck war, etwas Unerklärliches und Beunruhigendes gehe mit ihm vor.

»Fühlen Sie sich unwohl?«, fragte ich.

Er antwortete nicht. Der Mann in Lumpen schaute ihn unverwandt an, er stand unbeweglich da und sagte kein Wort.

Der Untersuchungsrichter trat erneut ans Fenster und beugte sich halb hinaus. Schließlich setzte er sich an den Schreibtisch und begann zu schreiben. Ein paarmal riss er die Blätter durch und warf sie in den Papierkorb. Das dauerte ziemlich lange. Sein Gesicht überzog sich mit Schweißtropfen, die Hände zitterten. Danach stand er auf und sagte mit gepresster Stimme:

»Ja. Ich sehe ein, dass Sie zu Opfern eines grässlichen Irrtums wurden. Ich verspreche Ihnen, *wie Sie es verlangen*, diesbezüglich strengste Ermittlungen anzustellen und alle, die daran schuld sind, hart zu bestrafen. Die Zentralmacht bittet Sie in meiner Person, ihre Entschuldigungen anzunehmen. Sie sind frei.«

Er läutete. Herein kam ein Offizier in blauer Uniform. Ihm gab er einen Passierschein, wir verließen das Büro und tauchten erneut in die endlosen Übergänge und Korridore ein, deren Wände noch mit denselben Bildern dicht behängt waren, und das wirkte, als schritten wir eine Porträtfront von zahlreichen und gleichartigen Halboffizieren und Halbbeamten ab. Schließlich erreichten wir ein riesiges Tor, das sich lautlos vor uns auftat. Da wandte ich den Kopf, um meinen Gefährten anzusprechen, wäre aber vor Verwunderung beinahe stehengeblieben. Den Mann in Lumpen gab es nicht mehr. Neben mir schritt ein hochgewachsener, glattrasierter Mann in einem vorzüglichen europäischen Anzug, und auf seinem Gesicht lag ein spöttisches Lächeln. Als das Tor sich ebenso geräuschlos hinter uns geschlossen hatte und bevor ich noch ein Wort sagen konnte, hob er, mir zum Gruß, die Hand, wandte sich nach rechts und war verschwunden. So sehr auch meine Augen nach ihm suchten, ich konnte ihn nicht mehr finden.

Es war ein schwüler Sommerabend, an den Straßen brannten die Laternen, es hupten vorüberfahrende Automobile, grüne und rote Lichter blinkten an den Kreuzungen. Ich empfand das Glücksgefühl der Freiheit, überlegte aber zugleich, was ich tun sollte in dieser fremden Stadt eines fremden Landes, wo ich niemanden kannte und wo ich keinen Unterschlupf hatte. Doch ging ich weiter. Der

Autoverkehr flaute ab. Ich überquerte einen kleinen Fluss auf einer Brücke, an deren beiden Seiten riesige Nixenstatuen standen, dann kreuzte ich einen Boulevard und stieg eine Straße hinauf, die ein wenig schräg davon abzweigte. Dort war es schon vollkommen still. Zweihundert oder dreihundert Meter legte ich so zurück. An einer Biegung, hinter der sich eine andere Straße auftat, gänzlich bebaut mit ein- oder zweistöckigen Villen, beleuchtete eine matte Laterne ein blaues, an eine Wand genageltes Metalltäfelchen. Ich trat dicht davor – und da tauchten mit erstaunlicher Langsamkeit, wie aus einem fernen Schlaf, weiße Buchstaben des lateinischen Alphabets vor meinen Augen auf, erst völlig verschwommen, dann festigten sie sich und wurden immer deutlicher. Sie erschienen, blassten ab und verschwammen erneut, doch im nächsten Augenblick erschienen sie wieder. Ich holte eine Zigarette hervor und zündete sie an, verbrannte mir am Streichholz die Finger – und erst da begriff ich die glückliche Konsequenz dieser Zeichen. Auf dem blauen Schild stand in weißer Farbe geschrieben: 16e Arr-t. Rue Molitor.

Ich hatte mich längst an die Anfälle meiner Geisteskrankheit gewöhnt, und in dem, was mir von meinem eigenen Bewusstsein geblieben war, in diesem engen und trüben Raum, der zeitweise fast nicht mehr vorhanden war und dennoch meine letzte Hoffnung auf Rückkehr in die reale, nicht von chronischem Wahnsinn verfinsterte Welt barg – da suchte ich dieses Abdriften und Einbrechen in ein fremdes oder eingebildetes Dasein stoisch zu ertragen. Und dennoch packte mich jedesmal, wenn ich von dort zurückkehrte, Verzweiflung. Dass diese unerklärliche Krankheit nicht zu besiegen war, darin lag so etwas wie das Bewusstsein eigener Verdammnis und einer Art moralischer Verkrüppelung, die mich anders sein ließ als die anderen, wie wenn ich das allen zugängliche Glück nicht verdiente, so zu sein wie alle. Als ich an jenem Abend die Buchstaben auf dem blauen Täfelchen las, empfand ich nach einigen Augenblicken der Freude so etwas wie das bedrückende Gefühl eines Menschen, dem noch einmal eine unerbittliche Diagnose bestätigt worden ist. Das abendliche Paris kam mir anders vor als sonst und natürlich nicht so, wie es war, und diese Straßenfluchten der Laternen und des von den Laternen beleuchteten Laubs verstärkten nur, mit tragischer Überzeugungskraft, die unüberwindliche Traurigkeit, die ich empfand. Was mir in Zukunft wohl bevorstehe, überlegte ich, und wie sich mein Leben gestalten werde, meine wahre Existenz, die sich so schwer aufspüren und ausfindig machen ließ in der Masse der krankhaften, mich verfolgenden Verzerrungen der Phantasie. Ich konnte keine einzige Aufgabe, die längere Anstrengung erforderte oder zu deren Lösung ein ununterbrochen konsequentes Verhalten notwendig war, bis zu ihrem Ende bringen. Selbst in meine Beziehungen zu anderen Menschen konnte sich jederzeit dieses Element der Geistesverwirrung einmischen, dessen ich ständig gewärtig zu sein hatte und das alles verzerrte. Ich konnte für meine Handlungen nicht voll und ganz verantwortlich sein, konnte mir der Realität des Geschehenden nicht sicher sein, es fiel mir oft schwer zu bestimmen, wo die Wirklichkeit endete und wo der Wahn begann. Und während ich nun durch Paris schritt, kam mir diese Stadt nicht überzeugender vor als die Hauptstadt des phantastischen Zentralstaats. Meine letzte Reise hatte ich in Paris angetreten; wo und wann aber hätte ich etwas sehen können, das dem eingebildeten Labyrinth glich, in das die machtvolle Bewegung meines Wahnsinns mich hineingezogen hatte? Die Realität jener Passage war allerdings extrem gewesen, ich erinnerte mich an ihre Biegung und an die unverständlichen Vertiefungen ihrer Wände nicht weniger deutlich als an alle Häuser in der Straße, wo ich im Quartier Latin tatsächlich wohnte. Natürlich wusste ich, dass es diese Straße gab, während die Passage nur in meiner Einbildung aufgetaucht war; aber der unbezweifelbare Unterschied zwischen Straße und Passage besaß für mich nicht die unverrückbare, steinerne Überzeugungskraft, die er hätte haben müssen.

Danach schlugen meine Gedanken eine andere Richtung ein. Weshalb befand ich mich eigentlich hier, in diesem Viertel von Paris, und nicht in einem anderen, nicht in Montmartre zum Beispiel oder an den Grands Boulevards? Wohl kaum war das ein Zufall. Es fiel mir nicht ein, wohin ich aufgebrochen war, als ich das Haus verließ, und was mich veranlasst hatte, diese Reise zu unternehmen. Jedenfalls hatte ich, während ich ging, weder Häuser noch Straßen gesehen, denn zu der Zeit befand ich mich im Gefängnis des Zentralstaats; dennoch hatte ich mich in eine bestimmte Richtung bewegt und war anscheinend nicht von meiner Route abgewichen, obgleich jener Teil meines Bewusstseins, der mich den ganzen Weg über führte, offenbar ohne jede Kontrolle von meiner Seite handelte. Er tat es wohl automatisch fehlerfrei, wie es jedesmal geschieht, wenn der Mensch nicht an das denkt, was er tut, und seine Bewegungen eine Geschwindigkeit und Exaktheit erlangen, die unmöglich wären, wenn diese Bewegungen vom Bewusstsein gesteuert würden. Dass ich mich hier befand, war kein Zufall. Aber wohin hatte ich gehen wollen? Vor ein paar Jahren war ich diesen Weg oft gegangen, denn hier wohnte eine Frau, die mir nahestand, und zu jenen Zeiten kannte ich jedes Haus und jeden Baum in der Umgebung. Doch hatte ich mich schon lange von ihr getrennt, und danach hatten die Straßen, die zu ihrem Haus führten, ihr früheres, erregendes Aussehen verloren, und ihre gleichmäßigen Fluchten, an deren Ende das Gebäude lag mit der Wohnung im vierten Stock, wo eine ganze Welt für mich konzentriert gewesen war, zugleich durchsichtig und warm, ragten nun unerkennbar fremd vor mir auf.

Es wollte mir nicht einfallen und ich fühlte mich dermaßen müde, dass ich beschloss, die fruchtlose Suche abzubrechen und nach Hause zurückzukehren. Letzten Endes hatte das keine besondere Bedeutung. Ich fuhr lange mit der Metro, verließ sie dann an der Station Odéon und begab mich zu meinem Hotel, getrieben von dem einzigen, unbezwingbaren Wunsch, mich hinzulegen und einzuschlafen; und als ich endlich im Bett lag, war es bereits Nacht, von der Straße waren nur ab und zu Schritte zu hören, aus einem unsichtbaren Grammophon sang eine Frauenstimme: »Autrefois je riais de l'amour«[1], ich sank rasch in eine triste Finsternis, sternlos und warm wie diese Nacht, und plötzlich, im letzten Augenblick noch diesseits des Schlafs, fiel mir ein, dass ich an diesem Abend in der Rue Molitor hatte sein wollen, bei meinem Bekannten, ebenjenem, der so wundersam und unerwartet reich geworden war.

* * *

1 Früher einmal lachte ich über die Liebe

Ein paar Tage später gelangte ich zu ihm. Diesmal war ich weder über seine Wohnung, das Telephon auf dem Schreibtisch, die Bücher in den Regalen noch über die allenthalben sichtbare, außergewöhnliche Sauberkeit erstaunt – erstens, weil ich nicht noch erstaunter sein konnte wie damals, als ich ihm im Café begegnet war, zweitens, da er, nach jahrelangem Leben in Elendsquartieren, natürlich einen Hang zu Dingen der gegenteiligen Kategorie verspüren musste, also Sauberkeit statt apokalyptischem Schmutz, penible Ordnung statt Schluderei, ein glänzendes Parkett statt besudeltem Steinboden. Ganz entsprechend war in seinem Verhalten und seinen sämtlichen Bewegungen die krampfhafte Angespanntheit des neuerworbenen Herrenstands zu spüren, die von außen, besonders zu Beginn, ein wenig beklemmend wirkte.

Als ich zu ihm kam – es war gegen vier Uhr nachmittags –, war er nicht allein. Bei ihm saß in abwartend willfähriger Haltung – und wieder einmal dachte ich, wie sehr, was in Aufsätzen über Kunst oder Theater »plastischer Ausdruck« genannt wird, doch in erbarmungsloser und fast immer unentrinnbarer Abhängigkeit von Lebensbedingungen, Milieu und Gesundheitszustand steht und von welch stummer Ausdruckskraft es ist – bei ihm saß ein mittelgroßer Mann um die fünfzig mit undefinierbar grauen Haaren und kleinen Augen, die den Augen des Gesprächspartners auswichen. Er war sehr ärmlich gekleidet; in den Händen hielt er eine zerknautschte und verdreckte Schirmmütze, die einst hellgrau gewesen war, was sich daran erkennen ließ, dass unmittelbar am Schirm, unterm Schutz eines Knopfs, helle Stoffkarrees zu sehen waren. Als ich eintrat, verstummte der Mann mit der Mütze, der vorher gesprochen hatte, und schaute mich an, ärgerlich und zu gleicher Zeit verschreckt. Aber der Hausherr erhob sich, begrüßte mich – er war betont höflich –, bat mich um Entschuldigung und sagte zu seinem Besucher:

»Sie können fortfahren, ich höre Ihnen zu. Sie sagen, es sei in Lyon passiert?«

»Ja, ja, in Lyon. Also, mit Verlaub, sehen Sie, nachdem man mich verhaftet hatte ...«

Und er erzählte recht flüssig, wie er mit dem Motorrad unterwegs war, aus Versehen einen Passanten umfuhr und wie damit die lange Serie seiner Unglücksfälle begann. Daran, wie er das sagte, ohne zu stocken und mit erstaunlicher Ausdruckslosigkeit, gerade als wäre nicht von ihm selbst die Rede, sondern von einer anderen Person, deren Geschick ihm überdies völlig gleichgültig war, ließ sich ablesen, dass er diese Geschichte schon viele Male wiederholt und sie sogar für ihn selbst jegliche Überzeugungskraft verloren hatte. Ich weiß nicht, ob ihm das klar war. Es lief darauf hinaus, dass ihm nach der Freilassung aus dem Gefängnis die Papiere weggenommen worden waren und er jetzt keine Möglichkeit hatte, eine irgendwie geartete Arbeit anzutreten, deshalb war er in einer, wie er sagte, ausweglosen Situation. Als er das vorbrachte, fiel mir plötzlich ein, dass ich ihn schon einmal gesehen und ebendiese Aussage gehört hatte, deren Tonfall sich offenbar niemals änderte. Mir fiel sogar ein, wo und unter welchen Umständen es geschehen war, nämlich unweit des Bahnhofs Montparnasse, und sein Zuhörer war damals ein dickleibiger Mann gewesen, mit einem Bart halb wie ein russischer Kaufmann, halb wie ein Räuber und mit einem ebensolchen Gesicht, gleichermaßen breitflächig, rüpelhaft und wichtigtuerisch. Nach der Aussage über die Ausweglosigkeit machte er eine Pause, wandte sich leicht ab, schluchzte zweimal gleichgültig und sagte dann, wenn ihm nicht geholfen würde, bliebe ihm nur der Selbstmord. Er fügte hinzu, dabei schwenkte er in geringschätziger Verzweiflung den Arm, er persönlich habe längst den Geschmack am Leben verloren – er drückte sich anders aus, aber das war der Sinn –, doch seine Frau tue ihm leid, sie würde das womöglich nicht überstehen, ohnehin habe sie andauernd schwer zu leiden, und nicht aus eigener Schuld. Die Erwähnung einer Schuld kam mir zumindest merkwürdig vor, doch erläuterte er umgehend, der zweite Ehemann seiner Frau – er selbst war der dritte – habe sie mit Syphilis angesteckt, und das wirke sich jetzt, wie er sagte, dauerhaft auf ihre Gesundheit aus.

»Ja«, sagte der Hausherr nachdenklich, »in der Tat …«

Dann fragte er mit völlig veränderter Stimme:

»Wer hat Ihnen meine Adresse gegeben?«

»Was sagen Sie?«

»Ich frage Sie, wer Ihnen meine Adresse gegeben hat.«

»Sie entschuldigen, ich kam vorbei, und da dachte ich, vielleicht wohnen hier Russen …«

»Kurzum, Sie wollen es nicht sagen. Wie Sie mögen. Allerdings weiß ich, dass Sie Kalinitschenko heißen, nicht in Lyon, sondern in Paris inhaftiert waren, und nicht, weil Sie jemanden mit dem Motorrad umgefahren haben, sondern wegen Diebstahls.«

Der Mann mit der Mütze geriet in ungeheure Erregung und sagte, stotternd vor Zorn, wenn man eine derart ungerechte Meinung von ihm habe, gehe er lieber. Seine

Demutshaltung war verschwunden, seine kleinen Augen funkelten erbost. Er stand auf und ging rasch hinaus, ohne sich zu verabschieden.

»Sie kennen ihn?«, fragte ich.

»Natürlich«, erwiderte der Hausherr. »Wir alle kennen einander mehr oder weniger, ich meine, alle, die zu diesem Milieu gehören oder gehört haben. Bloß dachte er nicht, dass der Pawel Alexandrowitsch Schtscherbakow, der in dieser Wohnung wohnt, unter der Adresse, die Kostja Woronow ihm verraten hat, obwohl der mir geschworen hatte, sie niemandem mitzuteilen – dass dieser Schtscherbakow derselbe ist, der früher in der Rue Simon le Franc gewohnt hat. Andernfalls hätte er mir natürlich nicht die Geschichte von Lyon und dem Motorrad erzählt, die ihm Tschernow, ein ehemaliger Schriftsteller, für dreißig Franken ersonnen und verfasst hat, denn ihm selbst hätte die Phantasie dazu nicht ausgereicht.«

»Hat er auch die kranke Frau erfunden?«

»Nicht ganz«, sagte Schtscherbakow. »Verheiratet ist mein Besucher nie gewesen, soweit ich weiß, in diesem Milieu bedarf es keiner besonderen juristischen Formalitäten, aber die Frau, mit der er zusammenlebt, hat tatsächlich Syphilis. Im übrigen kann ich Ihnen nicht sagen, ob auch sie je verheiratet war, ich bezweifle es. Doch das hat keine Bedeutung, wie Sie mir beipflichten werden. Jetzt aber, nach alledem, lassen Sie mich endlich sagen, dass ich mich freue, Sie bei mir zu sehen.«

Und sogleich bekam das Gespräch einen völlig anderen Charakter, einen betont kulturellen; wie in allem übrigen war auch darin Pawel Alexandrowitschs Wunsch zu spüren, alles zu vergessen, was seinem jetzigen Lebensabschnitt vorausgegangen war. Dennoch begann er – er konnte nicht anders – mit folgender Gegenüberstellung:

»Ich hatte so lange keinen Zutritt zu der Welt, die einst die meinige gewesen war ... Vielleicht, weil ich ein schlechter Philosoph bin und ganz gewiss kein Stoiker. Für einen Philosophen, will ich damit sagen, dürften die äußeren Lebensumstände – erinnern Sie sich an das Beispiel Äsops – keine Rolle spielen bei der Entwicklung des menschlichen Denkens. Doch muss ich Ihnen gestehen, dass gewisse materielle Umstände, in deren Macht ein Mensch geraten kann, also Ungeziefer, Schmutz, Kälte, üble Gerüche ...«

Er saß in einem tiefen Sessel, rauchte eine Zigarette, und vor ihm stand ein Tässchen Kaffee.

»... all das wirkt sich auf höchst unangenehme Weise aus. Vielleicht nach dem Gesetz einer seelischen Mimikry, die zu weit geht. Letzten Endes ist das verständlich: Wir wissen bisweilen, welche Verhältnisse das eine oder andere biologische Gesetz wirksam werden lassen, können aber nicht vorhersehen, wann dessen Wirkung endet, und können uns nicht sicher sein, ob sie stets zweckdienlich ist. Warum eigentlich sollten, wenn ich unter relativ ungünstigen Verhältnissen lebe, King Lear und Don Quijote ihre Bedeutung für mich verlieren? Dabei ist das so.«

Ich lauschte ihm zerstreut, vor meinen Augen tauchte beharrlich – und immer wieder von neuem – jener Apriltag des vorvorigen Jahres auf, als ich ihn zum erstenmal erblickt hatte, seine dekorativen Lumpen und das dunkle, unrasierte Gesicht. Jetzt standen über seinem Kopf Bücher in schweren Ledereinbänden, und die gemächliche Gewähltheit seiner Rede erschien mitnichten unpassend. Ich verbrachte den ganzen Abend mit ihm, und als ich ging, nahm ich die Erinnerung an diese unglaubliche Metamorphose mit, die ich einfach nicht einordnen konnte und an der etwas war, das aufs heftigste allem widersprach, was ich bisher, bewusst oder unbewusst, für annehmbar gehalten hatte. Dieser Mensch hatte angefangen im Bereich der Phantasie und war übergewechselt in die Wirklichkeit, sein Dasein hatte – für mich – etwas von der luxuriösen Absurdität einer persischen Legende, und daran konnte ich mich nicht gewöhnen.

Einige Zeit danach wurde ich, völlig zufällig, erneut mit Bewohnern der Rue Simon le Franc konfrontiert. Ich traf einen ehemaligen Kameraden aus dem Gymnasium, den ich längst aus den Augen verloren hatte, von dem ich jedoch ab und zu in der Zeitung las, meist anlässlich seiner erneuten Verhaftung oder Aburteilung. Er war ein erstaunlicher Mensch, ein chronischer Alkoholiker, der ein ganzes Leben im Nebel der Trunkenheit zugebracht und den nur seine ungewöhnliche Gesundheit vor dem Grab bewahrt hatte. Zu Beginn seines Aufenthalts in Frankreich hatte er in verschiedenen Fabriken gearbeitet, aber diese Zeitspanne dauerte nicht lange; er tat sich mit einer wohlhabenden Frau zusammen, verbrachte mit ihr die Zeit in allerlei Cabarets, dann überführte er sie der Untreue, schoss auf ihren neuen Liebhaber und geriet dafür ins Gefängnis, und als er wieder herauskam, führte er ein nun schon völlig chaotisches Leben, von dem kaum noch eine einigermaßen zusammenhängende Vorstellung zu gewinnen war. Mal arbeitete er als Gärtner im Süden Frankreichs, mal reiste er ins Elsass, mal verschlug es ihn in ein Pyrenäendorf. Dennoch lebte er größtenteils in Paris, in entfernteren Elendsvierteln, rutschte von einer dunklen

Geschichte in die nächste, und wenn er davon erzählte, figurierten in seinen Schilderungen stets Freilassungen aus Mangel an Beweisen und letztlich aufgeklärte Missverständnisse. Seinen Erzählungen genau zu folgen war im übrigen ein Ding der Unmöglichkeit, es ließ sich nicht feststellen, wo seine Trunkenheit endete und wo seine Verrücktheit begann; von einer chronologischen Abfolge dessen, was er sagte, konnte jedenfalls keine Rede sein.

»Verstehst du, gerade wie ich aus der Schweiz ankomme, sagt sie zu mir, dass diese italienische Künstlerin nach Sizilien abreisen wollte, aber da kommt, kannst dir das vorstellen, ein Polizeiinspektor wegen diesem griechischen Journalisten und fragt mich, was ich zwei Wochen davor in Luxemburg gemacht hätte, und sie sagt, dass der Doktor, der den Engländer behandelt hat, nachts überfallen worden ist – der Schädel zu Bruch, verstehst du, und schwer verwundet, beschließt er, sich direkt an die Modellschneiderin zu wenden, die bei der Porte d'Orléans wohnt.«

Er redete, als ob jeder seiner Gesprächspartner über alle, die er erwähnte, detailliert im Bilde wäre. Dabei hatte ich niemals von der Künstlerin oder dem griechischen Journalisten oder dem Doktor gehört, nicht einmal von ihm selbst, und war mir nicht sicher, ob sie in der ephemeren und zufälligen Gestalt, wie sie aus seinen Worten auftauchten, überhaupt existierten. Bei der fortschreitenden Atrophie seiner geistigen Fähigkeiten oder, eher noch, bei deren unglaublicher Vermengung war ihm der Begriff der Zeit völlig abhandengekommen, er wusste nicht, in welchem Jahr wir lebten, und jegliche äußere Abfolge in seinem Dasein erschien wundersam unglaubhaft. So tappte er durch Paris, in jahrelangem Trunkenheitswahn, und es war erstaunlich, dass er noch irgendwie nach Hause fand und noch irgend jemanden erkannte. In den letzten Jahren hatte er aber stark abgebaut, er litt an Schwindsucht und konnte nicht mehr so leben wie früher. Einmal traf ich ihn auf der Straße, er bat mich um Geld und ich gab ihm, was ich bei mir hatte; ein paar Tage später bekam ich von ihm einen Brief, darin schrieb er, er liege krank in seinem Hotelzimmer und habe nichts zu essen. Ich fuhr hin.

Er wohnte am Stadtrand, unweit der Schlachthöfe, und ich hatte noch nirgends eine grimmigere Armut gesehen. Ein tätowierter Mann mit bastardhafter Verbrechervisage spülte unten am Schanktisch nachlässig zerkratzte Gläser aus; er sagte, Michel wohne in Zimmer vierunddreißig. Die enge und steile Treppe stiegen verdächtige Gestalten hinauf und hinab, und der schwere Gestank, von dem das gesamte Gebäude durchdrungen zu sein schien, hatte auf jedem Stockwerk noch seine eigene, besondere Note. Mischka lag unrasiert, hohlwangig und abgemagert auf dem Bett. Daneben, am Kopfende, saß eine Frau von vielleicht sechzig Jahren, dick und ungeschickt geschminkt, sie trug einen schwarzen Mantel und Nachtschlappen. Als ich eintrat, sagte Mischka zu ihr auf Russisch:

»Jetzt kannst du gehen.«

Sie erhob sich, öffnete den Mund, in dem viele Zähne fehlten, sagte mit ausdrucksloser Stimme: »Auf Wiedersehn!«, und ging. Ich sah ihr schweigend nach. Mischka fragte:

»Erinnerst du dich denn nicht an sie?«

»Nein.«

»Das ist Sina.«

»Was für eine Sina?«

»Na, die bewusste, berühmte.«

Ich hatte niemals von einer berühmten Sina gehört.

»Wofür berühmt?«

»Das schöne Aktmodell. Sie war die Geliebte aller großen Künstler. Sie war auch meine Geliebte, aber das ist, wie du verstehst, jetzt Vergangenheit, Frauen gibt es für mich nicht mehr, dafür reicht mir der Atem nicht. Es war die Zeit, kurz bevor ich in Versailles war, als ich mit dem albanischen Architekten eine Auseinandersetzung hatte und es zwischen dem und meiner Schweizerin zu einem Missverständnis ...«

»Warte, warte«, sagte ich. »Erzähl mir lieber von Sina.«

»Die lebt jetzt mit so einem Schnorrer zusammen«, sagte Mischka. Er war vollkommen nüchtern, wahrscheinlich zum erstenmal seit sehr langer Zeit. »So ein kleiner Mistkerl, ich hatte vor fünf Jahren eine Auseinandersetzung mit ihm, er wollte mir das Geld stehlen, das ich damals von der Engländerin bekommen hatte, die gerade heiraten wollte und ...«

»Hat er es nun gestohlen oder nicht?«

»Gestohlen hat er es, aber dann zurückgegeben, ich hab ihn in die Zange genommen. So ein mausgrauer Mistkerl, weißt du. Ja, und sie hat ihn natürlich mit der Syphilis angesteckt. Überhaupt, ein Schnorrer ist er schon immer gewesen, er erzählt eine Geschichte mit einem Motorrad, wie er in Lyon verhaftet wurde. Ich sag zu ihm – von wegen Lyon, wo ich dich vom Versailler Gefängnis in Erinnerung habe, ein schlimmeres Gefängnis gibt es nicht, Ehrenwort, die Santé ist tausendmal besser, Gott behüte, dass du je in das Versailler kommst, den Rat geb ich dir als Kamerad. Die ganze Lebensgeschichte hat ihm Alexej

Alexejewitsch Tschernow verfasst, der ist ein Talent, ich sag's dir! Ich hab sogar noch was von ihm, auf der Maschine getippt.«

Und er holte vom Regal tatsächlich ein schmutziggraues Heft, dessen Ecken stark abgerieben waren, und reichte es mir. Es war Tschernows Erzählung »Vor dem Gewitter«. Ich las die ersten Zeilen:

»Auf das wie immer majestätische Petersburg senkte sich die Winterdämmerung herab. Pjotr Iwanowitsch Belokonnikow, ein reicher vierzigjähriger Mann, der sowohl seiner Herkunft wie seiner im Pagenkorps erworbenen Bildung nach zur höheren Gesellschaft dieses Palmyra des Nordens gehörte, schritt mit aufgeknöpftem Pelz das Trottoir entlang. Soeben hatte er sich von Betty verabschiedet, die seine Geliebte war, und noch gingen ihm das Marmorweiß ihres Busens und die glühendheißen Liebkosungen ihres üppigen Körpers nicht aus dem Sinn.«

Ich fragte Mischka nun nach diesen Leuten aus, die er gut kannte. Trotz der Zusammenhanglosigkeit seines Berichts bekam ich immerhin heraus, dass Alexej Alexejewitsch Tschernow der kränklich aussehende, zerlumpte Alte war, der am Ausgang der russischen Kirche um Almosen bettelte und den ich viele Male gesehen hatte. Außerdem erfuhr ich, dass Sina eine Tochter hatte, Lida, um die sechsundzwanzig, die früher mit einem Franzosen verheiratet war; er starb plötzlich, man vermutete eine Vergiftung, und Lida hatte Unannehmlichkeiten. Ich merkte, dass in Mischkas Sprache das Wort »Unannehmlichkeiten« meistens »Gefängnis« bedeutete. Jetzt verkaufe sie Blumen irgendwo auf der Straße.

Ein paar Tage danach kehrte ich zu Mischkas Hotel zurück, aber dort war er nicht mehr, und niemand konnte mir sagen, wo er steckte. Erst sehr viel später erfuhr ich, dass er wohl einen Monat nach unserem Wiedersehen in einem Sanatorium bei Paris an Schwindsucht gestorben war. Als ich einmal, ungefähr in jenen Tagen, den Boulevard Garibaldi entlangging, fiel mir eine Gruppe auf, die mir auf dem Trottoir entgegenkam. Es waren Sina, der mausgraue Schnorrer, ebender, den ich am Tag meines Besuchs bei Pawel Alexandrowitsch gesehen hatte, und eine junge Frau, sehr ärmlich gekleidet, das blonde Haar unfrisiert – Lida, wie Mischka sie mir beschrieben hatte. Sie gingen fast nebeneinander, Lida ein wenig dahinter. Ich sah, dass mitten auf dem Trottoir eine große Kippe lag, auf die sie zuschritten. Als sie nah an der Stelle waren, wollte der mausgraue Mann sich offenbar schon bücken, doch im gleichen Augenblick gab Sina ihm, unglaublich rhythmisch exakt und behend, einen Stoß mit der Schulter, so dass er fast gefallen wäre. Dann hob sie mit lässiger und zielgenauer Bewegung die Kippe auf und schritt im selben Trott weiter. Unwillkürlich fielen mir Dschigiten ein, die vom Sattel gleiten und ein Tuch packen, das auf der Erde liegt, während das Pferd weitertrabt wie zuvor. Ich sah, dass Lida lächelte, und es war nicht zu übersehen, dass ihr ausgemergeltes und trotz seiner Jugend ungesundes Gesicht eine unbezweifelbare, doch fast beunruhigende Anziehungskraft hatte.

Am Abend des Tages, als ich der Gruppe begegnet war und die jüngsten Ereignisse – meine Visite bei Schtscherbakow, den Krankenbesuch bei Mischka, die Gedanken über den mausgrauen Schnorrer, Sina und ihre Tochter – noch frisch im Gedächtnis hatte, an jenem Abend war ich von alledem meilenweit entfernt, es beschäftigte mich überhaupt nicht. Tagsüber hatte ich eine unerklärliche Müdigkeit empfunden, war heimgekehrt und hatte drei Stunden am Stück geschlafen. Danach stand ich auf, wusch mich, ging essen ins Restaurant und aus dem Restaurant wieder nach Hause. Es war vielleicht neun Uhr abends. Ich stand lange am Fenster und schaute hinunter auf die enge Straße. Alles war wie immer: Die bunten Fenster des Bordells gegenüber waren erleuchtet, darüber ließ sich leicht die Inschrift »Au panier fleuri«[1] entziffern, die Conciergen saßen auf ihren Stühlen, jede vor ihrer Tür, und in der Abendstille hörte ich ihre Stimmen, wie sie sich übers Wetter und über die hohen Preise unterhielten; an der Ecke von Straße und Boulevard, beim Schaufenster des Buchladens, tauchte eine Silhouette bald auf, bald verschwand sie wieder – Mado, die ihre Arbeit angetreten hatte und auf und ab ging, stets dieselbe Strecke, dreißig Schritte hin, dreißig Schritte zurück; irgendwo, nicht weit weg, spielte ein Pianola. Ich kannte in dieser Straße alle, wie ich auch die Gerüche der Straße kannte, das Aussehen jedes Hauses, jede Fensterscheibe wie auch die kümmerliche Quasi-Existenz, die für jeden Bewohner der Straße typisch war, wobei ich nie die Hauptsache begreifen konnte: Was trieb diese Menschen in dem Leben, das sie führten, eigentlich an? Wie mochten ihre Wünsche, Hoffnungen, Bestrebungen aussehen und um welchen Ziels willen tat jeder von ihnen, gehorsam und geduldig, eigentlich jeden Tag ein und dasselbe? Was steckte wohl dahinter, außer dem dunk-

1 Zum Blumenkorb

len biologischen Gesetz, dem sie alle unterlagen, ohne es zu kennen und ohne je darüber nachzudenken? Was hatte sie aus dem apokalyptischen Nichts ins Leben gerufen? Die zufällige und vielleicht augenblickskurze Vereinigung zweier menschlicher Körper eines Abends oder eines Nachts vor ein paar Dutzend Jahren? Und mir fiel ein, was ein untersetzter vierzigjähriger Mann mit Schirmmütze, Paul, der als Lastwagenfahrer arbeitete und zwei Häuser weiter wohnte, mir beim üblichen Glas Rotwein einmal gesagt hatte:

»J'ai pas connu mes parents, c'est à s'demander s'ils ont jamais existé. Tel que vous m'voyez, j'ai été trouvé dans une poubelle, au 24 de la rue Caulaincourt. Je suis un vrai parisien, moi.«[1]

Und als ich Mado einmal fragte, womit sie rechne in der Zukunft und wie ihr Leben sich entwickeln könne, sah sie mich aus leeren, stark umrandeten Augen an, zuckte die Schultern und erwiderte, auf solcherart Überlegungen habe sie niemals Zeit verschwendet. Dann schwieg sie einen Augenblick und sagte, sie werde arbeiten bis zu dem Tag, an dem sie stirbt – »jusqu'au jour où je vais crever, parce que je suis poitrinaire«.[2]

Ich trat weg vom Fenster. Das Pianola spielte erbarmungslos eine Arie nach der anderen. Mir war, als versinke ich tiefer und tiefer in einem undefinierbaren Seelen-

1 Ich hab meine Eltern nicht gekannt, ja, ich frag mich sogar, ob es sie überhaupt gegeben hat. Den Sie da vor sich sehen, der ist in einem Mülleimer in der Rue Caulaincourt 24 gefunden worden. Ich bin ein echter Pariser.

2 bis zu dem Tag, wo ich abschnappe, denn ich hab es auf der Brust.

nebel. Ich suchte mir möglichst vollständig alles vorzustellen, was meine Einbildungskraft erfassen konnte – wie es jetzt gerade aussah auf der Welt: der dunkle Himmel über Paris, seine riesigen Weiten, die Tausende und Abertausende Kilometer des Ozeans, die Morgendämmerung über Melbourne, der späte Abend in Moskau, das Zischen des Meeresschaums an den Küsten Griechenlands, der heiße Mittag am Golf von Bengalen, die durchsichtige Luftbewegung über der Erde sowie die Zeit, die unaufhaltsam in die Vergangenheit entschwand. Wie viele Menschen waren schon gestorben, seit ich ans Fenster getreten war, wie viele lagen jetzt in Agonie, während ich darüber nachdachte, wie viele Leiber krümmten sich im Todeskampf – die Leiber derer, für die der unerbittlich letzte Tag ihres Lebens angebrochen war? Ich schloss die Augen, vor mir erschien Michelangelos »Jüngstes Gericht«, zugleich fiel mir seltsamerweise sein letzter Brief ein, in dem er sagt, er könne nicht mehr schreiben. Diese Zeilen fielen mir ein, und es lief mir kalt den Rücken hinunter: Die Hand, die nicht mehr schreiben konnte, hatte David und Moses aus dem Marmor gehauen, und nun löste sein Genie sich auf, ging in dasselbe Nichts ein, aus dem es gekommen war; dabei schien jedes seiner Werke ein Sieg über den Tod und über die Zeit zu sein. Damit diese Begriffe, Tod und Zeit, in ihrer ganzen Schicksalhaftigkeit vor mir auftauchten, musste ich den weiten Weg einer langsamen Versenkung zurücklegen, musste ich die lautliche Fragwürdigkeit der Buchstabenfolge »z«, »t«, »o« überwinden, erst dann tat sich die tiefe Perspektive auf mein eigenes Sterben auf. Die Zeilen von Michelangelos Brief klangen mir in den Ohren, ich sah die gedruckte Seite deutlich vor mir, das Datum: »Rom, 28. Dezember 1563«, und die Adresse: »An Lionardo di Buonarroti Simoni, Florenz«. »Ich habe in letzter Zeit viele Briefe von Dir erhalten und nicht beantwortet. So gehandelt habe ich deshalb, weil meine Hand mir nicht mehr gehorcht.« Zwei Monate danach, im Februar 1564, starb er. Hatte er noch die tragische Grandiosität jener Woge von Muskeln und Leibern im Gedächtnis, die seine unerbittliche Inspiration so gebieterisch in die Hölle gestoßen hatte, dank unzähliger und unfehlbarer Bewegungen einer Hand, die einmalig war auf der Welt, derselben Hand, die ihm später den Dienst versagte, in den Tagen, als offensichtlich wurde, dass seine übermenschliche Macht illusorisch war und sein unwiederholbares Genie auf Erden nutzlos? Ich saß im Sessel und dachte voll kalter Wut, wie wenig stichhaltig im Grunde alles ist, insbesondere jede abstrakte Moral und selbst die unerreichbare geistige Höhe des Christentums – denn wir sind begrenzt durch die Zeit, denn es gibt den Tod. Natürlich hatte ich diese Gedanken schon früher gekannt, mein Leben lang, wie Millionen Menschen vor mir sie kannten, aber nur manchmal wurden sie aus einer theoretischen Einsicht zu einer Empfindung, dann verspürte ich jedesmal ein besonderes, mit nichts vergleichbares Entsetzen. Alles, worin ich lebte, und alles, was mich umgab, verlor jeglichen Sinn und jegliche Überzeugungskraft. Und dann kam mir jedesmal wieder der seltsame Wunsch, zu verschwinden und mich aufzulösen wie ein Phantom im Traum, wie ein morgendlicher Nebelfleck, wie jemandes ferne Erinnerung. Ich hätte am liebsten alles vergessen, was ich wusste, alles, was mich eigentlich ausmachte, außerhalb dessen meine Existenz nicht vorstellbar schien, sämtliche absurden und zufälligen Umstände, wie wenn ich mir selbst beweisen wollte, dass ich nicht nur ein Leben habe, sondern mehrere, folglich meine Möglichkeiten keineswegs auf das beschränkt seien, worin ich gerade lebte. Betrachtete ich es theoretisch und spekulativ, sah ich eine ganze Serie allmählicher Wandlungen meiner Person, und in dieser Vielzahl von Gestalten, die vor mir auftauchten, lag die Hoffnung auf eine phantomhafte Unsterblichkeit. Ich sah mich als Komponisten, Bergmann, Offizier, als Arbeiter, Diplomaten, Vagabunden, jeder Gestaltwandel hatte eine gewisse Überzeugungskraft für sich, und es kam mir allmählich so vor, wie wenn ich tatsächlich nicht wüsste, als was der morgige Tag mich anträfe und welche Distanz mich nach dieser Nacht vom heutigen Abend trennen würde. Wo wäre ich und was würde aus mir werden? Ich hatte, schien es mir, so viele fremde Leben gelebt, mich hatten so oft die Empfindungen fremder Leiden erschüttert, ich hatte so viele Male ungewöhnlich deutlich gefühlt, was andere Menschen, bisweilen schon gestorbene und mir fernstehende, in Erregung versetzte, dass ich längst keine Vorstellung mehr hatte von meinen eigenen Konturen. Wie jedesmal, wenn ich lange allein blieb, war ich auch an diesem Abend umfangen von regelrecht einem Gefühlsozean aus unzähligen Erinnerungen, Gedanken, Gemütsregungen und Hoffnungen, denen eine vage und nicht bezwingbare Erwartung vorausging und nachfolgte. Zuletzt ermüdete mich ein solcher Zustand stets dermaßen, dass in meiner Phantasie alles durcheinandergeriet, dann ging ich entweder ins Café oder suchte meine Aufmerksamkeit auf eine einzige, ganz bestimmte Idee – oder ein Ideensystem – zu konzentrieren, oder ich rief in meinem Gedächtnis schließlich irgendeine rettende Melodie wach und zwang mich, ihr zuzuhören. Völlig erschöpft legte ich mich aufs Bett, und plötzlich kam mir die Unvollendete in den Sinn; sie erklang in der abendlichen Stille meines Zimmers, und nach ein paar Minuten war mir, als sei ich erneut im Konzertsaal: der schwarze Frack des Dirigenten, der komplizierte Lufttanz seines Stabs, dessen Bewegungen die Modulationen der Musik folgten in der besiegten Stille, die Saiten, Bogen, Tasten – wieder einmal die im Grunde fast wundersame Rückkehr einer fernen Inspiration, vor vielen Jahren von demselben blinden und erbarmungslosen Gesetz angehalten, aufgrund dessen auch Michelangelos Hand unbeweglich wurde. Die Nacht brach an, am Himmel erschienen Sterne, unten schliefen die Conciergen, es leuchtete die Inschrift »Au panier fleuri« und an der Ecke bewegte sich wie ein Pendel Mado, und all das zog durch die Unvollendete, ohne sie zu verdüstern und zu zerstören, verschwamm und verschwand allmählich in dieser Bewegung der Töne, in diesem Phantomsieg von Erinnerungen und Einbildungskraft über die Wirklichkeit und über das Offensichtliche.

* * *

Fast jede Woche war ich bei Pawel Alexandrowitsch zu Besuch und unterhielt mich jeweils lange mit ihm. Insbesondere wollte ich herausfinden, wie er in die Verfassung hatte geraten können, in der er war, als ich ihm begegnete, und wie er, einmal in dieser Verfassung, zu bewahren verstand, was ihn so heftig von seinen Leidensgefährten unterschied. Ich wusste, dass einem Menschen, ist er Bettler geworden, der Weg zurück gewöhnlich für immer versperrt ist, nicht nur im Sinne einer Rückkehr zu materiellem Wohlstand – viele Bettler waren verhältnismäßig reich, solche habe ich oft erlebt –, sondern hauptsächlich in dem, was gesellschaftliche Hierarchie genannt wird: von dort stiegen die Menschen nicht mehr auf. Natürlich stellte ich die Frage niemals direkt, ich deutete sie nicht einmal an. Aber wenn ich einige der fast immer zufälligen Äußerungen Pawel Alexandrowitschs zusammenfügte, gewann ich eine Vorstellung, die der Wahrheit wohl nahekam. Etwas war geschehen am Beginn seines Lebens im Ausland, ich erfuhr nie, was genau, irgendein Absturz, der, wie mir schien, mit einer Frau zu tun hatte. Danach begann er zu trinken und verfiel der Trunksucht vollkommen. So ging es jahrelang, und wahrscheinlich hätte ihn nichts retten können, wäre er nicht krank geworden. Er brach eines Nachts auf der Straße zusammen und lag so einige Stunden, bis er gefunden und ins Krankenhaus gebracht wurde. Dort unterzog man ihn einer gründlichen Untersuchung, machte alle notwendigen Analysen, behandelte ihn einige Monate lang, und als es ihm endlich bedeutend besser ging, sagte ihm der Arzt, er werde nur unter einer Bedingung weiterleben – bei völliger Enthaltsamkeit. Pawel Alexandrowitsch konnte sich umgehend davon überzeugen, dass der Doktor die Wahrheit gesagt hatte: Ein Glas Wein, das er trank, rief bei ihm sogleich Erbrechen und heftige Krankheitssymptome hervor. Er verzichtete auf sämtliche Alkoholika und wurde nach einiger Zeit zu einem beinahe normalen Menschen. Unserer Begegnung im Jardin du Luxembourg waren anderthalb Lebensjahre vorausgegangen, in deren Verlauf er nicht trank. Längst hatte er eingesehen, wie bedrückend und schmachvoll seine Lage war; aber er war nicht mehr jung, körperlich schwach, seine Vergangenheit enthielt viele Jahre eines Daseins, wie seine Gefährten es jetzt führten, und er war der Ansicht, wenn sich in nächster Zukunft nichts änderte, bleibe ihm nur ein Ausweg – der Selbstmord.

Dies war die äußerliche Erklärung dessen, was mit ihm geschehen war. Aber es gab, wie mir schien, noch etwas anderes: den beständigen und passiven Widerstand jener ihn prägenden, unbezweifelbaren Kultur gegen diesen tiefen Fall, einen ihm innewohnenden, vielleicht beinahe unbewussten, beinahe organischen Stoizismus, den er selbst beharrlich abstritt.

Es war natürlich nicht zu übersehen, dass eine Frau in seiner Wohnung lebte, obwohl ich sie nie zu Gesicht bekam und Pawel Alexandrowitsch darüber nie ein Wort verlor. Aber ich bemerkte so manches Mal Spuren ihrer Anwesenheit: Im Aschenbecher lagen Zigarettenkippen mit dem Abdruck karmesinroter Pomade, und bisweilen hing ein kaum spürbarer Parfümduft noch im Zimmer. Je nun, was hätte natürlicher sein können? Einmal aber lagen, als ich wie immer gegen acht Uhr abends kam, auf dem Tisch nicht zwei, sondern drei Gedecke.

»Wir werden heute zu dritt dinieren«, sagte Pawel Alexandrowitsch, »falls Sie nichts einzuwenden haben.«

»Im Gegenteil, im Gegenteil«, sagte ich hastig. Im selben Augenblick hörte ich Schritte, wandte den Kopf – und zuckte zusammen vor Verwunderung und dem unerklärlich bedrückenden Gefühl, das mich augenblicklich erfasste: Ich erblickte eine junge Frau, in der ich sofort Sinas

Tochter erkannte, obwohl sie sich seit dem Tag, als ich ihr zusammen mit ihrer Mutter und dem mausgrauen Schnorrer auf der Straße begegnet war, vollkommen verändert hatte. Sie war gut gekleidet, trug ein dunkelblaues Seidenkleid, ein ziemlich weites mit tiefen Falten, die blonden Haare waren onduliert, die Lippen karmesinrot geschminkt, die Augen ein wenig umrandet. Aber in ihrem Gesicht war geblieben, was ich bemerkt hatte, als ich sie zum erstenmal sah, und was sehr schwer zu bestimmen war – etwas gleichermaßen Anziehendes und Unangenehmes.

Sie reichte mir die Hand und bat um Entschuldigung, dass es ihr nicht immer leichtfalle, Russisch zu reden. Tatsächlich sprach sie mit Akzent und verfiel während des Gesprächs ständig ins Französische, und darin war sie hilflos. Sie redete ungefähr so, wie in armen Pariser Vorstadtvierteln auf der Straße geredet wird, und ich zuckte erneut zusammen, als ich diesen vertrauten Tonfall hörte, diese Lautmasse in Bewegung, armselig und doch auch unverfälscht tragisch. Im übrigen schwieg sie meist, hob nur selten auf Schtscherbakow oder auf mich den Blick, an dem mich eine – etwas alberne, wie mir schien – Bedeutsamkeit störte. Sie war sechsundzwanzig, ihrem Aussehen nach hätte man sie älter geschätzt, da ihre Gesichtshaut schon die frische Spannkraft der frühen Jugend verloren hatte und weil in ihrer Stimme, wenn sie diese senkte, eine leichte Heiserkeit zu hören war. Aber auch darin lag eine eigenartige Anziehungskraft.

An jenem Abend wusste ich fast nichts von ihr. Ich hätte alles erfahren können, aber Mischka war bereits nicht mehr am Leben. Mir blieben allerdings noch andere Informationsquellen, die ich ein wenig später nutzte; ich lud einen der russischen Clochards, den ich vom Sehen kannte, ins Café ein, und beim dritten Glas Wein erzählte er mir vieles über ihr Leben. Aber das geschah erst fünf oder sechs Tage nach unserem Diner zu dritt.

Pawel Alexandrowitsch rührte wie immer den Wein nicht an, ich trank ein paar Schluck. Dafür trank Lida vier Gläser. Nach dem Essen fragte mich Pawel Alexandrowitsch, ob ich gerne Zigeunerromanzen hörte. Ich bejahte.

»Dann lade ich Sie zu einem kleinen Amateurkonzert ein«, sagte er.

Wir gingen in die andere Hälfte der Wohnung, wo ich bislang noch nicht gewesen war. Auf dem Boden lag ein Plüschteppich, die Wände waren mit dunkelblauen Tapeten beklebt. Im Salon stand ein Klavier. Pawel Alexandrowitsch setzte sich daran, berührte ein paarmal die Tasten und sagte:

»Auf, Lida ...«

Sie begann halblaut zu singen, doch war sogleich zu erkennen, dass sie auf natürliche Weise musikalisch war und gar nicht fähig gewesen wäre, falsch zu singen oder den Rhythmus zu verfehlen. Schon bald schien sie uns vergessen zu haben und sang, als ob sie allein im Raum wäre – allein oder vor einem vielköpfigen Auditorium. Fast ihr gesamtes, ziemlich umfangreiches Repertoire, zu dem französische Chansons, Zigeunerromanzen und viele andere Lieder unterschiedlicher und zufälliger Herkunft gehörten, war mir bekannt. Aber vor diesem Abend hätte ich mir nicht vorgestellt, dass es so klingen könnte. Sie legte in ihre Darbietung, der weder eine gewisse Kunstfertigkeit noch musikalische Überzeugungskraft abzusprechen war, eine nie versiegende, nie sie im Stich lassende schwere Sinnlichkeit, die diesen Liedern sonst meist fehlte. In den Tönen ihrer Stimme, ob langgezogen, ob kurz oder tief, wiederholte sich mit den unterschiedlichsten Nuancen stets ein und dasselbe, und das mit derart nachdrücklicher Beharrlichkeit, dass es zuletzt auch das Klavier, den Gesang wie die Abfolge der Reimwörter überwucherte und einfach bedrückend wurde. Es lag darin eine unerklärbare Schamlosigkeit des Klangs, und wenn ich die Augen schloss, erschien vor mir sogleich der weiße Abgrund eines imaginierten Betts, darauf Lidas nackter Körper und die vage Silhouette eines über sie gebeugten Mannes. Am unangenehmsten war daran so etwas wie ein persönlicher Appell, dass jedem ihrer Zuhörer diese sinnliche Welt, in der die Luft zum Atmen nicht reichte, ebenfalls nicht fremd sei, gar nicht fremd sein könne. Und schon damals, als ich ihrem Gesang lauschte, begriff ich, dass es vielleicht nur eines Zufalls bedürfte, und ich würde unhaltbar von ihr angezogen werden, und gegen diese Anziehungskraft könnte sich sowohl meine unwillkürliche Verachtung für sie als ohnmächtig erweisen wie auch meine hartnäckige Geisteskrankheit, die mich in die kalten und abstrakten Räume fortzog, von denen ich nicht loskam. Ich dachte über all das nach, und plötzlich tat Pawel Alexandrowitsch mir unendlich leid; die Vermutung lag nahe, dass in der Welt, für die sie stand, lebendig und unübersehbar, ihm die traurige Rolle ihres blassen Gefährten beschieden war, genauso wie er in diesem Zusammenspiel von Klavier und Stimme nur akkompagnieren konnte. Aufmerksam betrachtete ich Lida, ihren roten Mund, ihre Augen, die von Zeit zu Zeit einen schläfrig feuchten Ausdruck annahmen, und das rhythmische Schaukeln ihres schmalen Körpers, womit sie ihren Gesang begleitete.

> Ein Sonnenstrahl blinkt durch geschlossne Fensterläden,
> Wie gestern schwindelt mir, nun trägt es mich weit fort,
> Ich hör dein Lachen, unsre nächtlichen Gespräche,
> Und jedes Wort von dir klingt mir wie ein Akkord.

Da fiel mir plötzlich Sina ein, ihre Mutter, das alte, ungeschickt geschminkte Gesicht, der zahnlose Mund und die erloschenen Augen, die rheumatischen Füße in den Nachtschlappen. Dann richtete ich den Blick wieder auf Lida, ihre Gesichtszüge verschwammen einen Augenblick, rückten in die Ferne, und da erblickte ich mit plötzlichem Kälteschauer am Rücken die – gleich wieder verschwundene – Ähnlichkeit Lidas mit ihrer Mutter. Bis dahin war es vorerst aber noch weit, und der Gedanke drängte sich auf, dass im Verlauf etlicher, langer Jahre Lidas schmaler Körper sich noch viele Male in diesem wiegenden Rhythmus bewegen würde und jemandes Augen sie mit so gieriger Aufmerksamkeit betrachten würden, wie ich es jetzt tat. Als sie zu singen aufhörte, hatte ich den Eindruck, berauscht zu sein; fast gleich danach brach ich auf, wobei ich vorschützte, mich für eine Prüfung vorbereiten zu müssen, und erst auf der Straße fühlte ich mich wieder frei.

Einige Tage danach machte ich den betagten russischen Streuner ausfindig, dem ich schon öfter begegnet war und den ich von weitem erkannte, denn ihn konnte man mit niemandem verwechseln: Die Haare wuchsen in seinem Gesicht als einzelne, verstreute Büschel. Zwei- oder dreimal hatte ich ihn rasiert gesehen, dann wurde er anderen Menschen ähnlich. Aber zu gewöhnlichen Zeiten, wenn er normal unrasiert war, hatte dieser merkwürdige Bewuchs seines Gesichts etwas fast Botanisches, grauen Moosflecken ähnlich, die sich stellenweise durch den Stein kämpfen. Ich lud ihn in ein kleines Café ein, bestellte ihm Rotwein und Sandwiches – er aß sehr wenig, wie alle Alkoholiker – und fragte ihn, ob er Sina kenne, ihren Mann und ihre Tochter. Zunächst antwortete er ausweichend, aber der Wein wirkte rasch, und er erzählte mir alles, was er von dieser, wie er sich ausdrückte, »Sippschaft« wusste. Es kostete mich allerdings große Mühe, ihn zu veranlassen, von dem zu reden, was mich interessierte, denn er schweifte immer wieder in endlose Geschichten über eine Fürstin ab, seine ehemalige Geliebte, die er, seinen Worten nach, einfach nicht vergessen könne und die so wunderbar Karriere gemacht habe in Paris, was im übrigen verständlich sei, denn sie sei überhaupt eine außergewöhnliche Frau. Erst wurde ich nicht klug daraus, was für eine Karriere das war, zumal es, wie mein Gesprächspartner sagte, jahrelanger Geduld und Vorsicht bedurft hatte, bis die Fürstin am Ziel war. Zuletzt klärte es sich aber auf: Die Fürstin war Dienstmädchen gewesen bei einer reichen Alten, die schlecht sah und schlecht hörte und von der Fürstin systematisch bestohlen wurde. Und als die Alte starb und ihr Vermögen irgendwelchen entfernten Verwandten hinterließ, verfügte die Fürstin über beträchtliche Gelder. Gerade da, sagte er, habe sie seine Liebe verschmäht und sich gänzlich ins Privatleben zurückgezogen. Offenbar suchte er mein Mitgefühl, ich wiegte den Kopf und meinte nebulös, was nicht alles so passiere und das bessere Schicksal falle nicht immer den würdigeren Menschen zu. Von trunkenem, aufrichtigem Gefühl überwältigt, drückte er mir die Hand und kam endlich auf Sina und Lida zu sprechen. Deren Geschichte erzählte er mir mit Einzelheiten, die, sollte man meinen, niemand kennen konnte, aber er sprach davon, als wären sie jedermann vertraut. Vor allem wusste Sina, seinen Worten nach, selbst nicht, wer Lidas Vater war, weil sie zu jenen Zeiten ein äußerst ausschweifendes Leben geführt hatte. Bis zum Alter von zwölf Jahren lebte Lida auf dem Land und war erst dann zur Mutter gekommen. Als sie vierzehn war, wurde sie die Geliebte des mausgrauen Schnorrers; Sina erfuhr davon, es gab einen grauenhaften Skandal, sie stürzte sich auf ihren Beischläfer und verletzte ihn mit der Schere – in einem Anfall weiblicher Eifersucht, wie der Streuner sagte. Dann jedoch »renkte sich alles ein«, besonders nachdem Lida von zu Hause weggelaufen war und vier Jahre verschwunden blieb. Wie sie diese Zeit verbrachte, wusste niemand, nicht einmal mein Gesprächspartner. Ein Freund von ihm, Petja Tarassow, habe ihm zwar gesagt, er habe gesehen, wie Lida in Tunis etwas auf der Strandpromenade verkaufte; aber Petja Tarassow dürfe man nie so ganz glauben, da er ein Quartalssäufer sei, überhaupt äußerte sich mein Gesprächspartner missbilligend über ihn, er behauptete, der sei ein unsicherer Patron. Im nachhinein stellte sich allerdings heraus, dass Lida tatsächlich in Tunis gewesen war. Dann kehrte sie nach Hause zurück, und ihr Aussehen legte die Vermutung nahe, sie sei lange krank gewesen.

»Haben damals alle in der Rue Simon le Franc gewohnt?«, fragte ich.

Nein, wie sich zeigte, hatten sie nie dort gewohnt; sie

hatten ihre ständige Wohnung in der Rue de l'Église St. Martin.

»Eine Wohnung?« Ich wunderte mich. Diese Straße kannte ich, mir schien, dort könne es überhaupt keine Wohnungen geben, dort standen Holzbaracken, wo polnische Tagelöhner, Araber und Chinesen hausten, an der Ecke war die »Bar Polski«, eine der finstersten Spelunken, die ich je in meinem Leben gesehen habe. Freilich gab es nach der Beschreibung meines Gesprächspartners in Sinas Wohnung, die immerhin aus zwei Zimmern bestand, weder Wasser noch Gas, nicht einmal Strom. Zu fragen, woher Sina das Geld nahm für ihre ärmliche Existenz, genierte ich mich, wusste ich doch, dass in diesem Milieu solche Fragen unpassend sind. Aber der Streuner erklärte mir, Sina und Lida hätten gut verdient, weil sie durch die Höfe zogen und sangen, und der mausgraue Schnorrer begleitete sie auf der Ziehharmonika. Das setzte sich so lange fort, bis Sina aus unbekanntem Grund ihre Stimme verlor. Das Geld hielt sich allerdings nicht bei ihnen, da Sina trank und ihr Beischläfer bei Pferderennen wettete, und was Sina nicht vertrunken hatte, verspielte er. Auf Lida war nicht zu rechnen, sie wohnte nur zeitweilig zu Hause, und unlängst hatte sie sogar einen jungen Franzosen geheiratet, den seine Eltern verstießen und der bald darauf starb, nachdem er sich eine zu große Dosis Morphium gespritzt hatte, worauf Lida verhaftet, aber ein paar Tage später wieder freigelassen wurde. Dann teilte mein Gesprächspartner mir noch mit, dass Lida jetzt mit Pawel Schtscherbakow liiert sei, über den er ebenfalls recht ausführlich berichtete, und was er sagte, entsprach im großen und ganzen der Realität. Ich war bass erstaunt über die unglaubliche Informiertheit dieses Mannes. Er kannte außerdem die Biographie des mausgrauen Schnorrers und die Unglücksgeschichte mit dem Motorrad, verfasst von Tschernow, dessen Werke ihm ebenfalls wohlvertraut waren. Über den mausgrauen Schnorrer sagte er, der sei in Russland einst Buchhalter gewesen, in Astrachan oder in Archangelsk, habe ab Kriegsbeginn auf der Intendantur gedient und sei durchaus mit Geld ins Ausland gekommen, doch bald ruiniert gewesen, da er einen Großteil davon in Monte Carlo verspielte und, was noch übrig war, bei Pferderennen verwettete. Und sogar Sina habe er auf der Rennbahn in Auteuil kennengelernt, an jenem historischen Tag, als er nahezu alles, was er hatte, auf den berühmten und unvergleichlichen Pharao den Dritten setzte, das beste Pferd, das jemals in Frankreich im Rennen war. Der Jockey allerdings war von einem neidischen Konkurrenten gekauft worden, er führte Pharao mit der Peitsche und verlor im Finish, so dass ihm nichts nachzuweisen war. Als mein Gesprächspartner mir davon erzählte, geriet er sichtlich in Erregung. Außerdem legte er eine solche Kenntnis der Rennterminologie an den Tag, dass seine Kompetenz auf diesem Gebiet völlig außer Zweifel stand – und ich dachte, dass die Gründe, die Menschen bis in die Rue Simon le Franc bringen, von der Zahl her eigentlich beschränkt und es fast immer dieselben sind. »Ich habe ein Vermögen verloren, aber ich habe Sina gewonnen«, habe der mausgraue Schnorrer nach diesem Tag angeblich gesagt. Ich konnte mir die Bemerkung nicht verkneifen: »Auch das hat sich wahrscheinlich Tschernow ausgedacht.«

Darauf trennten wir uns, und mein Gesprächspartner

gab, bevor er ging, noch der Hoffnung Ausdruck, alles Erzählte bleibe unter uns. Eine überflüssige und mechanische Phrase, sollte man meinen, die keinerlei Bedeutung hatte, schon allein deshalb, weil er mir am Beginn des Gesprächs gesagt hatte, die Ereignisse, um die es ging, seien »allen bekannt«. Freilich gehörte ich nicht zu diesen »allen«, und mein Interesse an dieser Welt hatte etwas Illegitimes und vielleicht sogar irgendwie Feindliches. Diesen Eindruck konnte er jedenfalls gewinnen. In gewisser Weise war das einsehbar, und wäre ich an seiner Stelle gewesen, hätte ich mir vermutlich auch gedacht, wie unverfroren und unpassend es doch sei, dass ein junger Mann, anständig gekleidet, mit einemmal in Bereiche eindringt, von denen ihn unumkehrbare und folgerichtige Abstürze trennen: Pferderennen, Alkohol, Morphium, Gefängnis, Syphilis, Almosen, außerdem haltloses Laster und Schmutz, Krankheiten und körperliche Schwäche, tagtäglich die Aussicht, auf der Straße zu sterben, dazu totale Hoffnungslosigkeit, ohne jede Spur einer Illusion, es könnte irgendeine Besserung eintreten. Das nämlich, denke ich, wollte er sagen, als er die Phrase aussprach, unser Gespräch bleibe unter uns. Aber er konnte natürlich nicht wissen, dass trotz des äußeren Unterschieds zwischen uns meine Situation vielleicht nicht weniger traurig war als die seine, wenn auch auf andere Weise.

Niemand, kein einziger Mensch auf der Welt mit Ausnahme von Catrine, ahnte ja, dass ich an dieser eigenartigen Geisteskrankheit litt, um die zu wissen mir eine ständige Last war. Besonders quälte mich die Erkenntnis meiner Ungleichheit, die Überlegenheit der anderen Menschen. Ich wusste, dass ich jeden Moment das Gefühl für die Wirklichkeit verlieren und in schweren Wahn verfallen konnte, dabei wurde ich für diese Zeit vollkommen hilflos. Zum Glück spürte ich normalerweise, wenn sich ein solcher Anfall näherte, aber manchmal brach es auch urplötzlich über mich herein, und ich dachte verstört, was passieren könnte, wenn es in einem Universitätshörsaal, in der Bibliothek, auf der Straße oder während einer Prüfung geschähe. Ich tat alles, um mich davon zu befreien, ich trieb verstärkt Sport, duschte jeden Morgen kalt und konnte sagen, dass ich körperlich ideal gesund war. Aber das half überhaupt nichts. Vielleicht, dachte ich mir, wenn ich ein Erdbeben oder einen Schiffbruch auf hoher See erlebte oder sonst irgendeine schwer vorstellbare, fast kosmische Katastrophe, vielleicht wäre das der rettende Impuls und ermöglichte mir, den ersten, schwierigsten Schritt auf dem Rückweg zur Wirklichkeit zu tun, den ich bisher so vergeblich gesucht hatte. Aber nichts dergleichen geschah, es konnte wohl auch gar nicht geschehen, zumindest nicht in nächster Zukunft.

Ich besuchte weiterhin Pawel Alexandrowitsch, und wäre nicht Lidas beständig zu erahnende Gegenwart gewesen – auch wenn ich sie vergleichsweise selten sah –, hätte ich sagen können, meine Seele habe nur dort wahrhaft Erholung gefunden. Das Leben, das Pawel Alexandrowitsch jetzt führte, hatte in seiner ruhigen Gemütlichkeit etwas einschläfernd Wohliges, und das war in allem zu spüren, angefangen von dem warmen Tonfall seiner Stimme und bis hin zur erstaunlichen Weichheit seiner Sessel. Mir kam es vor, als wären selbst seine Diners von dieser Art; noch nirgends hatte ich bisher solch eine samtige Suppe gegessen, solche Koteletts, solche Schokoladencreme. Ich war ihm aufs innigste zugetan, und mich beschlich ein beklemmendes Gefühl, wenn ich dachte, es könnte ihm irgend etwas zustoßen. Dieser Gedanke hätte mich wahrscheinlich nicht verfolgt, wenn ich Lida hätte vergessen können. Natürlich erlaubte ich mir nicht, Pawel Alexandrowitsch irgendwelche Fragen zu stellen, die diesen Aspekt seines Lebens berührten; er sprach auch seinerseits nie darüber. Einmal jedoch, während eines meiner üblichen Besuche, sagte er zu mir – es war am Freitagabend –, morgen, am Samstag, fahre er weg aus Paris. Er wollte bei Fontainebleau für den Sommer eine Datscha mieten und beabsichtigte hinzufahren, um sich ohne Eile die Umgebung anzuschauen, im Wald spazierenzugehen und endgültig zu entscheiden, ob er sich für die Sommermonate dort niederlassen solle.

»Ich bin seit Jahren nicht mehr im Wald gewesen«, sagte er. »Doch habe ich das Gefühl nicht vergessen, das ich dort jedesmal empfand – das Gefühl der Vergänglichkeit alles Seienden. Betrachtet man einen Baum, der einige hundert Jahre alt ist, spürt man plötzlich besonders deutlich, wie kurz die eigene Zeit bemessen ist. Ich werde Ihnen dann von meinen Eindrücken berichten. Lida bleibt derweil allein in Paris. Wie wär's, würden Sie sie ins Lichtspieltheater einladen?«

»Ja, ja, natürlich, mit Vergnügen«, sagte ich. Und überlegte sofort, später unbedingt Zeitmangel vorzuschieben und alles zu tun, um mich dem zu entziehen.

Am nächsten Tag, gegen Abend, kam es mir jedoch so vor, als wäre es von meiner Seite einfach nicht korrekt, das Versprechen zu brechen, das ich Pawel Alexandrowitsch gegeben hatte. Ich vermutete dunkel, dass diese Rechtfertigung ebenso künstlich wie unzureichend war. Aber ich hielt mich bei diesem Gedanken nicht auf und rief Lida telephonisch an. Sie antwortete, dass sie mich erwarte, und nach dem Essen fuhr ich zu ihr. Sie war bereit, und wir begaben uns ins Kino.

Der Film, den wir sahen, der Name des Schauspielers, der die Hauptrolle spielte, sowie seine zahllosen Abenteuer prägten sich lebhaft meinem Gedächtnis ein. Das war um so verwunderlicher, als ich ein paar Minuten nach Beginn der Vorführung zufällig Lidas heiße Hand berührte, und mir wurde schwarz vor Augen. Ich verstand, dass etwas Nichtwiedergutzumachendes geschah, konnte jedoch nicht innehalten. Ich legte den rechten Arm um ihre Schultern, sie lehnte sich in einer weichen und geschmeidigen Bewegung an mich, und von diesem Augenblick an war ich nicht mehr Herr meiner Sinne. Als wir das Kino verließen und in die erste Straße einbogen – vor Erregung konnte ich nicht sprechen, sie sagte ebenfalls kein Wort –, drückte ich ihre Taille an mich, ihre Lippen näherten sich meinem Mund, ich spürte die Berührung ihres Körpers unter dem leichten Kleid und empfand so etwas wie eine feuchte Brandwunde. Direkt über meinem Kopf hing die Leuchtschrift eines Hotels. Wir traten ein und stiegen die Treppe hoch, hinter einem Zimmermädchen, das seltsamerweise schwarze Strümpfe trug. »Zimmer neun«, sagte von unten eine Männerstimme.

Über dem Bett war ein großer rechteckiger Spiegel in die Wand eingelassen, gegenüber dem Bett standen Spiegelparavents, etwas weiter weg ein Spiegelschrank, und wenige Minuten später erschienen in all den blinkenden Flächen unsere Körper. Diese phantastischen, zahllosen

Spiegelungen hatten etwas blasphemisch Apokalyptisches, ich musste an die Offenbarung des heiligen Johannes denken.

»On dirait de la partouze[1]«, sagte Lida.

Sie hatte einen trockenen und heißen Körper, und dieses Gefühl, eine Brandwunde zu haben, verließ mich nicht. Mir schien, ich würde diese Stunden niemals vergessen. Allmählich verlor ich mich in dem überwältigenden Reichtum körperlicher Empfindungen, und die nicht nachlassende Anziehungskraft ihres Körpers hatte fast etwas Erbarmungsloses. Die Worte, die sie zwischen den lustvoll zusammengepressten Zähnen hervorstieß, wirkten sonderbar befremdlich, gerade als ob sie in dieser heißen Luft fehl am Platz wären, sie klangen wie ein sinnloser Verweis auf etwas, das nicht mehr existierte. Ich befand mich nun in einer anderen Welt, von deren unwiderstehlicher weiblicher Zauberkraft ich bisher nichts geahnt hatte. Davon also hatte sie an jenem Abend gesungen, als ich ihr zuhörte! Wie blass klang jetzt in meinem Gedächtnis, als kaum hörbares musikalisches Gestammel, die Begleitung des Klaviers! Gedankenfetzen jagten mir durch den Kopf. Nein, niemals hatte ich mir vorgestellt, ich könnte voll und ganz von körperlicher Leidenschaft gepackt sein, einer so umfassenden, dass sie kaum noch Raum ließ für etwas anderes. Ich schaute unverwandt nach unten, auf Lidas Gesicht, das ekstatisch war, entrückt, auf ihre halboffenen, breiten Lippen, die mich an die brutalen Mundlinien einer Göttin aus Stein erinnerten, die ich einst gesehen hatte,

1 Eine Orgie, könnte man meinen.

doch hatte ich vergessen, wo und wann. In den Spiegeln bewegten sich nach wie vor zahllose Arme, Schultern, Hüften und Beine, und diese Vielfältigkeit verschlug mir mehr und mehr den Atem.

»Mein Liebster«, sagte Lida mit ausdrucksloser Stimme, und mir war, als drängen diese Laute nur schwer durch den dichten, trüben Sinnlichkeitsdunst, »ich habe noch nie jemanden so geliebt wie dich.«

Sie lag nun neben mir, erschöpft und wie gerädert von der langen Anspannung. Doch allmählich wurde ihre Stimme tiefer und voller.

»Je n'ai pas eu de chance dans ma vie[1]«, fuhr sie fort, »meine Unschuld habe ich verloren, als ich vierzehn war.«

Sie wechselte ständig vom Französischen ins Russische und vom Russischen ins Französische.

»Kennst du nicht den Liebhaber meiner Mutter? Er war schon damals ein Greis, windelweich, ein Waschlappen, kein Mann. Es tat mir weh und war mir zuwider, ich hätte weinen mögen, weil alles so abscheulich war. Est-ce que tu me comprends? Dis moi que tu me comprends.[2]«

Ich nickte. Sie lag nackt neben mir, über mir, unter mir, vervielfacht im unbeweglichen Glanz der Spiegel. Und wieder kam es mir vor, wie das manchmal geschah, als schauten mich aus schrecklicher, gläserner Tiefe, unverwandt und starr, Augen an, in denen ich mit kalter Verzweiflung meinen eigenen Blick erkannte.

Es kostete mich unsägliche Mühe, den mich nun befallenden Abscheu gegen Lida und gegen mich selbst nieder-

1 Ich habe kein Glück gehabt im Leben.

2 Verstehst du mich? Sag, dass du mich verstehst.

zukämpfen. Im übrigen war ich weniger geneigt, ihr die Schuld zu geben, als mir. An meinem Verhalten war ein Element derart offenkundiger Niedertracht, wie ich es bisher von mir nicht kannte. Wer hätte danach sagen mögen, wozu ich nicht noch fähig war und vor welcher anderen Gemeinheit ich zurückschrecken würde? Alles, was nach meiner Vorstellung an entfernt Positivem in mir steckte, war weggefegt worden durch einen Zufall, was war es also wert gewesen? Noch andere, näherliegende Erwägungen beschäftigten mich. Ginge es nur um mich, dachte ich, würde niemand, vor allem nicht Pawel Alexandrowitsch, von diesem Abend mit Lida erfahren. Aber bei ihr konnte ich mir nicht sicher sein. Sie war fähig, es ihrem nächsten Liebhaber zu erzählen, sie konnte es letzten Endes Pawel Alexandrowitsch gestehen, und das brächte mich in eine ausweglose Lage. Wie konnte ich es ungeschehen machen, und wieviel hätte ich dafür gegeben, um den Beginn des Abends zurückzuholen? Ich lag neben ihr und dachte darüber nach. Um sie nicht zu sehen, schloss ich die Augen, und da stand vor mir jene übliche, weiche Düsternis, die ich so oft verließ und in die ich so oft zurückkehrte, wenn ich aus der einen Welt in die andere überwechselte und mich erneut in der stummen Tiefe wiederfand, nach jedem seelischen Absturz. Ich sank in die bekannte Lautlosigkeit, eine dermaßen leere und tote, dass dort sogar der Nachklang kaum vergangenen Unglücks verhallte, denn dort war nichts mehr von Bedeutung. Noch flackerte, immer schwächer, vor mir ein Licht, irgendwo weit weg erstarben die letzten undeutlichen Töne, die mich erreichten. Und neben mir lag, in diesem lautlosen Raum, Lidas nackter Körper, reglos wie eine Leiche.

»Monsieur, la séance est terminée[1]«, schallte von weit her eine weibliche Stimme.

Dann kam sie näher und wiederholte:

»La séance est terminée, monsieur.«

Ich öffnete die Augen. Ich saß im leeren Kinosaal, die erloschene Filmleinwand war bereits durch den Vorhang verschlossen. Die Bedienstete, die das zu mir gesagt hatte, betrachtete mich voll Verwunderung und Mitgefühl.

»Excusez-moi«, sagte ich. »Merci de m'avoir réveillé, mademoiselle.[2]«

Ich verließ das Kino. Am Himmel standen Sterne, die Nacht war still und warm. Vor mir ragten echte Steinhäuser, die eisernen Rolläden herabgelassen, Straßenbiegungen lagen reglos, die Fenster der Cafés waren hell erleuchtet. Und wohl zum ersten Mal während der ganzen Zeit war meine Rückkehr in die Wirklichkeit nicht nur frei von der Bitterkeit und Erstarrung, die sie gewöhnlich begleiteten, sie hatte sogar etwas fast Heiteres. Irgendwann einmal würde Willensanstrengung über meine Krankheit triumphieren, dachte ich, und alles, was mich jetzt so unablässig verfolgte, würde nicht nur zeitweilig verschwinden, sondern für immer. Und dann begänne natürlich das wahre Leben. Später, wenn die Visionen um die eingebildete Begegnung, Lida, das Hotel und die Spiegel zurückkehrten, dachte ich jedesmal sofort an etwas anderes, obgleich ich wusste und mich selbst nicht betrügen konnte: Was mir abscheulich erschien, war im Grunde geschehen, und hatte

1 Monsieur, die Vorführung ist zu Ende.

2 Entschuldigen Sie. Danke, dass Sie mich geweckt haben, Mademoiselle.

es auch nicht die Form einer handgreiflichen, vollzogenen Tatsache angenommen, so war das nur eine zufällige, bedeutungslose Nebensächlichkeit. Dass es nicht Tatsache geworden war, galt mir als unumstößlicher Beweis, als meine unanzweifelbare Rechtfertigung – und an jenem Abend erschien mir diese trügerische Offensichtlichkeit als eine glückliche Lösung.

* * *

Einige Zeit danach wandte ich mich erneut an meinen Informanten, den zu finden nicht schwierig war. Tagsüber brauchte man nur in ein Café unweit der Place Maubert zu gehen, wo sich gewöhnlich die Kippensammler aufhielten; nachts musste man sich zum Montparnasse begeben. Auf seinen endlosen Wanderungen durch Paris hatte dieser Mensch Orte, die er unweigerlich aufsuchte, wie andere Menschen ihren Klub aufsuchen. Nach dem zweiten Glas Wein war er bereit, schlichtweg alles zu erzählen: was er tatsächlich wusste, wovon er gehört hatte und sogar, was er nicht wusste, was aber Gegenstand seines Nachdenkens war. Freilich begann er, ganz gleich, worum es ging, stets mit ein und demselben, mit seiner Fürstin, der er ihren Treubruch noch immer nicht verzeihen konnte.

»Da unterhalten wir beide uns«, sagte er und wischte sich, nicht ohne eine gewisse originelle Koketterie, mit dem kleinen Finger der Rechten die Lippen ab, »während sie, das Luder, sich in ihrer Wohnung unter einer Atlasdecke räkelt. Sie weiß nicht, dass ich sie in der Hand habe.«

»In der Hand? Wieso?«

»Guter Mann, tja, wenn ich an die rechte Stelle ginge, wenn ich den rechten Leuten sagen würde: Messje, wu sawe arischin sa rischess?[1]«

Sein Französisch war recht flüssig, allerdings sprach er sämtliche Nasallaute hart aus und verwendete statt des französischen »o« überall ein russisches »a«.

Und seine ausgeblichenen, trunkenen Augen schauten mich unverwandt an.

»Nur vermutet sie natürlich, dass Kostja Woronow schon immer ein *Dschentelemen* war« – auch dieses Wort sprach er auf seine Weise aus – »und dass er dazu nicht fähig wäre. Kennen Sie meinen Spitznamen?«

Ich hätte keine Ahnung, erwiderte ich.

»Diesen Spitznamen haben sie mir nämlich gegeben«, sagte er, »Dschentelemen. Das ist er, steht vor Ihnen – Kostja Woronow, Dschentelemen, Leutnant der Armee des Zaren. In der Ordre stand geschrieben: ›Zeichnete sich aus‹ – an das Wort erinnere ich mich bis heute – ›durch unerschrockene Tapferkeit, ein Beispiel dem Offizierskorps und den Untergebenen …‹ Einem solchen Menschen hat sie die Treue gebrochen. Und weshalb? Weil Kostja Woronow sich nicht kompromittieren wollte, guter Mann, deshalb.«

Ich hatte keine rechte Vorstellung, was er damit eigentlich sagen wollte und wie er sich mit der Fürstin hätte kompromittieren können, bohrte aber nicht nach, da ich allzu langwierige Erläuterungen befürchtete. Er schaute mich an und erwartete offenbar Mitgefühl, so war es jedes-

1 Monsieur, wissen Sie, wo ihr Reichtum herstammt? (Defektes Französisch)

mal, wenn das Gespräch sein Privatleben berührte. Wieder sagte ich ein paar Worte über die Unbeständigkeit des Schicksals.

»Das Schicksal, wissen Sie, das ist doch nur ein Schein, der trügt«, sagte er. »Das heißt, verstehn Sie, da lebt ein Mensch und meint, alles sei prima, in Wirklichkeit sitzt er dumm in der Tinte.«

Ich fragte den Gentleman, ob diese Aussage als rein philosophischer Gedanke zu werten sei oder ob sie eine Anspielung enthalte.

»Sowohl als auch«, sagte er. »Einerseits stimmt das generell, andrerseits, also, nehmen Sie zum Beispiel Pawel Schtscherbakow. Ich will ja nichts sagen, Gott sei Dank kenne ich ihn schon lange. Er ist kein schlechter Mensch, gebildet, aus unseren Kreisen.«

Ich warf einen raschen Blick auf ihn. Er stand in einem verdreckten und abgewetzten Sakko vor mir, in auffallend engen und durchlöcherten Hosen, unrasiert und missmutig; die gelbe Kippe, die an seiner Lippe klebte, rauchte leicht.

»Der lebt jetzt wie ein Herr – hat zu futtern natürlich, eine Wohnung und ein Mädchen, wie es sich gehört.«

Er wiegte den Kopf und trank den Rest Wein aus. Ich rief den Garçon und bestellte ihm das nächste Glas.

»Ich mag es, wenn ein Mensch versteht«, sagte der Gentleman, »schließlich und endlich sind wir alle Russen. Also, der Pawel. Sein Mädchen aber erträgt ihn kaum, denn sie liebt Amar.«

»Was für einen Amar?«

»Der ihr Geliebter ist. Wussten Sie nicht?«

»Nein.«

»Fragen Sie sie mal nach dem. Noch in Tunis hat sie sich mit dem eingelassen.«

»Was ist er? Araber?«

»Schlimmer«, sagte der Gentleman. »Weitaus schlimmer. Sein Vater ist Araber, die Mutter Polin. In Tunis wurde er bei einer schmutzigen Geschichte ertappt, kam natürlich ins Gefängnis. ›Er hatte Unannehmlichkeiten‹, hätte Mischka gesagt. Und sie hat ihn von dort herkommen lassen.«

»Wer?«

»Lida natürlich. Wieso, verwundert Sie das?«

»Aber nein, das ist verständlich.«

»Bloß bleibt das alles unter uns.«

»Da können Sie unbesorgt sein.«

An allem, was der Gentleman mir da erzählte, war natürlich nichts Überraschendes; im Gegenteil, es hätte mich eher verwundert, wenn es anders gewesen wäre. Aber ich konnte Pawel Alexandrowitschs wegen ein unangenehmes Gefühl nicht loswerden. Wie war es nur geschehen, dass er offenbar so wenig über Lida wusste? Wie konnte es sein, dass er zwar eine durchaus klare Vorstellung vom mausgrauen Schnorrer und von Sina hatte, aber die Hauptsache außer acht ließ – Lidas Biographie? Vom Gentleman erfuhr ich, dass Pawel Alexandrowitsch von ihrer Existenz nur gehört, erst unlängst sie jedoch zum erstenmal gesehen hatte, auf der Straße, und ihn rührte, dass sie so sichtlich arm und unglücklich war – und damit hatte alles begonnen. Wahrscheinlich hatte sie ihm von sich erzählt, und nur das, was sie für notwendig hielt, alles andere verheimlicht. Außerdem war er dreißig Jahre älter als sie, und dieser Altersunterschied setzte sowohl sein ständiges Misstrauen gegen die Menschen wie auch seine persönliche Seelenkunde außer Gefecht. Trotzdem, er konnte sich, was sie betraf, doch nicht in solchem Maß täuschen? Ich hatte immer vermutet, Sinas Tochter dürfte kein schwärmerisches Mädchen mit erdfernen Augen sein, und nachdem ich sie gesehen und ihren Gesang gehört hatte, blieben mir keine Zweifel an ihrer Moral. Dass Pawel Alexandrowitsch solche offensichtlichen Dinge nicht wusste – oder so tat, als wüsste er sie nicht –, ließ sich nur noch mit seiner willfährigen und katastrophalen Verblendung erklären.

Es vergingen einige Wochen. Ebenso zufällig wie damals, als ich auf dem Boulevard Garibaldi Sina, den mausgrauen Schnorrer und Lida getroffen hatte, verschlug es mich eines Abends auf die Place de la Bastille. Seit langer Zeit war ich nicht mehr in dieser Gegend gewesen. Ich fuhr dorthin, weil in einem der großen Cafés dieses Viertels ein berühmter spanischer Revolutionär reden sollte, dessen Äußerungen längst meine Aufmerksamkeit fesselten, da ihnen die naive Dummheit abging, die in den üblichen Politikerreden so unausweichlich ist. Er hielt eine Vorlesung über Sozialismus und Proletariat; er war ein Mensch mit Talent, in seiner Darlegung gewannen diese Dinge einen menschlichen Inhalt, und während ich ihm zuhörte, dachte ich unwillkürlich, in welchem Ausmaß die wahre Bedeutung dieser Probleme doch verzerrt und verunstaltet war von Dutzenden unwissender und unkluger politischer Beamter, die aus irgendeinem Grund als Vertreter der Arbeiterklasse galten und an der Spitze von Syndikaten, Parteien oder Regierungen standen. Die Vorlesung war kurz nach elf Uhr abends zu Ende. Als ich über den Platz ging, unweit der Rue de Lappe mit ihren berühmten, allerorts beworbenen Spelunken, hielt an der Ecke ein rotes Taxi, und heraus stieg Lida und hinter ihr ein mittelgroßer Mann mit dunklem, hagerem Gesicht, grauem Anzug und grauem Hut, den er bis über die Ohren herabgezogen hatte. Er erinnerte mich entfernt an den Wirt in Mischkas Hotel, aber nicht, weil er ihm ähnlich gesehen hätte, sondern weil an seiner Visage, soweit ich sie in den wenigen Sekunden betrachten konnte, ebenfalls etwas bastardhaft Kriminelles war. Noch verstärkt wurde das durch den Ausdruck bleierner Dummheit; es war zu sehen, dass dieser Mensch nicht gewohnt war zu denken und es auch nicht konnte. Neben ihm erschien Lidas feines Gesicht beinahe vergeistigt. Meine Augen trafen ihren Blick, ich gab mir den Anschein, als hätte ich sie nicht gesehen und nicht erkannt; sie erkannte mich quasi ebenfalls nicht. Ich ging rasch an ihnen vorüber, blieb dann jedoch stehen und schaute, wohin sie sich begaben: zum erleuchteten Eingang eines Dancing. Mit einiger Verwunderung bemerkte ich, dass Amar – ich zweifelte nicht, dass er es war – nicht sehr rasch ging und das linke Bein leicht nachzog.

Dies ereignete sich an einem Mittwoch. Am Samstag sollte ich abends bei Pawel Alexandrowitsch dinieren. Als wir beide uns am Donnerstag telephonisch dazu verabredeten und er mich fragte, wie es bei mir stünde, erwiderte ich, dass ich fast nicht aus dem Haus ginge, da ich einen Eilauftrag hätte. Und das entsprach auch der Realität, denn ich schrieb einen langen Artikel über den Dreißigjährigen Krieg; den Auftrag hatte einer meiner Kameraden erhalten und an mich weitergegeben. Dieser Artikel sollte die Unterschrift eines überaus bekannten Publizisten und

Schriftstellers tragen, eines begüterten Mannes, der mit Büchern über Diktatoren und über Minister diverser Staaten außerordentlich viel Geld verdiente. Ich war mir nicht sicher, ob er selbst einen solchen Artikel hätte schreiben können, wenngleich ich ihn nicht persönlich kannte und mich nur auf die kategorische Behauptung meines Kameraden hätte berufen können, der mir sagte, der berühmte Autor sei »nicht mit Kenntnissen auf ganz gleich welchem Gebiet belastet, mit Ausnahme des hochnoblen Rennsports«. Aber nicht das war der springende Punkt, vielmehr hatte der berühmte Journalist eine stürmische Affäre mit einer nicht weniger berühmten Filmschauspielerin. Er zog mit ihr durch alle Nachtcabarets, die Mode waren, brachte sie an die Riviera und nach Italien – kurzum, er hatte überhaupt keine Zeit, an irgendwelche Artikel zu denken. Im übrigen kam das in seinem Leben nicht zum erstenmal vor. Doch wie dem auch sei, diese Verdienstmöglichkeit war zu verführerisch, als dass ich sie mir hätte entgehen lassen können. Ich verbrachte mehrere Tage in der Bibliothèque Nationale, machte lange Exzerpte aus verschiedenen Büchern, dann ging ich zu Hause an die Arbeit. Bis zu den Schlussbemerkungen war es allerdings noch weit, und an den Westfälischen Frieden dachte ich mit nicht geringerer Ungeduld als Richelieu, nur mit dem Unterschied, dass mir dessen Folgen bekannt waren, die der französische Kardinal, wie jeder seiner Zeitgenossen, nicht hatte voraussehen können; gerade sie jedoch ließen Frankreichs gesamte Politik am Beginn des siebzehnten Jahrhunderts in anderem Licht erscheinen, gaben ihr eine andere Bedeutung, als sowohl der Kardinal ihr gegeben hatte wie auch Père Joseph mit seiner – zumindest von außen – schrecklichen Selbstlosigkeit. Je mehr ich über den barfüßigen alten Kapuziner nachdachte, desto unzweifelhafter erschien es mir, dass nur maßlose versteckte Ehrsucht seine Politik wie auch sein Leben bestimmt hatte. Und als höchst überzeugend empfand ich die Behauptung eines Historikers der damaligen Zeit, der schrieb, in der Politik seien diejenigen am gefährlichsten, die es verachteten, aus ihrer Lage unmittelbare Vorteile zu ziehen, die weder persönliche Bereicherung noch Befriedigung der klassischen Leidenschaften anstrebten und deren Individualität sich in ihrem Eintreten für die oder jene Idee, die oder jene historische Konzeption ausdrücke. Leider war es mir nicht möglich, meine eigenen Überlegungen anlässlich des Dreißigjährigen Krieges darzulegen, und dass ich in einer bestimmten Geisteshaltung schreiben musste, störte mich und verzögerte meine Arbeit. Vor allem dem Geschick Gustav Adolfs sollte kein ausführlicherer Kommentar gewidmet werden, ebensowenig der Rolle Wallensteins, dessen grandiose und chaotische Vorhaben, wie mir schien, mehr Beachtung verdienten als die Politik Richelieus. Außerdem störte mich besonders, dass im Unterschied zu dem Journalisten, dessen Name unter dem Artikel stehen sollte und dem das Geschick jeder historischen Persönlichkeit genauso gleichgültig war wie jede historiosophische Idee, mich das Schicksal aller Politiker und Feldherren interessierte, die an diesem Krieg beteiligt waren. Trotz des dreihundertjährigen Zeitabstands, der mich von ihnen trennte, ertappte ich mich dabei, dass ich gegenüber jedem von ihnen Gefühle empfand, die auch einer ihrer Zeitgenossen hätte empfinden können – obgleich ich ja einsah, dass in der Darstellung der verschiedenen Historiker die Porträts dieser Menschen nicht weniger verzerrt und stilisiert waren, als sie durch Schillers Inspiration verändert wurden. Mir schien, Richelieu könne man nichts anderes als Verachtung entgegenbringen, wie man für Père Joseph nichts als gewisse Hochachtung hegen konnte. Im Schicksal von Tilly, im Mord an Wallenstein und besonders im Tod von Gustav Adolf suchte ich eine versteckte symbolische Bedeutung – und natürlich waren alle diese Erwägungen für die Arbeit, an der ich saß, reichlich unangebracht. Als es später zu einer Begegnung mit dem fiktiven Verfasser des Artikels kam – einem Glatzkopf mittleren Alters, dick, mit Atembeschwerden und trüben Augen –, war er aufrichtig erstaunt, als er las, was ich geschrieben hatte. Etliche seiner historischen Einschätzungen wären von den meinigen, glaube ich, noch stärker abgewichen, wenn er von dem, was Thema seines Artikels war, eine einigermaßen zusammenhängende Vorstellung gehabt hätte. Den Artikel arbeitete er ein wenig um, aber da ihm die Zeit nicht reichte, musste er sich auf – seiner Ansicht nach – rein oberflächliche Veränderungen beschränken: Wo er nur konnte, fügte er Auslassungspunkte und Ausrufezeichen hinzu, was meinen Darlegungen einen prätentiös belehrenden Anstrich gab und eine Spur von schlechtem Geschmack hineinbrachte, der vorher, meines Erachtens, nicht dagewesen war, der aber einfach typisch war für diesen ungebildeten und dreisten Mann.

Das sollte sich allerdings ein wenig später ereignen, am Freitag jedoch, gegen drei Uhr nachmittags, als ich saß und schrieb, klopfte es an meiner Tür. Ich wunderte mich, denn ich erwartete niemanden.

»Herein!«, sagte ich.

Die Tür ging auf, und ich erblickte Lida. Sie trug ein graues Kostüm, eine weiße, sehr dekolletierte Bluse und einen grauen Hut. Ihre Augen richteten sich gleich so unverwandt auf mich, dass ich einiges Unbehagen empfand. Ich schob ihr einen Sessel hin. Dann fragte ich sie, welchem Umstand ich das Vergnügen verdankte, sie bei mir zu sehen.

»Ich komme deshalb zu Ihnen, weil ich Sie für einen anständigen Menschen halte.«

»Sehr schmeichelhaft«, sagte ich, einigermaßen ungeduldig. »Trotzdem dürfte Ihr Besuch noch ein konkreteres Ziel haben. Sie kommen ja nicht zu mir, nur um mich in Kenntnis zu setzen, wie Sie persönlich meine moralischen Eigenschaften einschätzen?«

Sie schaute mich weiterhin starr an, das verdross mich.

»Wir beide sind uns kürzlich begegnet«, sagte sie.

»Sprechen Sie von dem Abend, als wir bei Pawel Alexandrowitsch dinierten?«

Sie blickte mich mit Augen an, in denen Missmut und ein Vorwurf stand, und da dachte ich zum erstenmal, sie könnte auf ihre Weise klug sein.

»Müssen Sie unbedingt in so einem ironischen Ton mit mir reden, womit Sie mir deutlich zu verstehen geben, dass Sie mich für ein dummes Huhn halten?«

Sie war ins Französische übergewechselt, auf Russisch wäre ein solcher Satz für sie zu schwierig gewesen.

»Gott behüte!«

»Sie haben mich auf dem Bastille-Platz gesehen, dorthin kam ich mit meinem Liebhaber.«

»Sie entschuldigen, aber Ihr Privatleben geht mich nichts an.«

»Ja, ja, ich verstehe«, meinte sie ungeduldig.

Nach ihrer Bemerkung, ich hätte sie auf der Place de la Bastille gesehen, war klar, weshalb sie hergekommen war.

»Ich glaube, Sie vertun nutzlos Ihre Zeit«, sagte ich. »Sie hoffen, dass ich niemandem von dieser Begegnung erzähle, nicht wahr?«

Sie zog eine Grimasse, als hätte sie etwas schlecht Schmeckendes verschluckt.

»Ja.«

»Hören Sie«, sagte ich, »ich werde vollkommen offen mit Ihnen sein. Sie wollen nicht, dass Pawel Alexandrowitsch es erfährt, weil Sie fürchten, Ihre Position zu verlieren. Ich möchte auch nicht, dass es ihm bekannt wird, aber aus einem anderen Grund: Er tut mir leid.«

»Aber Sie verstehen mich?«

»Lassen Sie uns das nicht vertiefen, es wäre nicht vorteilhaft für Sie.«

Da fing sie zu reden an, mit überraschender und grimmiger Hitze.

»Ja, natürlich verstehen Sie das nicht. Parce que, voyez-vous, vous êtes un monsieur.[1] Sie hat nie jemand auf die Wangen geschlagen. Sie hat nie jemand Dirne genannt.«

»On se tromperait de sexe.[2]«

»Schweigen Sie, lassen Sie mich ausreden. Sie haben nie auf den Trottoirs gehaust, Sie haben nicht wochenlang gelebt, ohne zu wissen, wo Sie nächtigen werden. Sie wurden nicht von Polizisten drangsaliert. Sie mussten nicht mit verlausten Arabern nächtigen. Sie wissen nicht, was ein

1 Weil Sie nämlich ein Mann sind.

2 Er hätte sich im Geschlecht geirrt.

Eingeborenenviertel ist, Sie haben nie diese Luft geatmet. Sie verstehen nicht, was es heißt, von einem dicken, sabbernden Klienten abzuhängen.«

Sie sprach abgehackt, mit einer tiefen und fast heiseren Stimme.

»Sie wissen nicht, was es heißt, die eigene Mutter zu hassen. Sie wissen nicht, was es heißt, ein Leben lang im Elend zu leben. Sie gehen in die Universität, hören Vorlesungen, schlafen in einem sauberen Bett, geben Ihre Wäsche in die Wäscherei. On m'a trainé toute la vie dans la boue, moi.[1]«

Sie hielt inne, ihr Gesicht drückte Erschöpfung aus.

»Und wenn ich allein war, weinte ich. Ich weinte vor Verzweiflung, vor dem Elend, weil ich einfach nichts dagegen tun konnte. Als ich klein war, weinte ich, weil meine Mutter von ihrem Liebhaber geschlagen wurde, und sie weinte mit mir. Was wissen Sie von mir? Nichts. Aber wenn Sie mit mir reden, ist in Ihrer Stimme deutlich Verachtung zu spüren, meinen Sie, ich höre das nicht? Ja, ja, ich verstehe: Wir gehören zwei unterschiedlichen Welten an – nous appartenons à deux mondes différents.«

»Diesen Satz haben Sie irgendwo gelesen«, sagte ich, ganz ohne Verdruss.

»Vielleicht. Trotzdem wissen Sie gar nichts von mir.«

Und sie begann, über ihr Leben zu sprechen. Ihrer Erzählung nach stellte es sich so dar, dass sie außer Erniedrigung und Elend tatsächlich nie etwas anderes gekannt hatte. Ihre Mutter schickte sie auf den Trottoirs Kippen auflesen. Sinas Beischläfer schlug sie beide. Sie sangen auf

1 Mich hat man ein Leben lang durch den Schmutz gezogen.

Straßen und in Höfen, von wo sie verjagt wurden – sangen im Herbst, bei Regen, und im Winter, wenn kalter Wind wehte. Oftmals ernährten sie sich von dem, was sie in den Halles aufgesammelt hatten. In einer Badewanne saß Lida zum erstenmal mit fünfzehn.

Als es dann völlig unerträglich wurde, lief sie von zu Hause fort und fuhr nach Marseille. Geld für die Fahrkarte hatte sie nicht, sie bezahlte für alles »anders«, wie sie sagte. Aus Marseille verschlug es sie nach Tunis.

Dort verbrachte sie vier Jahre. Sie erzählte mir von schwülen afrikanischen Nächten, davon, wie sie hungerte, davon, was Araber von ihr verlangten – sie nannte die Dinge beim Namen. Und je länger sie sprach, desto mehr begriff ich, was ich bisher nur vermutet hatte – dass sie vom Laster und vom Elend vollkommen durchdrungen war und dass sie ihr Leben tatsächlich in einer verpesteten Hölle zugebracht hatte. Oftmals wurde sie geschlagen, ins Gesicht, am Körper, auch auf den Kopf, sie hatte einige Wunden von Messerstichen. Sie knöpfte die Bluse auf, und ich erblickte unterhalb ihres in den Büstenhalter gepressten Busens weißliche Narben. Nie hatte sie irgend etwas gelernt, aber sie hatte ein gutes Gedächtnis. In Tunis war sie eine Zeitlang Hausmädchen bei einem alten Arzt, in dessen Wohnung sich eine Bibliothek befand; abends las sie Bücher, die sie sich dort holte, und je mehr sie las, sagte sie, desto trostloser kam ihr das eigene Leben vor. Damals auch begegnete sie Amar, der krank war und unglücklich wie sie. Er hatte eine offene Schwindsucht und konnte nicht mehr arbeiten. Sie war weiter bei dem Arzt tätig und gab alles, was sie hatte, für Amar aus, dem es dank ihrer Pflege und Fürsorge allmählich besser ging. Doch auf jeden Fall konnte er nicht zu seiner früheren Arbeit zurückkehren.

Ich hörte ihr zu, ohne sie zu unterbrechen. An dieser Stelle fragte ich jedoch:

»Und wo hatte er früher gearbeitet? Was machte er?«

»Weiß ich nicht«, sagte sie, »ich glaube, in einer Fabrik.«

Sie sagte, sie liebe diesen Mann mehr als alles auf der Welt und sei bereit, ihr Leben für ihn hinzugeben.

»Für dergleichen ergibt sich selten die Notwendigkeit«, sagte ich, »höchstens im Libretto einer Oper. Weshalb zieht er eigentlich ein Bein nach?«

»Woher wissen Sie das?«

»Ich habe gesehen, wie er lief.«

Wieder schaute sie mich unverwandt an, und zum erstenmal in der ganzen Zeit bemerkte ich in ihren Augen etwas Drohendes.

»Er hatte einen Unfall«, sagte sie.

Später entließ der Arzt sie, und sie kehrte nach Paris zurück. Hier begegnete sie Pawel Alexandrowitsch. Es war auf der Straße, in der Dämmerung; sie saß auf einer Bank und weinte, weil Amar in Tunis geblieben war und kein Geld hatte, um herzufahren. Pawel Alexandrowitsch fragte sie, weshalb sie weine. Sie erklärte ihm, sie sei unglücklich. Aber sie sagte nichts von Amar. Er schlug ihr vor, ins Café zu gehen, und sprach mit ihr, wie noch nie jemand mit ihr gesprochen hatte. Dann gab er ihr Geld und sagte, wenn sie noch etwas brauche, könne sie zu ihm kommen oder ihm telephonieren. Was folgte, war nicht schwer zu erraten. Nach Lidas Worten führte Pawel Alexandrowitsch sie in den Louvre, erklärte ihr vieles, wovon sie nichts wusste, und gab ihr Bücher zu lesen, die er interessant fand.

Wenngleich sie sich deutlich Mühe gab, um von Pawel Alexandrowitsch mit Wohlwollen zu sprechen, ließ sich ihre feindselige Einstellung zu ihm unwillkürlich erahnen. Ich glaube, sie verachtete ihn seiner Vertrauensseligkeit wegen, und der Gedanke, Pawel Alexandrowitsch sei Amar überlegen, war ihr unangenehm. Sie drückte sich ein wenig anders aus, sie sagte, Pawel Alexandrowitsch gegenüber empfinde sie Dankbarkeit, aber lieben könne sie ihn natürlich nicht. Sie könne ihn nicht lieben, das müsse ich verstehen, und zugleich könne sie nicht ohne Liebe leben.

»Und jetzt sagen Sie mir: Habe ich nicht wenigstens ein bisschen Glück verdient – selbst um den Preis einer Täuschung?«

Mich verdross ein wenig, dass sie an pathetischen Stellen zu hochtrabenden Wendungen neigte, die aus schlechten Romanen entlehnt waren. Solange sie von Tunis erzählte, davon, dass sie ihre Mutter hasse, von den Schlägen, überhaupt von ihrem freudlosen Leben, hatte sie schlichte und treffende Worte verwendet.

»Jetzt bin ich in Ihrer Macht«, sagte sie. »Sie wissen alles über mich, und mein Schicksal und das Schicksal des Menschen, den ich liebe, hängt von Ihnen ab. Sie wissen, dass Sie alles von mir verlangen können, was ich geben kann, und Sie wissen, dass ich es Ihnen nicht abschlagen kann.«

Daraufhin schaute ich sie zum erstenmal so an, wie ich es bislang nicht getan hatte. Ich erblickte ihre Beine in den enganliegenden Strümpfen, die Biegung ihres Körpers im Sessel, ihre schweren Augen, das feine Gesicht, den roten Mund und die blonden Haare, die auf die Schultern herabhingen. Ich erinnerte mich deutlich an den Abend im Kino und was danach gewesen war, und an ihren nackten Körper, zurückgeworfen von den zahllosen Spiegeln. Mir wurde heiß und kalt zur selben Zeit. Dann schloss ich die Augen, dachte an anderes – und für einen Augenblick tat sie mir aufrichtig leid. Sie konnte nur den einen Preis für alles bezahlen und war dazu bereit, um zu bewahren, was sie Liebe nannte und was ein unüberwindlicher Hang zu diesem kranken Bastard war, zu Amar. Ich erinnerte mich an sein Gesicht und dachte, es sei ungewöhnlich ausdrucksstark gewesen, in dem Sinne, dass quasi sein Schicksal darauf geschrieben stand. Ein Blick machte deutlich, dass es das Gesicht eines dem Untergang geweihten Menschen war und ihm kein langes Leben mehr bevorstünde: Entweder er würde an der Schwindsucht sterben oder an einer anderen Krankheit eingehen, oder er würde bei einer Abrechnung unter Kriminellen getötet und Polizisten würden seine Leiche wegschaffen – mit einer Kugel in der Brust oder mit durchschnittener Kehle. So jedenfalls war mein Eindruck, und nichts konnte ihn ändern. Und Lidas Leben hing mit seinem Schicksal zusammen. Aber weder das eine noch das andere lag in meiner Hand, da täuschte sie sich.

Wenn meine Aufmerksamkeit nicht soeben noch von den Überlegungen zu Wallenstein und Gustav Adolf gefesselt gewesen wäre, Überlegungen, die durch Lidas Kommen unterbrochen wurden, zudem von Mutmaßungen über Amar und dem aufdringlichen Gedanken, dass er ihr Liebhaber war – selbst wenn das alles nicht gewesen wäre, hätten ihre Worte, »Sie wissen, dass ich es Ihnen nicht abschlagen kann«, ohnehin ernüchternd auf mich gewirkt, da sie allzu unzweideutig klangen. Ich zog unwillkürlich die Schultern hoch und dachte, dass der Westfälische Friede nun auch in meinem persönlichen Leben eine gewisse Rolle spielte, eine etwas geringere als die visuelle Erinnerung an Amars Gesicht, aber doch eine unzweifelhafte.

Danach verschwamm Lida, an ihrer Stelle erblickte ich einen trüben weißen Fleck, in den Ohren fing ein leises Klingen an, und ich spürte, dass alles, was mich umgab, schwerelos und inexistent wurde. Es glich dem Herannahen einer seelischen Ohnmacht, und darin lag die irgendwie verführerische Empfindung eines näherrückenden und fast süßen Fallens ins Nichts. Ich bezwang mich mit Mühe, zündete eine Zigarette an, zog ein paarmal daran und sagte:

»Ich werde Sie nicht aufhalten. Aber ich möchte Ihnen noch ein paar Worte sagen. Erstens brauche ich nichts von Ihnen, merken Sie sich das ein für allemal. Zweitens gehören wir tatsächlich, wie Sie es ausgedrückt haben, unterschiedlichen Welten an, und in der Welt, in der ich lebe, erpressen die Menschen niemanden, schreiben keine anonymen Briefe und denunzieren nicht, unter gar keinen Umständen. Wenn die Menschen ein Leben geführt hätten wie Sie, wäre das vielleicht anders. Dass Sie ein Recht auf Glück haben, ist allein Ihre Sache. Mir scheint das ein sehr kümmerliches Glück zu sein. Aber wenn Ihnen das genügt, sind Sie schlicht zu beneiden. Wenn mir angeboten würde, in die Welt überzusiedeln, in der Sie leben, würde ich mir lieber eine Kugel durch die Stirn jagen.«

Dann stand ich auf und fügte hinzu:

»Ich wünsche Ihnen alles Gute. Sie können unbesorgt sein, Ihr Besuch bei mir und dieses Gespräch werden unter uns bleiben.«

Nachdem sie fort war, zuckte etwas und verschwand; einige Augenblicke war es leer und still, dann vernahm ich ein lautloses und formloses Tosen – und begriff, dass ich eine Schlacht verfolgte, deren Ausgang längst entschieden war, er ließ sich weder verändern noch hinauszögern, nämlich jene Schlacht bei Lützen, die in der Geschichte des Dreißigjährigen Krieges eine so bedeutende Rolle spielte.

In diesem Lebensabschnitt verstrich die Zeit für mich fast unmerklich; von all meinen Vorstellungen war sie eine der unbeständigsten. Erst später begriff ich, dass meine sämtlichen Kräfte gebunden waren durch die unaufhörliche Anspannung, in der ich mich befand und die der Reflex eines dumpfen, nie ruhenden inneren Kampfes war. Er fand meist in der Tiefe meines Bewusstseins statt, in dessen finsteren Ecken, abseits jeglicher Kontrolle durch die Logik. Manchmal wollte es mir fast scheinen, als sei ich dem Sieg nah und als sei der Tag nicht mehr fern, da auch alle meine bedrückenden Visionen verschwinden würden, sogar ohne eine deutliche Erinnerung zu hinterlassen. Jedenfalls wurden sie immer häufiger beinahe formlos; unbestimmte Fragmente von jemandes Existenz huschten an mir vorüber, ohne sich klarer abzuzeichnen, und meine Rückkehr zur Wirklichkeit erfolgte jedesmal rascher als früher. Doch war das noch nicht der Sieg; von Zeit zu Zeit trübte sich plötzlich alles ein und verschwamm, ich hörte den Straßenlärm oder das Gerede der Leute nicht mehr – und dann erwartete ich mit dumpfem Entsetzen die Rückkehr eines jener lang anhaltenden Alpträume, die ich noch unlängst erlebt hatte. Das dauerte ein paar endlose Minuten, darauf schlug wieder das übliche Gedröhn an meine Ohren, mich erfasste ein kurzes Zittern, und danach folgte die Beruhigung.

So vergingen die Wochen und Monate. Im Sommer begaben sich Pawel Alexandrowitsch und Lida in die Umgebung von Fontainebleau, wohin er mich mehrfach einlud und wohin ich dann doch nicht fuhr. Ich blieb vollkommen allein in Paris und verbrachte die Zeit hauptsächlich mit Lesen und langen Spaziergängen, auch hatte ich kein Geld, um zu reisen, ganz gleich wohin. Dann brach der Herbst an; vom angelehnten Fenster zog es schon fast winterlich kühl. Den gesamten Januar verbrachte ich in unverständlicher und bedrückender Niedergeschlagenheit; jeden Morgen erwachte ich im Vorgefühl einer Katastrophe, und jeder Tag verlief völlig ungestört. Dieser Zustand verdross und ermüdete mich, und nur hie und da konnte ich mich davon befreien und wurde zu dem, der ich immer sein wollte: zu einem normalen Menschen, dem weder seelische Ohnmacht noch ein Anfall von Wahnsinn drohte. Besonders dann fühlte ich mich jedesmal als solch ein Mensch, wenn ich bei Pawel Alexandrowitsch sein konnte.

Einmal dinierte ich mit ihm an einem kalten Februarabend. Lida war nicht da, wir saßen zu zweit bei Tisch, und er war in besinnlicher Stimmung. Dann wechselten wir in sein Kabinett, wo der Kaffee gereicht wurde und eine Flasche Wein stand, ein sehr starker und süßlicher, von dem ich ein paar Schluck trank und von dem er, wie üblich, nichts trank. Er trug eine Hausjacke aus Samt, doch ein Hemd mit gestärktem Kragen. Ich schaute ihn an und dachte mir, sein jetziger Lebensabschnitt sei wohl der glücklichste, eine bessere Zeit habe er nie gekannt. Mir schien, dieser Eindruck könne nicht täuschen. Alles an ihm, seine Bewegungen, langsam und zugleich selbstsicher, sein Gang, seine Art, sich zu geben, der Klang seiner Stimme, die irgendwie tiefer und bedeutsamer war als früher – alles bestätigte diesen Eindruck. Im Kabinett war es sehr warm, besonders weil neben der Zentralheizung noch ein Feuer im Kamin brannte, und die schweren Portieren an den Fenstern schwankten ein wenig von der leichten Luftbewegung. Ich saß im Sessel und starrte reglos ins Feuer. Dann hob ich die Augen zu Pawel Alexandrowitsch und sagte:

»Wissen Sie, da schaue ich auf diese kleine Flamme, und plötzlich will mir scheinen, als laufe die Zeit unmerklich rückwärts ab, weiter und weiter, und in dem Maße, wie sie abläuft, erfahre ich kaum fassbare Veränderungen – und auf einmal sehe ich klar vor mir, wie ich, nackt und mit Fell bedeckt, am Eingang einer verrauchten Höhle aus der Steinzeit sitze, an einem Lagerfeuer, das mein ferner Vorfahr aufgeschichtet hat. So eine nette Art von Atavismus.«

»Ich meine ja, dass es uns gar nicht gibt ohne Atavismus«, sagte er. »Alles, was uns gehört, alles, was wir wissen, alles, was wir fühlen, haben wir zur zeitweiligen Nutzung von gestorbenen Menschen erhalten.«

»Zeitweiligen?«

»Natürlich, wie könnte es anders sein?«

Die heiße Flamme zitterte über den Kohlen, und wenn sie sich verschoben, war manchmal ein leises Scharren zu hören. Infolge der Wärme hätte ich schlafen mögen. Pawel Alexandrowitsch sagte:

»Und ich denke immer häufiger allgemein über den Tod nach. Nicht weil ich ihn in allernächster Zukunft vor mir sähe, eher wohl daher, dass ich bereits in vorgerücktem Alter bin und dies, mein junger Freund, für mein Alter gewissermaßen natürlich ist. Und am erstaunlichsten ist, dass ich ohne jedes Entsetzen und sogar ohne Gram daran denke.«

»Bestimmt deshalb, weil diese Gedanken rein theoretischer Natur sind.«

»Nicht nur, wie mir scheint. Es liegt in dieser Aussicht etwas Verführerisches, etwas unverfälscht Feierliches und höchst Bedeutsames. Erinnern Sie sich an die Worte der Totenmesse: *ruhet im Schoße Abrahams, Isaaks und Jakobs …*«

Im Schoße Abrahams, Isaaks und Jakobs … Sogleich sah ich ein hallendes Kirchengewölbe vor mir, jemandes namenlosen Sarg, Priester und Diakon, Weihrauchfässer, Ikonen, den reglosen Flug vergoldeter Engel auf dem Zarentor und die Inschrift oben, über den Engeln, über diesem ganzen Erbe des tausendjährigen Christentums: *Kommet her zu mir alle, die ihr mühselig und beladen seid, ich will euch erquicken.*

»Glauben Sie an Gott, Pawel Alexandrowitsch?«

»Früher glaubte ich kaum, jetzt glaube ich. Wer Jahre des Elends durchlaufen hat, dem fällt es leichter zu glauben als anderen. Denn das Christentum ist ja die Religion der Armen, nicht von ungefähr steht dazu etwas im Evangelium, bestimmt erinnern Sie sich an die Worte.«

»Ja, ja«, sagte ich. »Aber nicht nur daran erinnere ich mich. Einmal hatte ich die überaus lehrreiche Enzyklika eines Papstes zu lesen, von welchem, habe ich vergessen. Darin wurde argumentiert, man müsse die Sicht der Kirche auf Reichtum und Armut richtig zu deuten wissen. Insbesondere sei es ein Missverständnis, dass der gesamte Besitz den Armen zu geben sei, sogar von einem Zehntel desselben könne nicht die Rede sein. Das Zehntel bezeichne den Prozentsatz vom Gewinn. Das Kapital hingegen unterliege keiner christlichen Besteuerung. Aber das ist natürlich eine Anekdote, und wenn es eine Hölle gibt, so hat dieser Papst, denke ich, nach jahrhundertelangem Gebratenwerden auf einer gigantischen Pfanne seine unheilvolle Verirrung bezüglich der kirchlichen Sicht auf die Frage des Besitzes inzwischen begriffen.«

»Früher dachte ich, ich würde genauso sterben wie meine Kameraden von der Rue Simon le Franc«, fuhr Schtscherbakow fort. »Das heißt, in der Morgendämmerung eines Wintertags würde man dereinst, irgendwo unweit der Seine, meine Leiche finden, neben einer reifbedeckten Bank. Das wäre nur natürlich gewesen.«

Eine kleine Lampe mit Schirm beleuchtete sein Gesicht, das ruhig war und nachdenklich.

»Und wissen Sie, diesen Gedanken empfand ich stets als kränkend, ich schaute neidisch auf reiche Leichenzüge, bis hin dazu, dass ich den Traum hatte: Wenn ich einmal so sterben könnte! Und jetzt stelle ich mir mein eigenes Ableben bisweilen so vor, ich würde sagen, sogar nicht ohne eine gewisse Behaglichkeit: Testament, Notar, eine lange Krankheit, die mich zu Demut und der Bereitschaft zum letzten Übergang erzieht, Empfang des Abendmahls kurz vor dem Tod, die Anzeige in der Zeitung: ›Voll Trauer geben wir den Tod von Pawel Alexandrowitsch Schtscherbakow bekannt‹, dann Tag und Stunde der Beerdigung …«

»Moment, Moment, Pawel Alexandrowitsch«, sagte ich, »was ist das denn für ein Beerdigungspoem? Zudem haben Sie, soweit ich weiß, weder Angehörige noch Bekannte, außer Ihren Kollegen aus jüngster Zeit, niemanden, dem Sie etwas hinterlassen könnten, und wer käme zu Ihrer Beerdigung? So dass mir selbst unterm Gesichtspunkt der

Ausstaffierung, verzeihen Sie meine Offenheit, Ihre Träume fragwürdig erscheinen.«

»Vielleicht«, erwiderte er zerstreut. »Aber ich versichere Ihnen, sie entbehren nicht einer gewissen Annehmlichkeit.«

Theoretisch verstünde ich das, sagte ich zu ihm, aber es falle mir schwer, mich so recht hineinzuversetzen. Mir stelle sich der Tod, sagte ich, stets als Katastrophe dar, ob plötzlich oder langsam, überraschend oder natürlich, auf jeden Fall als Katastrophe – ein Phantom überirdischen Entsetzens, vor dem das Blut erstarrt. Der Begriff Behaglichkeit passe dazu überhaupt nicht. Er bemerkte, eine solche Sicht sei in meinem Alter – das unterstrich er – verständlich, und fragte, ob ich nicht auch eine klare Abneigung gegen Friedhöfe hegte.

»Nein«, sagte ich. »Sie haben wohl tatsächlich etwas Beruhigendes.«

Und als wir nun darüber redeten, fiel mir ein, wie ich vor langer Zeit, als ich an der Küste der Dardanellen im Militärlager war, zum Ausheben von Gräbern abkommandiert wurde. Ich erzählte es Pawel Alexandrowitsch. Für den Friedhof war ein älterer, schnurrbärtiger Oberst zuständig, der mit starkem kaukasischem Akzent sprach. Er kam ein paarmal, um sich meine Arbeit anzuschauen, und sagte:

»Müssen graben, müssen graben, mein Bester, tiefer, bitte. Noch mehr tiefer graben!«

Als er zum letztenmal kam, stand ich am Grund einer rechteckigen Grube von anderthalbfacher Menschengröße. Der Tag neigte sich schon dem Abend zu.

»Jetzt ist gut«, sagte er, »können rausklettern, mein Bester.«

»Herr Oberst«, sagte ich, »dürfte ich Sie fragen, wem ich diesen letzten Dienst erweise? Wer soll in diesem Grab beerdigt werden?«

Seine Hand machte eine unbestimmte Geste.

»Noch nicht bekannt, mein Bester, noch nicht bekannt. Sind alle in Gottes Hand. Morgen Sie sterben, mein Bester, wir Sie beerdigen.«

Und dann erfuhr ich viele Jahre später, dass dieser Oberst in Frankreich Arbeiter geworden und in der Nähe von Roubaix gestorben war. In dem Augenblick bedauerte ich, dass es nicht damals an der Küste der Dardanellen geschehen und er nicht in das von mir ausgehobene Grab hinabgelassen worden war, in die warme, lehmige Erde, die so leicht der Friedhofsschaufel nachgab; das hätte ihm lange Jahre eines freudlosen Lebens erspart, und wäre er damals gestorben, hätte er vielleicht noch gewisse Illusionen mit ins Grab genommen, deren Haltlosigkeit sich erst danach herausstellte und nur darum, weil er sich mit dem Sterben verspätet hatte.

»Vielleicht ist das so, vielleicht auch nicht«, meinte Pawel Alexandrowitsch.

Darauf wandte sich das Gespräch anderem zu, er schilderte Erinnerungen aus früheren Jahren, und eingeprägt hat sich mir merkwürdigerweise – vielleicht weil ich es mir mit außergewöhnlicher visueller Deutlichkeit vorstellte – besonders eines seiner Abenteuer, eigentlich ein unbedeutendes. Einmal wanderte er im Winter in Nordrussland durch den Wald, es war nicht lange vor der Revolution, damals war er Offizier; seine Bulldogge, die vor ihm herrannte, begann plötzlich wütend zu bellen. Er hob die Augen und erblickte, nicht weit vor sich, auf einem Baum einen Luchs, der unbeweglich wie ein Stein dasaß. Pawel Alexandrowitsch trug seinen Uniformmantel, Säbel und Revolver. Er schoss mit dem Revolver auf den Luchs, tötete ihn aber nicht, sondern verwundete ihn bloß, und da stürzte sich der Luchs mit einem Riesensprung auf ihn. Er konnte noch einen Schritt zurücktreten, der Luchs fiel direkt vor ihm auf alle vier Pfoten, und im selben Augenblick warf sich die Bulldogge auf das Tier. Pawel Alexandrowitsch mochte nicht schießen, da er fürchtete, den Hund zu treffen, so zog er den Säbel und schlitzte dem Luchs den Bauch auf, während die Bulldogge, ohne die Kiefer zu lockern, ihn an der Kehle gepackt hielt. Der Schnee war rot vom Blut, und durch den rosa Sonnenuntergang des Wintertags flogen langsam Raben. Ich sah den toten Luchsrachen vor mir, die gefletschten Zähne, das Weiß des Schnees, vom Kampf zerwühlt, und den jungen Offizier, den Säbel in der Hand. Ich schaute auf sein heutiges Gesicht, es drückte ruhige Müdigkeit aus; ich dachte, wie viele Jahre seit diesem Winter in Russland doch vergangen waren, und ich spürte, wie mir schien, die unaufhaltsame Bewegung der Zeit.

Dann kam die Rede aufs Reisen, und Pawel Alexandrowitsch sagte, er habe vor, in einiger Zeit, wenn alles gutginge, seinen ständigen Wohnsitz nach Kanada zu verlegen, weiter weg von Europa, von dessen politischen Krämpfen und dem nicht weichenden Gefühl einer unklaren Bedrohung, wovon die Luft, die wir atmen, erfüllt sei.

»Überlegen Sie einmal«, sagte er, »hier ist doch jeder Stein blutgetränkt. Kriege, Revolutionen, Barrikaden, Verbrechen, despotische Regime, die Inquisition, Hunger, Zerstörung und diese ganze historische Horrorgalerie –

das Schicksal Böhmens, die Bartholomäusnacht, Napoleons Soldaten in Spanien – erinnern Sie sich an Goyas Radierungen? Europa lebt wie ein Mörder, von blutigen Erinnerungen und Gewissensbissen verfolgt, in Erwartung neuer Staatsverbrechen. Nein, dafür bin ich zu alt, ich bin müde. Mich zieht es unablässig zu Wärme und Ruhe. Ich habe so viele Jahre gefroren und gehungert, ohne Hoffnung, in vager Erwartung des Todes oder eines Wunders, dass ich jetzt, finde ich, ein Recht auf Ruhe habe und auf ein paar illusorische und sentimentale Tröstungen, wahrscheinlich die letzten, die mir vergönnt sind.«

»Illusorische Tröstungen«, ja, besser konnte man es nicht ausdrücken. Folglich war, und das begriff er trotz seiner späten Verblendung, folglich war sogar seinem Blick der kriminelle Schatten auf Lidas Gesicht nicht entgangen, der mich jedesmal, wenn ich sie sah, Abscheu und Gefahr wittern ließ, und zugleich empfand ich eine unverständliche und erniedrigende Neigung für sie.

»Und was ist mit Ihnen? Wie leben Sie?«, fragte er.

Ich sagte, nach wie vor bewegte ich mich tastend durchs Leben, in beständiger und gegenstandsloser Unruhe, einer fast metaphysischen, und von Zeit zu Zeit überkomme mich eine solche seelische Erschöpfung, als wäre ich unendlich alt.

»Irgendwas ist bei Ihnen nicht in Ordnung, lieber Freund«, sagte er. »Dabei, wenn man Sie so ansieht, sind Sie ein völlig normaler Mensch. Vielleicht sollten Sie mal ans Meer fahren oder in ein abgelegenes Dorf, denken Sie darüber nach.«

Ich zuckte die Schultern. Dann schaute ich hoch zum Bücherregal und bemerkte zum erstenmal, dass dort etwas stand, eine kleine gelbe Statue, die ich nicht recht erkennen konnte. Ich fragte Pawel Alexandrowitsch, was das sei. Er stand vom Sessel auf, nahm sie herunter und gab sie mir.

Es war eine Buddha-Statuette aus massivem Gold. An der Stelle des Nabels hatte der Buddha einen ziemlich großen ovalen Rubin. Mich verwunderte seine Haltung; im Gegensatz zu dem, was ich sonst gesehen hatte, war er nicht sitzend, sondern stehend dargestellt. Seine beiden Arme hielt er gerade hochgestreckt, ohne die geringste Biegung an den Ellbogen, der haarlose Kopf war ein wenig zur Seite geneigt, die schweren Lider hingen über den Augen, der Mund stand offen, und auf seinem Gesicht lag unbändige Ekstase, ein Ausdruck, der ungewöhnlich kraftvoll wiedergegeben war. Auf dem goldenen Bauch glänzte matt, mit unverständlicher und toter Bedeutsamkeit, der Rubin. Die Statuette war dermaßen großartig, dass ich sie lange betrachtete, ohne mich losreißen zu können, und darüber sogar vergaß, wo ich mich befand. Endlich sagte ich:

»Sie ist wunderschön. Wo haben Sie die aufgetrieben?«

Er antwortete, kürzlich habe er sie hier gekauft, in einem Antiquariat.

»Ich schaue sie ziemlich oft an«, sagte er, »und denke dabei natürlich jedesmal über den Buddhismus nach, zu dem ich eine Neigung habe.«

»Eine verführerische Religion, finde ich.«

»Außerordentlich, außerordentlich. Aufgrund eines historischen Zufalls sind wir Christen, wir könnten aber auch Buddhisten sein, gerade wir Russen.«

Was er danach sagte, erschien mir strittig, vielleicht weil

sich bei solcherart Erörterungen ein wenig willkürliche Verallgemeinerungen schwer vermeiden ließen. Außerdem lag mir der Gedanke näher, dass fast alle Religionen, mit Ausnahme einzelner barbarischer Kulte, in gewissen Momenten fast übereinstimmen; Buddhas Ekstase zum Beispiel, in der goldenen Statuette mit so viel Überzeugungskraft wiedergegeben, erinnerte mich an bestimmte Visionen im Louvre, insbesondere an das enthusiastische Gesicht des heiligen Hieronymus.

»Ja, das muss man erreichen«, sagte Schtscherbakow. »Erkenntnis des Nirwana, das muss man erreichen. Früher meinte ich immer, das sei so ähnlich, wie wenn man in einen bodenlosen und dunklen Abgrund schaut, dann begriff ich, dass dem nicht so ist.«

Und ich überlegte, vielleicht sollte auch ich Buddhist werden, eben wegen des Strebens zum Nirwana. Ich schilderte Pawel Alexandrowitsch, wie ich in Momenten, wenn mein Seelenleben besonders unter Spannung stand, stets den Wunsch verspürte, mich aufzulösen und zu verschwinden.

»Und ich glaube«, schloss ich halb im Scherz, halb im Ernst, »wenn es mir gelänge, Buddha das zu schildern, hätte der große Weise Nachsicht mit mir.«

Es war schon spät, doch immer noch saßen wir und sprachen über die unterschiedlichsten Dinge – über den Buddhismus, über die Malerei Dürers, über Russland, über Literatur und Musik, über die Jagd, darüber, wie Schnee bei Frost klingt, wie ein Streifen Mondlicht auf der Meeresoberfläche bebt, darüber, wie Bettler auf den Straßen sterben und wie Krüppel leben, über die städtische Zivilisation Amerikas und über den Gestank in Versailles, darüber, dass manchmal ungebildete und verbrecherische Tyrannen die Welt regieren und dass auf Erden das apokalyptische Grauen, welches eine jede Epoche der menschlichen Geschichte kennzeichnet, anscheinend so unvermeidlich ist wie abscheulich.

* * *

Als ich aus dem Haus trat, war es genau zehn vor eins. Ich merkte mir das so gut, weil ich einen Blick auf die Uhr geworfen hatte und es mir, im schwankenden Licht der Straßenlaterne, plötzlich vorkam, als sei es erst fünf nach zehn, was mich verwunderte. Doch schaute ich dann genauer hin und erkannte meinen Irrtum. Ich hätte womöglich noch den letzten Zug der Metro erreichen können, beschloss aber, zu Fuß zu gehen. Die Nacht war sternlos und kalt; längs der Trottoirs glänzten hie und da vereiste Wasserstreifen. Auf meine Umgebung schaute ich zerstreut, während ich den bekannten Weg weiter entlangschritt; einmal blickte ich gezielt geradeaus und konnte im gelblichen Winterdunst weder Straße noch Straßenlaternen entdecken, es war unbegreiflich, wie sie entschwunden waren. Ich blieb stehen, zündete eine Zigarette an und sah mich um. Tatsächlich, da waren weder Häuser noch eine Straße, denn ich stand mitten auf einer Seine-Brücke. Ich stützte mich aufs Geländer und schaute lange auf die dunkle Oberfläche des Flusses. Er floss lautlos zwischen den Nixenstatuen, die ich seinerzeit nicht erkannt hatte, als ich aus dem nichtexistenten Gefängnis des eingebildeten Staates zurückkehrte. Ich blickte hinab aufs Wasser, und allmählich empfand ich meine kontemplativen Fähigkeiten nicht mehr als armselig und beschränkt, ein Gefühl, das ich stets hatte, solange ich nicht Himmel oder Wasser vor mir sah. Dann schien es mir auch, als wäre ich nicht mehr von allen Seiten eingeengt – durch die Unvollkommenheit meiner Gefühle, die Zeit, die Umstände, durch persönliche und unwesentliche Alltagsdetails und durch meine körperlichen Besonderheiten. Oft hatte ich dann den Eindruck, als spürte ich erst jetzt eine Art seelischer Freiheit, wie wenn ein Widerschein davon, in Erfüllung von jemandes göttlichem Versprechen, sich mir näherte – in der stummen Grandiosität der Unendlichkeit von Luft oder Wasser. Woran ich auch dachte in diesen Momenten, meine Gedanken flossen stets nicht so dahin wie üblicherweise, sie erlangten eine gewisse Losgelöstheit von den sie sonst beeinflussenden äußeren Umständen. Manchmal vergaß ich, womit diese Gedankengänge eingesetzt hatten, manchmal hingegen erinnerte ich mich noch gut. Aber natürlich wusste ich, dass ich niemals den geheimnisvollen und längst verlorenen Anfang finden würde, der in der stummen Unbeweglichkeit der vergangenen Zeit untergegangen war. Mir war, als beobachtete ich nun von außen, von irgendwoher aus den Luft- oder Wassergefilden, die unaufhörliche Bewegung unzähliger, verschiedenartigster Dinge – von Gegenständen und Erwägungen, Steinhäusern und Erinnerungen, Straßenbiegungen und Erwartungen, visuellen Eindrücken sowie der Verzweiflung – eine Bewegung, die mein Leben und das anderer Menschen durchzog, das meiner Brüder und Zeitgenossen.

Und so dachte ich nun über die seltsame Anziehungskraft nach, die der Wunsch, selbst zu verschwinden, für mich hatte. Was mir verführerisch erschien, mochte es auch für andere sein, insbesondere für Pawel Alexandrowitsch. Vielleicht hatte er nicht von ungefähr über den Buddhismus gesprochen, der in seiner Vorstellung vor allem auf eine möglichst vollständige Befreiung von der vergänglichen irdischen Hülle hinauslief. Man müsse sich befreien von diesem unaufhörlichen und beschwerlichen Zustand, der Abhängigkeit unseres Seelenlebens von jener, im Grunde, verachtungswürdigen körperlichen Substanz, über die unsere Wahrnehmung der Welt verläuft und die es letzten Endes nicht wert sei, diese, wie er sich ausdrückte, feierliche Mission zu erfüllen. Ein Mensch, der so denkt, dessen seelisches Gleichgewicht ist schon angekränkelt, er hört schon von weitem den Ruf einer anderen Welt, einer abgehobenen und erhabenen, wie das Ende der Zeiten, von dem die heiligen Schriften so beharrlich künden. Im Vergleich dazu – welchen Wert haben schon, alles in allem, diese armseligen sinnlichen Freuden, die ihm geblieben sind? Wäre er ein paar Dutzend Jahre jünger, hätte er ein unermüdliches Herz, gewaltige Lungen, die Muskelkraft eines jungen und athletischen Körpers, dann würde ihn das heidnische Wüten der irdischen Leidenschaften vielleicht für den Buddhismus und für die Kontemplation unempfänglich machen.

Und wie es oft bei mir geschah – vielleicht weil ich fünfundzwanzig Jahre alt war und keine körperlichen Beschwerden kannte und die sinnliche Welt für mich nicht weniger anziehend war als die kontemplative –, wurden meine Gedanken nun durch visuelle Erinnerungen unterbrochen. Ich erblickte vor meinen Augen die beiden Glaskreise meines Feldstechers, durch ihn schaute ich auf die

Kavallerie, deren Attacke gegen uns gerichtet war, gegen meine Kameraden und mich, während des Krieges in Russland. Ich sah, wie die Kavalleristen sich in geschlossenen Reihen auf uns zubewegten, ich sah diese raschen und rhythmischen Schwankungen der lebendigen Masse aus Pferden und Reitern, und ich schaute mit angehaltenem Atem, konnte mich nicht losreißen, denn darin lag die, scheinbar unaufhaltsame, Kraft von Jugend und Muskeln, es war eine Attacke von Siegern. Es war ein Sieg über den Tod und über die Todesangst, denn es war Irrsinn, denn gegen diese Männer, bewaffnet mit Flinten und Säbeln, waren Maschinengewehre und Kanonen gerichtet. Aber kein Gedanke, keine Überlegung konnte diese blinde und selbstvergessene Kraft aufhalten. Und so nahm ich den Feldstecher von den Augen, da ich tödliches Bedauern fühlte, waren doch die Reiter nur noch zweihundert Meter von uns entfernt, und im nächsten Augenblick begannen die Geschütze und Dutzende von Maschinengewehren auf sie zu feuern; und einige Minuten später waren ihre Wellen niedergemacht vom Feuer, und auf dem verbrannten Gras des unebenen Feldes lagen bloß Leichen und Sterbende. Und von alledem war nichts geblieben außer den beiden Glaskreisen meines Feldstechers, bewahrt über Zeit und Raum und in der fernen und fremden Stadt reflektiert vom fortströmenden Wasser des nächtlichen Flusses, dazu das erneute Stocken eines Herzens und die Erinnerung an die besiegten Sieger, in der, nach so vielen Jahren, ihre heroische und sinnlose Attacke erneut begonnen hatte.

Das dunkle Wasser bewegte sich noch genauso lautlos vor meinen Augen. Klammerte man vom Leben – ich dachte an Pawel Alexandrowitsch – jenen kümmerlichen

Genuss aus, den uns die rein körperlichen Empfindungen verschaffen, also Wärme, Essen, Bett, Lida, Schlaf, was bleibt dann noch? Das enthusiastische Gesicht des Buddha? die Verzückung des heiligen Hieronymus? der Tod Michelangelos? Wer die kalte Anziehungskraft des Nichts kennt, was mag demjenigen dieses biologische Beben des Daseins noch bedeuten? *Und ich sah einen neuen Himmel und eine neue Erde; denn der erste Himmel und die erste Erde vergingen, und das Meer ist nicht mehr.* Was geschieht, jetzt und hier, ist, aus der Distanz betrachtet, ja besonders ungereimt: Winter, Februar, Paris, eine Seine-Brücke, Augen, die auf den dunklen Fluss schauen, und ein stummer Strom von Gedanken, Bildern und Wörtern, in unglaublicher Vermengung der Zeiten und Begriffe – Pawel Alexandrowitsch Schtscherbakow, Lida und ihr gesamtes Leben, Buddha, der heilige Hieronymus und die Offenbarung des Johannes, eine Kavallerieattacke, ein Feldstecher, das Nichts und die zufällige körperliche Erscheinung eines Menschen, der dasteht im blauen Mantel, die Ellbogen aufs schwere Geländer gestützt – jene zerbrechliche materielle Hülle, in der ein Teil all dieser geheimnisvollen Bewegungen verkörpert ist.

In diesem Augenblick verschob sich etwas in mir – ich hätte es nicht anders ausdrücken können. Mein Blick, der bisher unbeweglich auf ein und dieselbe Stelle im Fluss gelenkt war, glitt weiter, und in mein Gesichtsfeld schwammen die bebenden Spiegelbilder der Straßenlaternen. Ich löste den Blick vom Fluss, und im ungeheuren Tempo des visuellen Auffliegens erschienen vor mir, fern und kalt, die Sterne des Winterhimmels. Vielleicht wäre es mir ja noch vergönnt, eines Morgens oder eines Nachts aufzuwachen, die abgehobenen Schreckensvisionen zu vergessen und so zu leben, wie ich früher gelebt hatte und wie ich immer hätte leben müssen, nicht in der Phantastik, die mich von allen Seiten umfing, sondern in der unmittelbaren Wirklichkeit des Daseins. Das Nichts entginge mir nicht, es würde sich bloß ein wenig entfernen. Und das erlaubte mir, es fast zu vergessen, ich würde alles anders wahrnehmen: Verbringe ich die Nacht mit einer Frau, werde ich Dankesgefühle für diesen armen Körper empfinden, der mir gehört hat; lese ich ein schlechtes Buch, werde ich den Menschen, der es einst geschrieben hat und schon tot ist, nicht verachten, und allmählich gewänne ich den Eindruck, dass in gewissem Sinne alles oder fast alles seine Rechtfertigung hat und dass mein Leben umfangen ist von dieser spärlichen menschlichen Wärme, in einer Welt, wo geweint wird, weil ein Kind gestorben ist oder der Mann im Krieg gefallen ist, wo gesagt wird: Ich habe nie jemanden geliebt außer dir, wo kleine Kinder und Welpen leben, in dieser Welt, jenseits deren Grenzen nur Kälte ist und Tod.

Plötzlich merkte ich, dass ich durchgefroren war bis auf die Knochen; ich schlug den Mantelkragen hoch und verließ die Brücke. Aber ich dachte weiter über Pawel Alexandrowitsch nach und über sein, letzten Endes, erstaunliches Schicksal. Mir fiel ein, wie er zu mir sagte, ihn habe diese undefinierbare Krankheit gerettet, und je mehr ich darüber nachgrübelte, desto mehr neigte ich zu der Ansicht, diese Unmöglichkeit, Wein zu trinken, diese Schmerzen und der Brechreiz, all das sei vielleicht gar keine Krankheit gewesen, sondern eine rätselhafte Erscheinungsform des Selbsterhaltungstriebs, jenes Triebs, der seinen Leidensgenossen so fehlte. Was wäre aus seiner ganzen Erbschaft geworden, wenn er Alkoholiker geblieben wäre? Und ich erblickte ihn noch einmal, wie er zuerst vor mir erschienen war, als alter Pennbruder im Jardin du Luxembourg. Mir klang in den Ohren, was zu hören mir peinlich war und was er mir erst sehr viel später sagte, nachdem er reich geworden war:

»Ich werde Ihnen die zehn Franken, die Sie mir damals gegeben haben, nicht zurückerstatten, für so etwas kann man nicht auf diese Weise danken. Mir hat das sehr viel bedeutet. Zwar weiß ich, dass Geld Ihnen gleichgültig ist, mehr oder weniger natürlich. Aber einem alten Bettler gibt man nicht so viel.«

Und nun sitzt er im Sessel, in einer warmen, schön eingerichteten Wohnung, schaut auf das Regal mit den Büchern und auf den goldenen Buddha und denkt an einen ruhigen Tod. Abends kommt Lida und überlässt ihm ihren folgsamen Körper; dann steht sie von seinem Bett auf und zieht sich zurück, und er schläft ein bis zum Morgen – auf weißen Leintüchern, unter einer Steppdecke. Morgens trinkt er Kaffee, liest danach Zeitung, dann dejeuniert er, dann geht oder fährt er spazieren. Abends geht er manchmal ins Theater, manchmal in ein Konzert, manchmal ins Kino. Und hat keinerlei Sorgen, weder was morgen wird, noch was das Geld, überhaupt die Zukunft betrifft – unablässige, warme Gemütlichkeit, der Kamin, Sofas und Sessel, weiche Schritte über den dicken Teppich in seinem Kabinett. Wie absurd wäre es ihm noch vor zwei Jahren vorgekommen, als er an kalten Wintertagen durch Paris streunte und von Zeit zu Zeit in die warme und übelriechende Metro hinabstieg, hätte ihm damals jemand gesagt, nach einiger Zeit würde er so leben, wie er jetzt lebte! Zugleich war das gar nichts Wunderbares, nichts Unwahrscheinliches. Es kam dazu schlicht deshalb, weil anderthalb- oder zweitausend Kilometer von Paris entfernt das Meer einst kalt war und einen grimmigen, geizigen Alten, der nicht einmal weit vom Ufer weggeschwommen war, ein tödlicher Krampf packte, er sank in die Tiefe, das Wasser drang in seine Lungen, und er starb. Das war nichts anderes als eine Serie höchst natürlicher Dinge: die Wassertemperatur in einem nördlichen Meer, eine Neigung zu Arthritis, typisch für ein bestimmtes Alter, unzureichende Schwimmkünste oder vielleicht ein plötzlicher Schlaganfall.

Ruhet im Schoße Abrahams, Isaaks und Jakobs … – »Ich denke daran sogar nicht ohne ein gewisses Behagen …« Und plötzlich schien es mir, als läge in diesen Worten eine unendlich traurige Wahrheit. Vielleicht wäre es tatsächlich besser, dass er jetzt sterben würde, gerade jetzt, wie es für meinen Friedhofskommandanten besser gewesen wäre, damals in Griechenland zu sterben und nicht sehr viel später in einer Fabriksiedlung in Frankreich. Letzten Endes ist er, Pawel Alexandrowitsch Schtscherbakow, gerade jetzt wahrhaft glücklich. Was kommt später? Er wird sich an den Komfort gewöhnen und ihn nicht mehr schätzen, er gewinnt den Eindruck, als hätte er immer so gelebt und als wäre das, was mit ihm geschieht, selbstverständlich und langweilig. Sein siebtes Lebensjahrzehnt wird anbrechen, und in gar nicht ferner Zukunft werden die schlimmen Entbehrungen, die er durchlebt hat, sich bemerkbar machen, dann kommen die Beschwerden, die Krankheiten, die Ärzte und all das Bedrückende, was das Alter mit sich bringt, dazu die unabwendbare Erkenntnis, das Geld sei zu spät gekommen, denn statt Wünschen hat er Schmerzen, statt Appetit Widerwillen vor dem Essen, statt tiefem Schlaf anhaltende Schlaflosigkeit. Ja, es wäre besser, wenn er jetzt sterben würde. Er hat alles kennengelernt: Jugend, Vollbesitz der Kräfte, Todesgefahr im Krieg, Leidenschaft, Wein, Elend, einen tiefen menschlichen Fall und die unerwartete Rückkehr in jene Welt, die ihm längst verschlossen war, ein unglaubliches Überwechseln vom Erinnern zum Erinnerten, vom Nichtsein ins Leben. Was bleibt ihm überhaupt noch, im Rahmen eines einzigen Menschenlebens? Keine Erholung kann ihm die verlorenen Kräfte zurückgeben, denn die Zeit hat ihm die Möglichkeit zu deren völliger Wiederherstellung genommen: Solcherart Wunder gibt es nun doch nicht. Und vielleicht wäre es tatsächlich die rechtzeitige und würdige Vollendung dieses Daseins, dorthin überzuwechseln, wo es *weder Gebresten gibt noch Wehklagen, sondern ewiges Leben.*

Vielleicht wäre das am allerbesten. Aber mir persönlich wäre es leid um ihn. Ich mochte seine Seelenruhe, sein aufrichtiges Wohlwollen mir gegenüber, den Tonfall seiner tiefen Stimme, seine unverfälschte menschliche Anziehungskraft – all diese Eigenschaften, die er durch schwere Prüfungen getragen und sich so zu bewahren gewusst hatte, wie sie sind, wenn Jugend und Kraft einem Menschen den Luxus der Hochherzigkeit erlauben. Müsste ich zum Zeugen ihres allmählichen Verschwindens werden und statt des heutigen Pawel Alexandrowitsch einen verbitterten Greis vor mir sehen, zermürbt von chronischen Krankheiten und voll Hass auf andere Menschen, weil deren Gesundheit ihnen kein Verständnis lässt, weder für seine Leiden noch für seinen kraftlosen Zorn? Bei solch einer Gestaltverwandlung wäre ich ungern zugegen.

Plötzlich fielen mir wieder das ekstatisch verzückte Gesicht des Buddha und seine hochgereckten Arme ein. Vielleicht sah er jenes Nirwana vor sich, dem wir näher waren, als es uns scheinen mochte, das wir als etwas uns Gebührendes ansahen, das wir sogar wollten und zu dem wir, in den Tiefen unseres Bewusstseins, sogar strebten.

»Das wir wollten.« Nehmen wir die Einzahl statt der Mehrzahl: »das ich wollte«. Warum verurteile ich, rein im Spekulativen, Pawel Alexandrowitsch Schtscherbakow zum Tod oder zur Nähe zum Nirwana, warum stelle gerade ich – es geschieht schließlich nirgends sonst als in meiner Einbildung, und meine Einbildung ist letzten Endes ein verzerrtes Spiegelbild meiner selbst – warum stelle ich Mutmaßungen über seinen Tod an, willkürlich und gewaltsam, warum vollziehe ich diese theoretische Tötung? Und in welchem Maß bin ich verantwortlich für dieses Verbrechen? Schließlich war in der Welt, in der mich aufzuhalten ich durch meine hartnäckige Krankheit verurteilt war, die Grenze zwischen abstrakt und wirklich, zwischen Idee und Tat weder eindeutig noch unbeweglich. Es bedurfte zum Beispiel einer ungewöhnlichen Willensanstrengung, damit ich mich erinnerte, ob mir Lida in jenem Zimmer mit den Spiegeln gehört hatte oder nicht. Und wie naiv wäre der Gedanke, mein ganzes Leben, diese langwährende und komplizierte Bewegung, deren Anfang sich für mich in unaufklärbarer Finsternis verlor, ließe sich auf die Abfolge der äußeren und offenkundigen Fakten meines Daseins beschränken. Alles übrige, das Schwankende und Unsichere, könnte als Abkehr von der Wirklichkeit, Fieberwahn oder Geisteskrankheit bezeichnet werden. Aber selbst darin lag eine eigentümliche Abfolge, eine nicht weniger unbezweifelbare, sie reichte vom einen Absturz in den Wahnsinn zum nächsten, bis zu dem Moment wohl, da die letzten Überreste meines Bewusstseins von der aufziehenden Finsternis verschlungen würden und ich entweder endgültig verschwände oder mich nach einer langen Pause, einer mehrjährigen seelischen Ohnmacht vergleichbar, eines Tages in einem fernen Land wiederfände, am Straßenrand, als unbekannter Vagabund ohne Namen, ohne Alter und ohne Nationalität. Und wahrscheinlich wäre mir dann leicht ums Herz und ich könnte diese kriminelle Finsternis der Einbildungskraft, dieses abstrakte, abstoßende Laster und diese theoretische Tötung vergessen.

Es war nach zwei Uhr nachts, als ich auf das Hotel zuging, in dem ich wohnte. An der Ecke hielt Mado mich auf und bat um eine Zigarette. Dann schaute sie mich an und sagte:

»Du siehst merkwürdig aus heute. Was ist, bist du sehr müde?«

»Das ist nur das Licht der Laterne, das so auf mein Gesicht fällt«, erwiderte ich. »Nein, ich bin nicht müde, ich möchte einfach schlafen.«

»Ja dann, gute Nacht.«

»Gute Nacht, Mado.«

Ich stieg hinauf in mein Zimmer, nahm die Decke vom Sofa, und im weichen Licht schimmerten weiß die Leintücher und Kissenbezüge. Ich erinnere mich, dass ich beim Auskleiden mir wünschte, einzuschlafen ohne Träume, morgens zu erwachen und diese ganzen unnötigen und eingebildeten Absurditäten zu vergessen.

* * *

Ich erwachte allerdings mit schwerem Kopf. Als ich kalt geduscht und mich rasiert hatte, trat ich aus dem Hotel. Rechts vom Eingang bemerkte ich verwundert ein dunkelblaues Auto mit geschlossenem Verdeck, wie es Polizisten gewöhnlich benutzen. Kaum war ich ein paar Schritte gegangen, da spürte ich jemandes Hand auf meiner Schulter. Ich drehte mich um. Vor mir stand ein breitschultriger Mann in Zivil mit einem glatten und ausdruckslosen Gesicht.

»Sie sind verhaftet«, sagte er. »Folgen Sie mir.«

Ich war dermaßen verblüfft, dass ich im ersten Moment nichts erwiderte. Sogleich trat noch ein zweiter Mann in Zivil herzu, wir stiegen ins Auto und fuhren los. Erst dann fragte ich:

»Aus welchem Grund bin ich verhaftet?«

»Das müssen Sie besser wissen als jeder andere.«

»Ich begreife gar nichts.«

»Dann wollen wir hoffen, dass es ein Missverständnis ist, das sich bald aufklärt.«

Das Auto hielt in einer Straße am Seine-Ufer. Ich saß in einem Warteraum; der eine Polizeiinspektor blieb bei mir, der andere entfernte sich und war ziemlich lange weg. Nach wie vor spürte ich Schwere im Kopf und eine merkwürdige Gleichgültigkeit gegenüber allem, was geschah, mir kam auch der Gedanke, dies gleiche jetzt dem langwierigen Fieberwahn, der mich in das Untersuchungsgefängnis auf dem Gebiet des phantastischen Zentralstaats geführt hatte.

Schließlich wurde ich in einen anderen Raum geführt, wo erneut ein Inspektor saß. Rechts und links von seinem Stuhl standen noch ein paar Männer, die mir alle sehr ähnlich vorkamen. Derjenige, der mich zu verhören begann, hatte ein glattrasiertes und bekümmertes Gesicht, er war nicht mehr jung und wirkte müde, als hätte er diese Miene ein für allemal aufgesetzt. Er fragte nach meinem Namen, wo ich wohnte, womit ich mich beschäftigte, wo und wann ich geboren sei. Ich antwortete. Er fixierte mich starr und fragte plötzlich mit einem unverständlichen Vorwurf in der Stimme:

»Warum haben Sie ihn ermordet?«

Im selben Augenblick spürte ich, dass ich den Boden unter den Füßen verlor. Quasi aus der Ferne, aus Distanz, erblickte ich mich, wie ich durch die Straße ging in dieser Nacht, und mir fiel ein, woran ich gedacht hatte und was, wie mir schien, keine Beziehung haben konnte zu dem, was jetzt geschah. Ich schüttelte den Kopf und sagte:

»Entschuldigen Sie mich, ich fühle mich nicht recht wohl und verstehe nicht, wovon Sie sprechen. Was meinen Sie?«

»Ich glaube nicht, dass ich Ihnen etwas mitteile, das Ihnen nicht schon bekannt wäre. Monsieur Schtscherbakow wurde heute morgen ermordet in seiner Wohnung aufgefunden.«

Erneut war mir, als wäre ich im Fieberwahn und hätte nicht die Kraft, mich daraus loszureißen. Ich hatte natürlich den Gedanken an seinen Tod zugelassen, ich neigte sogar in gewisser Weise zu der Ansicht, gerade jetzt käme er zur rechten Zeit. Durch trüben Nebel schauten auf mich, drohend und vorwurfsvoll, menschliche Augen. Mühsam rief ich mir ins Gedächtnis, dass es die Augen des Inspektors waren.

»Es war eine rein theoretische Hypothese«, sagte ich.

»Es war noch nicht einmal ein Wunsch, es war eine willkürliche logische Konstruktion.«

»Unglücklicherweise sehe ich darin überhaupt kein theoretisches Element. Schtscherbakow wurde durch einen Messerhieb auf den Nacken getötet. Der Hieb wurde von hinten ausgeführt, als er im Sessel saß.«

Ich stand, die Augen niedergeschlagen. Nein, ein solches Zusammentreffen konnte es nicht geben. Es war eine willkürliche logische Konstruktion gewesen, ich war bereit, das tausendmal zu wiederholen. Niemand außer mir konnte davon wissen, und mein Gedanke konnte nicht auf Distanz einem unbekannten Mörder übermittelt worden sein. Und doch traf es zeitlich zusammen. Nein, natürlich konnte es das nicht geben.

»Es erscheint mir vollkommen unmöglich«, sagte ich. Und mit einemmal begriff ich, dass es nichts Gefährlicheres gab als das, was gerade ablief. Was ich vorbrachte, musste dem Inspektor anders erscheinen, als es gemeint war, und wenn ich diesen Dialog mit mir selbst weiterführte, könnte mich das endgültig zugrunde richten.

»Geben Sie mir bitte ein Glas Wasser.«

Er gab mir ein Glas Wasser und eine Zigarette. Dann sagte er:

»Letzten Endes wäre ich nur froh, wenn sich herausstellte, dass Sie nicht der Mörder sind. Aber das muss bewiesen werden, und da kann ich nur auf Ihre Hilfe rechnen.«

»Ich bin Ihnen aufrichtig dankbar.«

Dann kam ein Polizist, der mich zum Photographen begleiten musste. Dort setzte man mich auf einen drehbaren Metallhocker, der mit weißer Ölfarbe angestrichen war; Scheinwerferlicht schlug mir ins Gesicht, der Hocker drehte sich nach verschiedenen Seiten, der Photoapparat klickte. Danach ließ man mich alle meine Finger, die zuvor mit einer schwarzen Masse bestrichen worden waren, auf weißes Papier drücken und führte mich zurück.

Obwohl es in dem Büro, in dem man mich verhörte, hell genug war, wurde mein Gesicht von einer Lampe angestrahlt, die fast so stark war wie die Lampen, vor denen man mich gerade photographiert hatte. Mir fiel ein, dies war eine übliche Verhörmethode.

Aber der erste Inspektor war nicht mehr da. Auf seinem Platz saß ein mir unbekannter Mann, der ihm überhaupt nicht ähnlich sah, mit einem finsteren und gelangweilten Gesichtsausdruck.

»Na, was ist?«, fragte er.

»Ich höre.«

Sein Gesicht verzog sich vor Langeweile und Widerwillen.

»Bringen wir es möglichst rasch zu Ende«, sagte er. »Ich muss dejeunieren, Sie müssen sich ausruhen. Machen Sie offenherzig Ihre Aussage, und ich suche Ihnen zu helfen. Welches waren die Motive Ihrer Tat?«

»Ich würde gerne herausfinden aus diesem Labyrinth«, sagte ich, als Antwort auf meine eigenen Gedanken.

»Ich auch. Aber das ist keine Antwort auf die Frage, die ich Ihnen gestellt habe. Ich wiederhole: Welches waren die Motive Ihrer Tat?«

Ich riss mich unter allergrößtem Kraftaufwand zusammen, um die Grenze zu überschreiten, die meine Überlegungen zu Pawel Alexandrowitschs Schicksal – Überlegungen, die zweifellos von Sympathie für ihn getragen waren – von den Fakten zu trennen, deren ich beschuldigt wurde oder werden konnte. Den himmelweiten Unterschied zwischen dem dunklen Gefühl meiner theoretischen Schuld ihm gegenüber und dem Messerhieb von hinten, der seinen Tod hervorgerufen hatte, begriff ich sehr wohl. Ich begriff es, aber das eine war mit dem anderen so fest verflochten, dass ich in dem Bemühen, im Bereich der Fakten zu bleiben, ständig wie gegen unsichtbare Wände stieß, die mir die schlichteste logische Überzeugungskraft verwehrten. Aus diesem Seelennebel fand ich nicht heraus, wiewohl ich wusste, dass weiter darin zu verharren und dieses absurde Schuldbewusstsein zu empfinden – ich begriff ja, wie unsinnig es war, konnte dieses Gefühl, das mir die nötige Freiheit des Denkens nahm, aber nicht abschütteln –, dass mir davon eine ganz unmittelbare und schreckliche Gefahr drohte.

Der Inspektor stellte mir noch ein paar Fragen, auf die ich nicht mit der nötigen Klarheit antworten konnte. Danach ging er, ein anderer löste ihn ab. Mir taten die Augen weh vom grellen Lampenlicht, ich wollte trinken, essen und rauchen. Noch einige Zeit später merkte ich, wie mich der Schlaf überwältigte, ich schlief für einen Moment ein und wachte davon auf, dass ich an den Schultern gerüttelt wurde. Jemand, den ich bereits nicht mehr erkannte, fragte mich erneut, was mich zu dem Mord bewogen habe. Ich raffte alle Kräfte zusammen und antwortete wieder, es sei keine Tat, sondern eine willkürliche logische Konstruktion gewesen. Jemandes unbekannte Stimme sagte:

»Er phantasiert, er ist zu müde. Aber er hält sich noch.«

Damit endete überraschenderweise das Verhör, und ich wurde abgeführt. Stolpernd und wie ein Betrunkener schwankend ging ich zwischen zwei Polizeibeamten. Dann wurde eine Tür aufgesperrt, und ich fand mich in einer engen Zelle, auf deren Boden eine Matratze lag mitsamt einer Decke. Ich fiel regelrecht darauf, und mir schien, als hätte der Schlaf mich überwältigt, noch bevor ich sie berührte.

Ich wachte in völliger Dunkelheit auf, viele Stunden später wahrscheinlich, und gleich fiel mir alles wieder ein. Mir war klar, dass ich mich im Gefängnis befand und dass ich des Mords an Schtscherbakow beschuldigt wurde. Erst jetzt begriff ich so recht, was geschehen war. Der arme Pawel Alexandrowitsch, nicht lange hatte er leben dürfen wie ein Mensch! Aber wer konnte ihn ermordet haben, und vor allem – weshalb?

Ungefähr drei Tage brachte ich damit zu, dass ich mich vergeblich bemühte, die mir ständig entgleitende Klarheit des Bewusstseins zu erlangen, aber der undurchsichtige leichte Nebel, der mich während meiner seltsamen seelischen Beschwerden gewöhnlich umfing, verzog sich nicht. Und als ich endlich erneut zum Verhör geholt wurde, fühlte ich mich nur wenig besser als am ersten Tag meiner Verhaftung.

Diesmal kam ich zu einem Untersuchungsrichter, einem älteren Mann mit sanften Augen. Nach den ersten formalen Fragen sagte er:

»Ich habe aufmerksam Ihre Akte durchgesehen, darin steht nichts, was für Sie ungünstig wäre. Sie bestreiten, dass Sie Schtscherbakow getötet haben?«

»Auf die allerkategorischste Weise.«

»Sie hatten ein gutes Verhältnis zu ihm, nicht wahr?«

»Ja.«

»Kannten Sie ihn schon lange?«

»Rund drei Jahre.«

»Wissen Sie noch, wann und wo Sie ihm zum erstenmal begegnet sind?«

Ich berichtete, wie es zu meiner Bekanntschaft mit Pawel Alexandrowitsch gekommen war.

»Also war er zu der Zeit ein Bettler?«

»Ja.«

»Und drei Jahre danach finden wir ihn in einer komfortablen Wohnung in der Rue Molitor? Das ist kaum glaubhaft. Wie konnte das geschehen?«

Ich erklärte es ihm. Wenn nicht von dem Mord die Rede war, konnte ich, wie ich bemerkte, viel leichter antworten, und alles war mir mehr oder weniger klar.

»Gut«, sagte er. »Was haben Sie am Abend des elften Februar gemacht, mit anderen Worten, an dem Tag, als Schtscherbakow ermordet wurde? Können Sie sich erinnern, wie Sie die Zeit verbracht haben?«

»Natürlich.« In der Tat erinnerte ich mich deutlich an alles, was sich zugetragen hatte: an den kalten Wind, die vereinzelten Schneeflocken im Licht der Straßenlaternen, die Metrostation Odéon, von wo ich zu Pawel Alexandrowitsch gefahren war, und meine Ankunft bei ihm. Ich erinnerte mich an die Gesichter des Zugführers und des Wagenwärters und hätte die Passagiere erkannt, die im selben Waggon wie ich fuhren. Alles beschrieb ich dem Untersuchungsrichter, bis hin zum Menü des Diners, mit dem Pawel Alexandrowitsch mich bewirtet hatte.

»Haben Sie je körperlich gearbeitet? Welches Handwerk beherrschen Sie?«

Verwundert schaute ich ihn an und erwiderte, nein, körperlich gearbeitet hätte ich nie und beherrschte auch kein Handwerk. Aber er selbst schien der Frage keine große Bedeutung beizumessen, denn er sagte sogleich:

»Nach dem Diner verbrachten Sie den ganzen Abend in Gesprächen, nicht wahr?«

»Ja.«

»Wissen Sie noch, wovon die Rede war? Das ist sehr wichtig.«

An dieser Stelle des Verhörs bemerkte ich plötzlich und entsetzt einen unbegreiflichen Gedächtnisverlust. Ich konnte mich an nichts aus unserer Unterhaltung erinnern, gerade als ob sie nie stattgefunden hätte. Vor lauter Anstrengung, um wenigstens einen Teil dessen, was damals geredet wurde, wiederherzustellen, trat mir der Schweiß auf die Stirn und tat mir der Kopf weh. Ich raffte alle Kraft zusammen und sagte:

»Entschuldigen Sie mich bitte, ich bin jetzt nicht in der Verfassung, mich daran zu erinnern. Wenn Sie mir ein wenig Zeit gäben, könnte es mir gelingen, glaube ich.«

Seine Augen trafen auf meinen trüben Blick. Er schwieg eine Weile, nickte und sagte:

»Gut, bemühen Sie sich, mir das beim nächsten Mal zu berichten.«

Wieder schlief ich wie tot viele Stunden hintereinander. Danach stand ich auf und machte im Dunkeln ein paar Schritte. Seit langem hatte ich mich nicht mehr so gefühlt wie jetzt. Es war der fast vergessene, glückliche Zustand körperlichen und seelischen Gleichgewichts, und das kam dermaßen unerwartet, dass ich meinen eigenen Gefühlen nicht traute. Catrines fernes Gesicht tauchte vor meinen Augen auf und verschwand wieder. Es war eingetreten, worauf zu hoffen ich schon fast nicht mehr gewagt hatte. Was war in diesen Stunden geschehen, wessen Leben war an mir vorübergeflogen, verdeckt durch den schweren, undurchdringlichen Schlaf, was war aus dem Nichts zurückgekehrt ins Sein? Und wie hatte sich, was ich unter allen Umständen erreichen wollte und wofür ich während dieser Verhöre, ergebnislos, so fürchterliche Willensanstrengungen unternommen hatte, plötzlich mit so wunderbarer Unbezweifelbarkeit von allein eingestellt, in diesen paar Stunden Schlaf? Nicht nur fürchtete ich jetzt kein Verhör, ich erwartete es mit Ungeduld.

Als ich erneut zum Untersuchungsrichter geführt wurde, war sein Gesicht um einiges finsterer als beim letzten Mal. Das konnte mir nicht entgehen, aber es machte auf mich nicht den Eindruck, den es noch am Vorabend zweifellos gemacht hätte.

»Ich muss Ihnen sagen«, hob er an, »dass Ihre Situation sich stark verschlechtert hat. Dabei spreche ich nicht davon, dass wir in Schtscherbakows Wohnung keine Fingerabdrücke gefunden haben außer seinen eigenen und Ihren.«

Er schaute ein Papier durch.

»Es gibt jedoch einen Umstand, der für Sie noch tragischer ist. Hat Schtscherbakow mit Ihnen je über sein Testament gesprochen?«

»Niemals«, erwiderte ich. »Es käme mir erstaunlich vor, sollte ich erfahren, dass er darüber nachgedacht hat.«

»Nichtsdestotrotz hat sein Notar uns eine Kopie seines Testaments zur Verfügung gestellt: Sein gesamtes Vermögen hinterlässt Schtscherbakow Ihnen.«

»Mir?«, sagte ich bass erstaunt und mit einem Kälteschauder am Rücken. »Das ist tatsächlich ein tragisches Zusammentreffen.«

»Die Fakten, die gegen Sie sprechen, sind in ihrer Konsequenz fast ungeheuerlich. Am Abend des Mords kommen Sie zu Schtscherbakow. Sie sind der letzte Mensch, der ihn lebend gesehen hat. Von niemandem wurden Fingerabdrücke entdeckt außer von Ihnen. Nehmen wir an, das wäre ein Zufall – ein für Sie äußerst ungünstiger, doch ein Zufall. Zu Ihren Gunsten spricht einzig das Argument, dass von Ihrer Seite dieser Mord ziellos und sinnlos ist. Und da erfahren wir, dass es ein Testament gibt und nach diesem Testament das gesamte Vermögen des Ermordeten Ihnen zufällt. Das in der logischen Kette fehlende Glied – Ihr Interesse am Tod Schtscherbakows – ist gefunden. Sie müssen zugeben, dass die Indizien in ihrer Gesamtheit unwiderlegbar sind. Und die Antwort auf die Frage, die gleich zu Beginn aufgetaucht ist, nämlich weshalb Sie ihn töten mussten, liegt jetzt klar auf der Hand. Sie sagen, Sie hätten nichts von dem Testament gewusst? Aber das ist eine pure Behauptung, der die Ermittlung eine ganze Reihe schwerwiegender und unbezweifelbarer Indizien entgegenhält.«

Ich hatte meine Verblüffung immer noch nicht überwunden: Wie und weshalb hatte Pawel Alexandrowitsch ein Testament zu meinen Gunsten aufgesetzt? Einige Augenblicke dachte ich angestrengt darüber nach, und plötzlich schien mir, als hätte ich eine Erklärung gefunden. Aber davon sagte ich dem Untersuchungsrichter nichts.

»Ich wüsste gerne«, fuhr er fort, »was Sie darauf antworten können.«

»Vor allem, dass es zumindest merkwürdig wäre, wenn

sich bestätigen sollte, dass ich tatsächlich so vorgegangen bin, wie die Ermittlung, nicht ohne eine gewisse äußere Logik, nun feststellt. Was könnte naiver und dümmer sein als das Verhalten eines solchen Mörders? Er weiß, dass er seinen Besuch bei Schtscherbakow nicht verbergen kann, dass sein Interesse am Tod dieses Menschen unstrittig und offenkundig ist, dass der Verdacht zuallererst auf ihn fallen muss. Und da kommt er abends zu Schtscherbakow, nicht zufällig, sondern weil er eingeladen ist, tötet ihn, geht nach Hause und meint, wenn er nach irgendwas gefragt würde, könnte er sagen, er habe niemanden getötet, und dem würde man natürlich Glauben schenken. Sie müssen zugeben, so kann nur ein Mensch vorgehen, dessen geistige Fähigkeiten Gegenstand einer klinischen Untersuchung sein sollten.«

Alles, was der Untersuchungsrichter zu mir sagte, und alles, was ich antwortete, zeichnete sich durch jene außerordentliche Klarheit und Bestimmtheit aus, deren ich längst entwöhnt war, die ich längst verloren hatte.

»In der Logik fast jedes Mörders«, sagte der Untersuchungsrichter, »und die Verbrechenschronik bestätigt uns das andauernd, gibt es fast immer ein klinisches Element. Damit unterscheidet sie sich von der Logik der normalen Menschen, und das ist sozusagen die Achillesferse jedes Mörders.«

»Ja, ja, ich weiß, ein gewisses pathologisches Moment. Gewöhnlich ist es ein unbedeutender Fehler in der Planung. Aber dass ein mutmaßlicher Mörder sich derart eindeutig und durchgängig dumm verhält, erscheint Ihnen das nicht noch weniger glaubhaft als diese Abfolge von Zufällen? Für mich geht es nun um Leben und Tod, und ich werde mich bis zum Ende verteidigen. Aber ich gebe Ihnen mein Wort, nur die Wahrheit zu sagen.«

Er sah mich an mit einem fernen Blick, als dächte er über etwas nach, das ich nicht wissen konnte. Dann sagte er:

»Ich gehe jetzt vielleicht nicht so vor, wie ich vorgehen müsste. Ich lasse den Gedanken zu, dass Sie nicht der Mörder sind, obwohl, ich wiederhole, alle Indizien gegen Sie sprechen. Die Überlegungen, die Sie gerade angeführt haben, sind mir, darf ich Ihnen bemerken, auch in den Sinn gekommen: Es ist wirklich alles zu offenkundig, und das ist in der Tat merkwürdig. Wenn ich Sie nicht sähe und nicht mit Ihnen spräche, sondern mir davon berichtet würde, wäre ich der Ansicht, es lohne nicht, noch Zeit auf die Ermittlung zu verschwenden. Aber ich bemühe mich, Ihnen zu helfen. Ist Ihnen eingefallen, worüber Sie mit Schtscherbakow an diesem letzten Abend seines Lebens gesprochen haben?«

In dem riesigen Büro war es still. Ich saß auf dem Stuhl und rauchte, und von außen mochte es scheinen, als fände hier zwischen zwei Bekannten ein friedliches Gespräch über ein abstraktes Thema statt.

»Ja, ja«, erwiderte ich. »Jetzt weiß ich alles wieder sehr gut. Es begann damit, dass ich sagte, ich schaute gerne ins Feuer und sähe in dieser Liebe zur Flamme eine Art Atavismus. Mein Gegenüber stimmte mir zu. Dann wechselte das Gespräch zum Thema Tod. Er sagte, daran denke er oft, und diese Gedanken hätten etwas Behagliches. Er zitierte eine Zeile aus der orthodoxen Totenmesse und den Text einer Anzeige, wie sie in Zeitungen erscheinen könnte. Ich widersprach ihm, denn mir schien, der Tod verfüge, ganz gleich unter welchem Aspekt, über keinerlei Anziehungskraft. Mir ist noch deutlich gegenwärtig, dass ich zu ihm sagte: Sie haben keine Erben, für wen sollten Sie ein *Testament* aufsetzen. Danach folgten persönliche Erinnerungen, die meines Erachtens nicht sonderlich von Bedeutung sind. Eines der letzten Themen, das wir beide erörterten, war der Buddhismus.«

»Ich verstehe, es war ein Gespräch ohne logische Abfolge, eines, das wir *une conversation à bâtons rompus*[1] nennen. Aber vielleicht wissen Sie noch, was das verbindende Glied war, die Assoziation, die den Übergang von den persönlichen Erinnerungen zur Diskussion über eine religiöse Lehre bedingte?«

»Nichts leichter als das«, antwortete ich. »Überm Kopf meines Gesprächspartners …«

»Sie wollen sagen: über dem Sofa, auf dem er saß?«

»Er saß in einem Sessel, nicht auf dem Sofa. Das Sofa befand sich rechts vom Sessel, ein wenig abseits.«

»Völlig richtig, ich habe mich getäuscht. Fahren Sie fort.«

»Über seinem Kopf war ein Bücherregal, und auf diesem Regal stand eine goldene Buddha-Statuette.«

»Könnten Sie diese beschreiben?«

»Ich würde sie unter Tausenden erkennen.«

»Was macht sie so bemerkenswert?«

Ich beschrieb detailliert den goldenen Buddha und sagte, mich hätte sein verzücktes Gesicht verblüfft und seine Ähnlichkeit mit dem Ausdruck des heiligen Hieronymus.

1 ein Gespräch, das vom Hundertsten ins Tausendste kommt

Das Gesicht des Untersuchungsrichters wirkte mit einemmal angespannt.

»Seltsam«, sagte er halblaut, eher zu sich selbst als zu mir. »Seltsam. Hat die Statuette Ihrer Ansicht nach einen hohen Wert?«

»In solchen Dingen kenne ich mich schlecht aus. Für mich hat sie vor allem einen ästhetischen Wert. Davon abgesehen dürfte sie, glaube ich, ziemlich kostbar sein, sie ist aus massivem Gold, eingefügt ein Rubin, allerdings kein großer. Doch auf jeden Fall ist die Statuette bemerkenswert.«

»Gut«, sagte er. »Ihr Blick fiel also auf den goldenden Buddha, und das lenkte Ihre Gedanken selbstverständlich auf …«

»Auf Nirwana und Buddhismus. Mein Gegenüber reichte mir die Statuette, nun konnte ich sie ausgiebig betrachten. Solange sie auf dem Regal stand, hatte ich sie nicht in allen Einzelheiten gesehen, denn es brannte die Tischlampe, das Regal lag im Halbdunkel.«

»Was haben Sie danach mit der Statuette gemacht?«

»Ich gab sie meinem Gegenüber zurück, und er stellte sie wieder aufs Regal.«

»Wissen Sie das sicher?«

»Pardon – was genau?«

»Dass er sie an ihren Platz stellte.«

»Absolut sicher.«

»Gut«, sagte er. »Halten Sie sich bereit für das nächste Verhör.«

In meine Zelle zurückgekehrt, versank ich in angestrengtes Grübeln über den Mord an Pawel Alexandrowitsch. Im Unterschied zu den Leuten, die mich verhörten, wusste ich etwas überaus Wesentliches – nämlich dass nicht ich ihn ermordet hatte. Als erstes war mir die Vermutung in den Sinn gekommen, der Mörder sei Amar. Doch blieb unverständlich, weshalb er das hätte tun sollen. Von Eifersucht konnte nicht die Rede sein. Von einem unmittelbaren Vorteil ebenfalls nicht: Pawel Alexandrowitsch unterhielt Lida, von deren Geld Amar lebte. Außerdem war die Wohnung vollkommen in Ordnung gewesen, es gab weder Spuren eines Kampfes noch einen Raubversuch, alles stand an seinem Platz. Ein Mann von der Straße, ein zufälliger Verbrecher? Das erschien gleichermaßen unwahrscheinlich, vor allem, weil es keinen Diebstahl gegeben hatte.

Noch ein Umstand erschien seltsam: die Art und Weise des Mords. Pawel Alexandrowitsch wurde von einem Messerhieb auf den Nacken getötet, der Tod war augenblicklich eingetreten. So hatte ich es aus den flüchtigen Bemerkungen des Untersuchungsrichters verstanden. Auch das erschien unerklärlich. Welche Form hatte das Messer? Ein gewöhnliches Messer, flach und breit, konnte das Mordwerkzeug nicht sein. Doch davon abgesehen – und welche Form es auch haben mochte – musste der Hieb mit ungewöhnlicher Kraft und Exaktheit ausgeführt worden sein. Wohl kaum verfügte der schwindsüchtige, kranke Amar über solch ein untrügliches Augenmaß sowie solche Muskelkräfte. Außerdem, zum dutzendsten Mal, weshalb hätte er das tun sollen? Es blieb die Vermutung, die fast absurde, die sich trotzdem nicht mit absoluter Sicherheit abtun ließ, dass Pawel Alexandrowitsch höchstwahrscheinlich irgendeinem Besessenen zum Opfer gefallen war.

Als ich wieder zum Verhör geführt wurde, wartete ich gespannt, was der Untersuchungsrichter sagen würde. Er nahm Platz, legte ein Blatt Papier vor sich hin und fragte mich in einem Ton, als setzte er ein Verhör fort, das vor ein paar Minuten unterbrochen worden war:

»Sie sagen, Sie erinnerten sich an die Statuette des goldenen Buddha in allen Einzelheiten?«

»Ja.«

»Wie sah ihr Fuß aus? Worauf stand sie? Gab es einen Untersetzer?«

»Nein, einen Untersetzer gab es nicht. Die Statuette hatte unten eine flache, quadratische Grundfläche, geometrisch ein richtiges Quadrat, bloß dass die Ecken leicht abgerundet waren.«

Er reichte mir ein weißes Stück Papier und fragte:

»Ungefähr eine solche Grundfläche?«

Auf dem Papier war in unsicheren Linien ein gleichmäßiges Quadrat mit abgerundeten Ecken gezeichnet.

»Ganz genau.«

Er wiegte den Kopf. Dann schaute er mir in die Augen und sagte:

»Derjenige, der Schtscherbakow ermordet hat, nahm den goldenen Buddha mit. Das Regal ist von einer dünnen Staubschicht bedeckt, darin haben sich die Umrisse des Quadrats erhalten, dessen Zeichnung Sie in der Hand halten. Wenn es uns gelingt, die Statuette aufzuspüren, kehren Sie nach Hause zurück und setzen Ihre Forschungsarbeit zum Dreißigjährigen Krieg fort, deren Entwürfe wir bei Ihnen gefunden haben. Ich muss Ihnen im übrigen sagen, dass ich mit Ihren Schlussfolgerungen überhaupt nicht einverstanden bin, insbesondere mit Ihrer Einschätzung Richelieus.«

Dann bot er mir Zigaretten an, mit einer Geste, die mir

gleich sehr viel sagte und deren stumme Überzeugungskraft stärker war als jegliche Veränderung des Tonfalls. Er tat es fast automatisch, wie man das einem Bekannten gegenüber tut. Ich empfand außerordentliche Erleichterung, und mein Atem ging schneller.

»Jetzt wechseln wir zu einem anderen Thema«, sagte er. »Was wissen Sie über die Geliebte des Verstorbenen, über ihre Eltern und über ihren Beschützer? Ich kann mir kaum vorstellen, dass die Frage nach deren Beteiligung an dem Mord Ihnen nie in den Sinn gekommen ist.«

»Darüber habe ich viel nachgedacht. Ich habe von all diesen Leuten eine ungefähre Vorstellung, noch am wenigsten von Amar, Lidas Beschützer, wie Sie ihn nennen. Es sind alles höchst unehrenhafte Leute. Aber ich muss Ihnen sagen, dass ich nicht sehe, welchen Vorteil Lida oder Amar aus diesem Mord hätten ziehen können.«

»Man könnte meinen, dass Sie persönlich an den Ergebnissen der Ermittlung gar nicht interessiert sind.«

»Meine Erwägungen unterscheiden sich nun doch von den Ihrigen«, sagte ich, »und das lässt sich insbesondere damit erklären, dass ich über eine zuverlässige Wahrheit verfüge, die für Sie a priori nicht erwiesen ist: Ich weiß, dass ich Schtscherbakow nicht getötet habe.«

»Lidas und Amars Alibi wirkt auf den ersten Blick unanfechtbar. Sie haben beide die ganze Nacht im Dancing ›Goldener Stern‹ verbracht. Die Garçons der ersten wie der zweiten Schicht erinnern sich, dass Amar bei ihnen Champagner bestellt hat.«

»Es war die Nacht von Samstag auf Sonntag, viele Leute im Lokal, eine einstündige Abwesenheit konnte unbemerkt bleiben.«

»Ja, und außerdem haben wir einigen Anlass, den Zeugenaussagen, die aus diesem Milieu kommen, nicht ganz zu trauen. Doch vor dem Beweis des Gegenteils sind wir genötigt, dem Alibi Glauben zu schenken.«

»Ich sage noch einmal, für mich ist unklar, welches Ziel Amar mit dem Mord an Schtscherbakow verfolgt haben könnte.«

»Das wissen wir nicht, und das ist ein Argument zu seinen Gunsten. Weder das Verhör noch die Haussuchung ergab irgendwelche Resultate. Lidas Eltern haben die Nacht zu Hause verbracht, sie stehen im übrigen auch nicht in Verdacht. Was wissen Sie von ihnen?«

Ich berichtete, was mir von ihnen bekannt war. Er sagte:

»Das ist natürlich aufschlussreich, aber daraus folgt nicht automatisch, dass einer von ihnen diesen Mord beging, der ihnen, grob gesagt, nur Nachteile gebracht hat. Wir werden jetzt die Statuette suchen, sie ist für alles der Schlüssel. Ich verhehle Ihnen nicht, dass es bestimmt nicht leicht sein wird, sie zu finden. Verhören muss ich Sie wohl nicht mehr. Es bleibt Ihnen nur zu warten, die Zeit arbeitet für Sie.«

Und bevor er mich wegschickte, fügte er hinzu:

»Hätte sich der Mörder nicht von dem goldenen Buddha verführen lassen, würde Ihnen die Guillotine oder lebenslängliche Zwangsarbeit drohen. Und ich glaube nicht, dass der Gedanke, dies würde die Gerichtschronik um den weiteren Fall eines unschuldig Verurteilten bereichern, Ihnen als hinreichender Trost erschiene.«

Ich hatte nicht einmal annähernd eine Vorstellung, wie lange mein Warten dauern könnte. So oder so war ich mir nun sicher, dass mir keine Gefahr drohte. Zwar meinte ich, der Untersuchungsrichter hätte mir, da er sich meiner Nichtbeteiligung am Mord Schtscherbakows sicher war, die Freiheit zurückgeben können. Doch wenn ich mich an seine Stelle versetzte, überlegte ich, dass ich wohl ebenso gehandelt hätte wie er, sei es auch nur, damit Pawel Alexandrowitschs wahrer Mörder sich weiterhin in Sicherheit wähnen konnte. Wie ich hinterher erfuhr, entsprach das in gewisser Weise der Wirklichkeit. Damals auch überlegte ich, dass im Bereich der elementaren Logik im Grunde alle fast die gleichen Schlüsse ziehen und gerade die willkürlichen Gesetze dieser eigenartigen Mathematik letzten Endes zur Verhaftung eines Mörders oder zur Aufdeckung eines Verbrechens führen, zumal Straftäter meist primitive Menschen sind, unfähig zu einigermaßen abstraktem Denken, und in diesem Sinne stehen sie selbst der bescheidenen geistigen Überlegenheit eines durchschnittlichen Untersuchungsrichters schutzlos gegenüber. So müsste es, wie mir schien, auch jetzt ablaufen.

Über die Dauer meiner Gefängnishaft dachte ich nicht nach und stellte auch keine Zeitberechnungen an, doch abgesehen von meinem Wunsch, war ich innerlich darauf eingestellt, sie verlängere sich vielleicht um zwei oder drei Tage. Aber es vergingen Wochen, und an meiner Situation änderte sich nichts. Manchmal wollte mir scheinen, es könnte sich noch jahrelang so hinziehen – nicht weil ich im Gefängnis bleiben musste, sondern weil ich allein war unter den Millionen Menschen in Paris, aus irgendeinem Grund verhaftet war und schlicht verlorengehen und vergessen werden könnte. Aber auch das war kein Gedankengang und keine Schlussfolgerung, sondern eine dunkle und vage Empfindung, war wieder einmal eine offenkundige Fehlleistung meiner Muskeln, meines Gesichtssinns, meines Gehörs, dieses gesamten, unvollkommenen Wahrnehmungsapparats. Es verging Tag um Tag. Zunächst dachte ich fast an gar nichts, dann kamen mir die unterschiedlichsten Dinge in den Sinn, die jedoch mit dem Mord nichts zu tun hatten. Um mich zu zwingen, erneut zu durchdenken, was bei der Entscheidung über mein Schicksal die Hauptrolle spielte, musste ich mich jedesmal mühsam aufraffen. Ich ertappte mich dabei, dass der tragische und unerwartete Tod Pawel Alexandrowitschs nicht die Gefühle in mir hervorrief, die mir hätten kommen müssen und die natürlich gewesen wären: Bedauern und Trauer. Plötzlich hatte ich immer wieder eine merkwürdige Empfindung, die ich nicht einmal für mich selbst recht bestimmen konnte, sozusagen – es habe im Grunde alles in dem Moment begonnen, als bekannt wurde, dass Pawel Alexandrowitsch Schtscherbakow nicht mehr auf der Welt war. Unwillkürlich hatte er für mich, nun gleichsam endgültig, das phantomhafte, künstliche Wesen angenommen, das mich am Tag unserer ersten Begegnung im Jardin du Luxembourg frappiert hatte. Ich erinnerte mich an alle Gespräche mit ihm, an seine eigenwillige Behaglichkeit, aber irgendwie rief das in mir keine emotionale – ein anderes Wort konnte ich nicht finden – Reaktion mehr hervor. Und ich überlegte, dass er gerade da in meinem Leben erschienen war, als für mich ohnehin alles phantomhaft und fiktiv war und die Bäume des Jardin du Luxembourg nicht überzeugender waren als die eingebildete Landschaft eines fernen Landes, das ich nie kennengelernt hatte. Andererseits war genau das geschehen, was ich gedacht hatte, als ich in seiner Todesnacht von ihm zurückkehrte und auf der Seine-Brücke stand. Womöglich traf sogar dieser Gedanke zeitlich mit dem Augenblick zusammen, als er in seinem Sessel starb, ohne verstanden, gespürt oder erfasst zu haben, dass ebendies der Übergang in die andere Welt war, den er mir in so lyrischen Tönen beschrieben hatte. Darin lag eigentlich auch das Verbrechen, wie fast bei jedem Mord: Ihm wurde genommen, worauf zu warten er erst begonnen hatte, wohin ein langer Weg ihn hätte führen sollen, ein langsamer, schrittweiser Verzicht auf alles, eine Annäherung an das Nirwana, wie er mir wahrscheinlich in unserem nächsten Gespräch gesagt hätte, das nie mehr stattfinden sollte. Und jetzt dachte ich, dass ich nicht recht gehabt hatte mit der Ansicht, er sollte sterben, noch bevor er sein unerwartetes Glück nicht mehr zu schätzen wüsste – ich brachte ihn damit willkürlich um seinen wichtigsten Lebensabschnitt. Ich nahm ihm – und mein einziger Trost war, dass es reine Theorie geblieben war – das Recht auf den eigenen Tod, und das gehörte nur ihm und niemandem sonst. Er hatte zu wenig Zeit gehabt, und wer konnte ahnen, dass es weder Langsamkeit noch Annäherung ans Nirwana gäbe, nur ein kurzes Röcheln und augenblickliche Finsternis? Dass es weder eine Zeitungsanzeige noch den *Schoß Abrahams, Isaaks und Jakobs* gäbe, statt dessen läge im Anatomiesaal vor der Obduktion der erstarrte Körper eines älteren Mannes, jener Körper, den tags zuvor noch Lida in ihrer schlaffen Umarmung gehalten hatte, während sie die Augen schloss und an Amar dachte?

Ich nahm an meinem derzeitigen Zustand eine Besonderheit wahr, die vielleicht damit zu tun hatte, dass ich im Gefängnis saß: Wenn ich über etwas nachdachte, fiel es mir schwerer als früher, die Aufmerksamkeit auf einen anderen Gegenstand zu lenken. Gewöhnlich machte ich das fast automatisch; jetzt hatte ich den Eindruck, die Bilder, die meine Phantasie beschäftigten, hätten die Leichtigkeit verloren, über die sie früher verfügten, und vor allem unterwarfen sie sich nicht mehr meinem Willen, weder ihr Auftauchen noch ihr Verschwinden hing noch von ihm ab. Vielleicht weil ich müde war. Ich widersetzte mich, so gut ich konnte, doch anscheinend war mir wenig Kraft geblieben. Schließlich kam der Moment, da ich mir eingestand, nicht mehr von mir fernhalten zu können, was sich mir schon sehr lange näherte, woran zu denken ich mir aber ein für allemal verboten hatte, kannte ich doch nichts Bedrückenderes und Traurigeres. Es begann mit drei Liedzeilen, die mich verfolgten:

But come you back when all the flow'rs are dying,
If I am dead – as dead I well may be –
You'll come and find the place, where I am lying …[1]

Und gleich danach drang zu mir die Stimme, die diese Worte sang und die ich zum letzten Mal vor zwei Jahren gehört hatte. Und diese Stimme und diese Worte tauchten aus dem Bedauern und dem Bewusstsein von etwas Nichtwiedergutzumachendem auf, sie erinnerten mich an meinen freiwilligen und sinnlosen Verzicht auf die einzige Möglichkeit einer Rückkehr in der Zeit. Wie hatte ich da-

1 Doch kommst du heim, wenn all die Blumen sterben,
Und ich bin tot, denn tot könnt' ich ja sein,
So findest du die Stelle, wo ich liege …

mals nur meinen können, ich hätte darauf kein Recht – auf die Sommerabende, Catrines Nähe, ihre Stimme, ihre Augen und ihre lichte, zarte Liebe? Und warum waren mir die finsteren Bilder, die Abstürze ins Nichts, die Vagheit meiner eigenen Konturen und das haltlose Schwanken meines Lebens dermaßen unüberwindlich erschienen, dass ich vor der zwangsläufigen Phantomhaftigkeit des Daseins erschrak und in ein abstraktes Dunkel entwich, aber draußen, jenseits der verhassten Gefilde, diese Stimme und diese Worte zurückließ? Wieso hatte ich das getan? Im voraus konnte keiner wissen, ob ich unbedingt besiegt würde in diesem Kampf. Hätte ich tatsächlich nicht genügend Phantasie gehabt, um eine fiktive, verführerische Illusion der Wirklichkeit zu schaffen, hätte tatsächlich meine Kraft nicht gereicht, um jenes Bild zu verkörpern, das Catrine vage vor sich sah, das sie vergaß und wieder zu sich rief?

But come you back …

Und so hatte ich die Tür hinter mir zugemacht, um langsam zu verschwinden aus ihrem schweren Schlaf, aus ihrer schwächer werdenden Erinnerung. Sie trug keine Schuld, nicht sie hatte mich verlassen. Ich hatte spätabends ihr Zimmer verlassen, und ich erinnerte mich, wie ich langsam die Treppe hinabgestiegen war. Erst jetzt wurde mir klar, wie absurd und ungeheuerlich diese Langsamkeit war – denn es war kein Fortgehen, es war fast ein Selbstmord, es war ein Sprung ins Unbekannte.

Zum ersten Mal im Leben fühlte ich, dass ich ihre Hilfe und ihre Unterstützung brauchte. Ich überlegte, ob sie etwas von mir wusste. Konnte sie sich vorstellen, dass ich, unter Seelenkrämpfen des Bedauerns, jetzt darauf wartete, was ich, eines Mordes angeklagt, für ein Schicksal hätte und ob mir die Guillotine bevorstünde, lebenslängliche Zwangsarbeit oder vielleicht die Rückkehr der goldenen Statuette, des Buddha mit seinem verzückten Gesicht, und folglich – die Freiheit? Aber was auch geschehen würde, ihr hätte ich meine einzige Illusion zu verdanken. Bloß gäbe es mich vielleicht nicht mehr, und in ein paar Jahren würde in der Ferne ein Zwangsarbeiter, schlimm geplagt von einem neuerlichen Anfall von Sumpffieber, im armseligen Argot der Kriminellen von seiner Liebe zu einer Frau erzählen, an deren Existenz niemand mehr glauben würde. Aber wenn es mir durch ein Wunder irgendwann vergönnt wäre, sie noch einmal zu sehen, würde ich ihr – wie immer halb auf Französisch, halb auf Englisch – von meinen Verhören erzählen, der Mordanklage, von meiner Gefängnishaft. Und ich würde hinzufügen, gerade als ich in diesen vier Wänden eingeschlossen war, hätte ich das Allerwichtigste begriffen: dass das beständige Phantom von jemandes fremder Existenz wie auch die Mordanklage, die Reue, vor dem Schatten meines toten Freundes theoretisch schuldig zu sein, wie auch das Gefängnis und die Aussicht auf einen langsamen oder schlagartigen Tod – dass all das weniger bedrückend war als die Erinnerung an mein Verlassen ihres Zimmers, damals spätabends, und als das Verschwinden jener einzigen Illusion, deretwegen es sich vielleicht tatsächlich lohnte, sich zu verteidigen bis zum Ende.

* * *

Ich wusste, dass in diesen langen Tagen, die nur mit meinen Grübeleien und Erinnerungen erfüllt zu sein schienen und die so monoton erst in die Dämmerung, dann in die Nacht übergingen – dass dort, jenseits der Mauern, der Grenzen meiner jetzigen Existenz, eine beharrliche Arbeit im Gange war. Dutzende von Vermutungen stellte ich diesbezüglich an, aber ich konnte natürlich nicht im entferntesten und nicht einmal annähernd vorhersehen, wovon meine Rückkehr in die Freiheit abhängen sollte. Ich konnte nicht wissen, dass Thomas Wilkins sich in Paris aufhielt, wie ich ohnehin nicht wusste, dass es ihn überhaupt gab auf der Welt und dass es gerade ihm bevorstand, in meinem Schicksal eine derart bedeutende Rolle zu spielen, was sich wiederum mit einigen seiner persönlichen Eigenheiten erklären ließ. Thomas Wilkins war Inhaber eines großen Blumengeschäfts in Chicago, und wie er selbst sagte, liebte er über alles – die Blumen und die Frauen. Wer jedoch genötigt war, ihn näher kennenzulernen, neigte eher zu der Behauptung, seine allergrößte Schwäche hege er nun doch für Spirituosen. Nach Paris gekommen war er in Geschäften, hatte sich in der Gegend der Grands Boulevards eingemietet und wurde bald in allen Bars des Viertels Stammgast. Er war ein beleibter Vierzigjähriger mit farblosen Augen. Meist erschien er in Begleitung irgendeiner jungen Frau aus dem Kreis derer, die Barbetreiber wie Garçons lange und gut kannten. In betrunkenem Zustand zeichnete er sich durch gewisse Vergesslichkeit aus, oftmals ließ er, wenn er ging, eine Schachtel Pralinen, irgendein Päckchen oder den eigenen Hut in der Bar liegen. Gewöhnlich bekam er das Vergessene am nächsten Tag zurück.

Die Suche nach dem goldenen Buddha war Inspektor Prunier anvertraut worden, der trotz mehrwöchigem Einsatz nicht nur die verschwundene Statuette nirgends entdecken konnte, sondern nicht einmal den leisesten Hinweis darauf. Zwar hatte er, nicht ohne Mühe, den Antiquar ausfindig gemacht, der einige Monate zuvor Schtscherbakow den Buddha verkauft hatte und der das bestätigte; aber seine Bestätigung konnte das Ganze natürlich nicht voranbringen. Er gab Prunier eine detaillierte Beschreibung der Statuette, die sich genau mit derjenigen deckte, die ich dem Untersuchungsrichter gegeben hatte, und da Prunier somit über den Nachweis verfügte, dass der goldene Buddha tatsächlich existierte und kein Ausfluss meiner Phantasie war, machte er sich an die Suche. Er zog Erkundigungen ein, auf höchst komplizierten, indirekten Wegen, bei sämtlichen Hehlern, aber das zeitigte keine Ergebnisse. Die goldene Statuette war, so schien es, absolut spurlos verschwunden.

Einmal war er, müde und schläfrig, spätnachts auf dem Heimweg, und in einer der kleinen Straßen bei der Place de l'Opéra blieb er vor einer Bar stehen, über der rot die elektrische Leuchtschrift strahlte. Von drinnen war undeutlich Musik zu hören. Er stieß die Glastür auf und trat ein. Die Bar war fast leer. Er setzte sich auf einen hohen Hocker am Tresen, dem Kassierer gegenüber, begrüßte ihn – in dieser Bar kannte er alle Angestellten –, bestellte sich einen Traubensaft und erblickte rechts von der Kasse einen nicht sehr großen Gegenstand, eingewickelt in zerknittertes Seidenpapier.

Ich erfuhr diese Einzelheiten von Prunier, den ich später kennenlernte und zum Dejeuner ins Restaurant einlud. Sehr bildhaft erzählte er mir, was vorgefallen war, die Details von jedem Verhör, die Fakten in ihrer Abfolge und wie diese ihn zum logischen Ende führte. Als er ein wenig über den Durst getrunken hatte, sprach er vollkommen offen und gestand mir, er sei mit seinem Schicksal und seinem Beruf unzufrieden, nur aus Mangel an Finanzmitteln sei er gezwungen, sich damit abzugeben, und mehr als alles auf der Welt interessiere ihn die Zoologie. Sobald er davon zu reden anfing, wurde er ungewöhnlich lebhaft, ihn zu bremsen war unmöglich. Wäre die Frage nach der Klassifizierung der Säugetiere am Anfang unseres Gesprächs aufgetaucht, überlegte ich, hätte ich wohl kaum etwas über die Dinge erfahren, die mir persönlich in diesem Fall wichtiger erschienen, denen er jedoch keine Bedeutung zuzumessen gedachte. Regelrecht in lyrische Ekstase geriet er, als er auf die Fauna Australiens zu sprechen kam, über die er erstaunliche Kenntnisse zutage förderte. Er beschrieb mir das Verhalten des Ameisenigels, den Charakter des Schnabeltiers, die Wildheit des Dingos und die – wie er sich ausdrückte – tragische Schönheit des schwarzen Schwans. Eine genaue Vorstellung hatte er auch von den Ausmaßen des mandschurischen Tigers, von der Färbung des Ozelots oder von dem unglaublich raschen Lauf, der für den Hyänenhund typisch ist, und es störte ihn offenbar wenig, dass ich ihm auf diesem Gebiet kein ebenbürtiger Gesprächspartner war. Später traf ich mich oft mit ihm, er war ein lieber Mensch und trug in sich Elemente einer eigenwilligen zoologischen Poesie, die, wie ich ihm sagte, etwas elementar Pantheistisches hatte. Zum Glück war er damals in der Bar weit von der Zoologie entfernt. Er schaute auf das Päckchen und fragte:

»Was ist das?«

»Das hat ein Gast vergessen«, sagte der Kassierer, »er ist eben erst gegangen, ich habe noch nicht einmal nachsehen können, was es ist. Etwas Schweres auf jeden Fall.«

»Zeigen Sie mal«, sagte Prunier.

Der Kassierer reichte ihm den recht formlosen Gegenstand, dessen Umrisse unter mehreren Schichten Papier verborgen waren. Prunier wickelte die zerknüllten Blätter auf, und seine Augen weiteten sich: Matt schimmernd im elektrischen Licht, schaute auf ihn das enthusiastische goldene Gesicht des Buddha.

»Ça, par exemple[1]«, sagte er.

Wilkins wurde am nächsten Tag mit Hilfe eines Dolmetschers verhört; er sprach kaum Französisch. Zuerst wollte er überhaupt nicht mit der Polizei reden, verkündete, er sei amerikanischer Staatsbürger, habe kein Verbrechen begangen und habe sich an den amerikanischen Konsul gewandt mit der Bitte, ihn vor der Willkür der französischen Behörden zu schützen. Aber als ihm erklärt wurde, worum es ging, willigte er ein, das wenige mitzuteilen, was er wusste. Er habe diese Statuette für dreihundert Franken von der jungen Dame gekauft, mit der er den gestrigen Abend verbrachte. Die Statuette habe ihm des ungewöhnlich lebhaften Ausdrucks wegen gefallen, wie er sagte, und darum habe er sich entschlossen, sie zu erwerben, obwohl sie so viel Geld natürlich nicht wert sei, da sie aus Messing bestehe und ein rotes Glassplitterchen einmontiert sei. Die junge Dame habe eigentlich nicht vorgehabt, sie zu verkaufen, und habe nur seinem Drängen nachgegeben. Eine

1 Sowas aber auch!

sehr nette Blondine sei das gewesen, und geheißen habe sie Georgette. Prunier dankte ihm für seine Aussagen und fragte in der Bar, wer die Frau gewesen sei, die gestern mit Wilkins dort war.

»Gaby«, sagte der Garçon.

Eine halbe Stunde später stand Gaby vor Prunier. Sie fing gleich damit an, dass ihre Papiere alle in Ordnung seien, dass sie nichts sagen werde, dass sie auch nichts zu sagen hätte und dass sie ihre Rechte kennen würde.

»Red keinen Unsinn«, sagte Prunier, »und vergeude nicht unnütz Zeit. Wo hattest du die Statuette her?«

»Das ist ein Geschenk.«

»Gut. Wer hat sie dir geschenkt?«

»Das geht Sie nichts an.«

»O doch, und wie mich das angeht. Na?«

»Sag ich nicht.«

»Wie du willst«, meinte Prunier. »Aber dann bin ich gezwungen, dich wegen Mittäterschaft und Hehlerei festzunehmen.«

»Sie machen sich über mich lustig«, sagte Gaby. »Wer würde schon eine Messingstatuette stehlen?«

»Einer, der den Unterschied kennt zwischen Messing und Gold. Na?«

Das machte auf Gaby ungeheuren Eindruck. Ihr traten Tränen in die Augen; sie konnte sich nicht verzeihen, dass sie ein so wertvolles Stück fast umsonst diesem Amerikaner überlassen hatte, der völlig betrunken war oder so tat, als wäre er betrunken, und auch nicht erkannte, dass es Gold war.

»Gugusse hat mir gesagt, die hätte überhaupt keinen Wert.«

»Du kannst gehen«, sagte Prunier. »Bloß nicht weit weg, vielleicht brauche ich dich noch.«

Hierauf wurde Gugusse, Gabys offizieller Beschützer, in dasselbe Büro gebracht, wo eine Stunde vorher Gaby gewesen war. Prunier warf einen raschen Blick auf ihn; Gugusse sah aus wie immer: auf dem Kopf gewaltige Locken, das Ergebnis langwieriger Friseursarbeit, das Gesicht grimmig und glattrasiert, der Anzug hellbraun und der Mantel grau.

»Guten Tag, Herr Inspektor«, sagte er.

»Guten Tag, Gugusse«, sagte Prunier. »Na, wie geht's?«

»Soso, Herr Inspektor.«

»Möchtest du eine Zigarette?«

Eine derart überraschende Liebenswürdigkeit von seiten des Polizeiinspektors versetzte Gugusse in große Sorge; er war einen anderen Umgang gewöhnt, und dieser Wechsel des Tonfalls ließ nichts Gutes ahnen.

»Du bist eigentlich immer ein guter Kerl gewesen«, sagte Prunier. »Natürlich gab es bei dir ein paar Missverständnisse, aber bei wem gibt es die nicht?«

»Das ist richtig, Herr Inspektor.«

»Na eben, siehst du. Du weißt, dass wir alles tun, um dir keine Unannehmlichkeiten zu bereiten: Du lebst, wie du magst, arbeitest, wie du magst, und wir behindern dich nicht, weil wir überzeugt sind, dass du weißt, was Anstand ist.«

Prunier schaute ihn recht unverwandt an. Gugusse wandte den Blick ab.

»Andererseits, du verstehst – da wir dir einen Dienst erweisen, rechnen wir auch mit deiner Loyalität. Wir wissen, wenn wir ein paar Auskünfte brauchen sollten, wirst du sie uns geben. Nicht wahr?«

»Ja, Herr Inspektor.«

»Woher hattest du die Statuette, die du Gaby gegeben hast?«

»Ich verstehe nicht, wovon Sie reden, Herr Inspektor.«

»Siehst du, so ganz kann man dir doch nicht trauen. Schade. Denn, du verstehst, alles läuft bloß so lange glatt, wie wir dir trauen. Wenn wir dir jedoch am Zeug flicken wollten, wäre das nicht schwierig. Dann gingen erneut die Verhöre los, und du weißt, was das bedeutet, deine Vergangenheit wäre von Interesse, und was das bedeutet, weißt du auch, und so weiter. Verstehst du? Dann könnte ich dich nicht mehr verteidigen. Ich würde sagen: Gugusse, ich kann nichts für dich tun, denn du hast mein Vertrauen missbraucht. Das verstehst du doch, hoffe ich? Nun füge ich noch hinzu, dass ich wenig Zeit habe. Zum letzten Mal: Woher hast du die Statuette?«

»Ich habe sie im Mülleimer gefunden, Herr Inspektor.«

»Gut«, sagte Prunier und stand auf. »Ich sehe, du hast das ruhige Leben satt. Also, dann werden wir anders vorgehen.«

»Herr Inspektor, ich habe sie zum Aufbewahren bekommen von Amar.«

»Das hört sich besser an. Erst neulich war von dir die Rede, und ich sagte zu meinen Kollegen: Jungs, für Gugusse bin ich immer bereit mich zu verbürgen. Freut mich sehr, dass ich recht behalten habe. Wann hat er sie dir übergeben?«

»In der Nacht auf den zwölften Februar, Herr Inspektor.«

* * *

Ich wusste nichts von alledem, was sich zu dieser Zeit ereignete, während ich meinen eigenen Gedankengängen überlassen war. Mir ging durch den Kopf, dass mein Schicksal sich jetzt entschied, gerade in diesen Tagen, und dass es nicht im mindesten von mir abhing, wie es sich entschied. Was mir im Leben bevorstand, würde weniger denn je von dem bestimmt werden, was ich selbst darstellte oder wonach ich strebte. Zu diesen Gedankengängen kehrte ich auch später zurück und stellte erneut fest, dass dies tatsächlich keine Bedeutung hatte. Wichtig war, dass es die goldene Statuette mit der quadratischen Grundfläche gab, wichtig war, dass der alte Antiquar mit Brille und Scheitelkäppchen sie dem Polizeiinspektor ausführlich beschrieben hatte; wichtig war, dass Thomas Wilkins, Besitzer eines Blumengeschäfts in der Stadt Chicago, eine Schwäche für Spirituosen und für das weibliche Geschlecht hegte und in betrunkenem Zustand zu Vergesslichkeit neigte. Wichtig war, dass es Gaby auf der Welt gab und dass sie in der Gegend der Grands Boulevards arbeitete. Wichtig war außerdem, dass in diesem unglaublichen Gemenge von Trunksucht, Leidenschaft für Blumen, käuflichen Frauenkörpern und analphabetischen Zuhältern die goldene Verkörperung des großen Weisen aufgetaucht war, von dessen Lehre keiner seiner kurzfristigen Besitzer, weder Wilkins noch Gaby, noch Gugusse, eine Ahnung hatte – und darin, dass er mir tatsächlich, handfest, näherkam, lag meine Rettung. Dabei, was außer der blinden und unerbittlichen Mechanik des Zufalls, sollte man meinen, konnte mein Schicksal, meine anhaltenden Wahnvorstellungen und Irrungen mit der Kundschaft eines Blumengeschäfts in der Hauptstadt eines amerikanischen Staates in Verbindung bringen – einer Kundschaft, deren Existenz es Wilkins erlaubte, Reisen nach Paris zu unternehmen? Dazu mit der schlecht verheilten Syphilis von Gaby und Gugusse und mit dem mir unbekannten Leben eines indischen Künstlers, dessen unanfechtbarer und in gewissem Maß aufrührerischer Kunst der goldene Buddha sein Erscheinen verdankte? Vielleicht hatte dieser unbekannte Meister während der Arbeit an der Statuette gehofft, nach Hunderten oder Tausenden von Jahren, nach Dutzenden und Aberdutzenden Wiederauferstehungen und Gestaltwandlungen, endlich Vollkommenheit zu erlangen und dem größten Weisen aller Zeiten und Völker beinahe gleichzukommen – statt nach einem gewöhnlichen Menschenleben, das sich durch kein besonderes Verdienst auszeichnete, zu sterben und als Paria aufzuwachen und von den Genien der Finsternis umgeben zu sein. Und ich überlegte, dass ich in dem Gespräch mit Pawel Alexandrowitsch, als ich sagte, auch ich könnte unter bestimmten Bedingungen Buddhist werden, weit von der Wahrheit entfernt war, vor allem weil mich mein Schicksal in diesem Leben viel zu lebhaft interessierte und ich ungeduldig auf meine Freilassung wartete.

Dieser Tag kam nach drei Wochen. Ich wurde erneut ins Büro des Untersuchungsrichters geführt. Er begrüßte mich, was er früher nie getan hatte, und sagte:

»Ich hätte Sie nicht kommen zu lassen brauchen, aber ich wollte Sie sehen und hatte ein wenig freie Zeit.«

Er schnallte seine Aktenmappe auf, und im nächsten Moment erblickte ich in seinen Händen den goldenen Buddha.

»Das ist Ihr Retter«, sagte er. »Ihn zu finden war allerdings nicht so leicht.«

Er betrachtete aufmerksam die Statuette.

»Tatsächlich ein bemerkenswertes Stück, aber ich finde darin keine Ähnlichkeit mit dem heiligen Hieronymus, und ich befürchte, dass Ihr Vergleich äußerst willkürlich ist. Welches Bild haben Sie denn im Sinn?«

»Ich muss Ihnen gestehen, dass ich mich in der Malerei schlecht auskenne«, sagte ich. »Ich habe ein anonymes Bild im Sinn, das mir im Louvre aufgefallen ist. Es wird, wenn ich nicht irre, der Schule von Signorelli zugeschrieben. Mir kam es vor, als wären zwei Künstler daran beteiligt gewesen. Das Bild stellt den heiligen Hieronymus in frommer Ekstase dar. An die nackte Brust presst er einen Stein, unter dem Blut hervorfließt. Sein Gesicht reckt er zum Himmel, die Augen sind verdreht in heiliger Verzückung, seine greisenhaften Lippen fast im Mund verschwunden, und in der Luft, über seinem Kopf, schwebt eine Darstellung der Kreuzigung. Mir kam es vor, als wären an dem Gemälde zwei beteiligt gewesen, weil die Kreuzigung in der Luft nachlässig ausgeführt ist, nicht überzeugend im Vergleich zu der ungewöhnlichen Ausdruckskraft, die der Maler in das Gesicht des heiligen Hieronymus gelegt hat. Die Statuette verblüffte mich gleich beim ersten Mal durch diesen Ausdruck der Ekstase, die an einem Buddha so überrascht, denn sein Gesicht ist auf allen Darstellungen, die ich bisher zu sehen bekam, von olympischer Ruhe.«

»Ich hoffe, dass wir beide uns noch irgendwann darüber unterhalten können«, sagte er. »Heute abend werden Sie in Ihrem eigenen Bett schlafen. Amar ist noch nicht verhaftet, aber das ist natürlich nur eine Frage der Zeit.«

»Die Order für meine Freilassung ist bereits unterzeichnet?«, fragte ich. »Das heißt, ich kann jetzt als Privatperson mit Ihnen sprechen?«

»Natürlich.«

Daraufhin führte ich ihm meine Überlegungen zu Amar aus und sagte noch einmal, worüber ich mehrfach nachgedacht hatte, nämlich dass Amar meines Erachtens nicht fähig war, mit solcher Kraft und Exaktheit zuzuschlagen.

»Ich habe ihn gesehen«, sagte ich. »Er ist ein körperlich schwacher Mensch, offenbar ausgezehrt durch seine Krankheit. Man braucht sich nur seinen Gang anzuschauen, wie er ein Bein nachzieht, um sich davon zu überzeugen.«

»Mir war dieser Punkt zunächst ebenfalls unerklärlich«, erwiderte er. »Aber später konnte ich mit Informationen operieren, über die Sie natürlich nicht verfügten.«

»Und zwar?«

»Erstens die Ergebnisse der Obduktion. Zweitens Amars Akte.«

»Was förderte die Obduktion zutage?«

»Der Hieb ist nicht mit einem gewöhnlichen Messer erfolgt, sondern mit einer dreikantigen Waffe, etwas Ähnliches wie ein Bajonett. Mit solch einem Messer wird im Schlachthof das Vieh getötet.«

»Sie wollen damit sagen …«

»Ich will damit sagen, dass Amar vor seiner Krankheit im Schlachthof von Tunis gearbeitet hat.«

»Ah«, sagte ich, »verstehe. So musste es auch gewesen sein.«

* * *

Wenn ich später an diese Zeit zurückdachte, blieb mir nur die Feststellung, dass zwei Dinge damals vorherrschten: ungewohnte Leichtigkeit und der Eindruck, ich hätte soeben das Verschwinden einer ganzen Welt miterlebt. Es war ein neues und ein wenig beunruhigendes Freiheitsgefühl, und ständig war mir, als könnte es jeden Augenblick zu Ende sein, und ich würde erneut verschwinden aus dieser Wirklichkeit, verschlungen vom nächsten Anfall jenes irrationalen Elements, das bisher in meinem Leben eine so wesentliche Rolle gespielt hatte. Doch jedesmal kam ich zu dem Schluss, dass meine Befürchtungen umsonst oder auf jeden Fall verfrüht gewesen waren.

Lida suchte mich auf, kaum dass sie von meiner Freilassung erfahren hatte. Auf ihrem Gesicht waren Tränenspuren, sie konnte das Schluchzen nicht zurückhalten, wenn sie von Pawel Alexandrowitsch sprach. Ihren Worten nach stand sie dem Mord ebenso fern wie ich, niemals hätte sie etwas derart Grauenvolles auch nur für möglich gehalten. Amar, von dessen Plänen sie keine Ahnung hatte, handelte anscheinend in einem Anfall unbezähmbarer Eifersucht. Das Glück habe sie nicht lange verwöhnt – jenes Glück, das sie sich mit so vielen Jahren eines freudlosen Lebens verdient hatte. Weshalb hatte sie Amar herkommen lassen? Sie wisse ja, dass ich eine unverdient schlechte Meinung von ihr hätte, und sie sei bereit, mir das zu verzeihen, weil ich natürlich, ohne das durchgemacht zu haben, was sie im Leben erfahren hatte, nicht in der Lage wäre, ihre Beweggründe, ihre Wünsche und ihre Liebe zu verstehen. Sie sei bereit, ihre unwillentliche Schuld abzubüßen, wie auch immer.

»Da sitze ich nun vor Ihnen«, sagte sie, »vollkommen

niedergeschlagen und am Boden zerstört. Das Schicksal hat mir das wenige, das ich hatte, wieder genommen, und mir ist nichts geblieben. Ich frage Sie, was ich tun soll. Sagen Sie es mir, und ich verspreche Ihnen, dass ich allen Ihren Ratschlägen folgen werde.«

Ich hörte ihr zerstreut zu und überlegte zugleich, wer ihr wohl diese Worte eingegeben hatte. Falls es ihre eigene Initiative war, bewies das erneut, dass sie klüger war, als zu erwarten stand.

»Ich sehe nicht, warum gerade ich Ihnen Ratschläge geben sollte. Bisher sind Sie auch ohne das ausgekommen. Sie reden in einer Weise, als ob uns eine gemeinsame Verantwortung verbinden würde. Das entspricht nicht der Realität.«

»Sie meinen, uns würde nichts verbinden? Pawel Alexandrowitsch hatte einen Freund, das sind Sie, und er hatte eine Frau, die er geliebt hat. Und Sie finden, sein Angedenken verpflichte Sie zu nichts?«

»Entschuldigen Sie, ich verstehe nicht recht, was Sie damit sagen wollen.«

Sie hob zu mir ihren schweren Blick.

»Sie sagten mir einmal, als Antwort auf meinen Satz, der Ihnen nicht gefiel, nämlich dass wir zwei unterschiedlichen Welten angehören – Sie sagten mir damals, dass in Ihrer Welt alles anders sei als in meiner. Mit anderen Worten, ich glaubte, wenn ich in der Welt, zu der ich unglücklicherweise gehöre, auf nichts als Hass, materielle Erwägungen und animalische Gefühlen gefasst zu sein habe, so dürfte ich in Ihrer Welt zu Recht etwas anderes erwarten: Mitgefühl, Verständnis, irgendeine seelische Regung, die nicht von eigennützigen Erwägungen diktiert ist.«

Ich schaute sie verwundert an. Wer hatte ihr beigebracht, so zu reden und so zu denken?

»Ich sehe, dass ich tatsächlich wenig über Sie weiß«, sagte ich. »Letztlich nur, was Sie mir mitzuteilen für nötig befunden haben. Aber ich konnte nicht erwarten, dass Amars Geliebte eine solche Sprache sprechen würde. Wo haben Sie die gelernt?«

»Sie haben mir nicht aufmerksam zugehört, als ich Ihnen von meinem Leben erzählte. Einige Jahre war ich Dienstmädchen bei einem alten Arzt, er hatte eine große Bibliothek, ich habe viele Bücher gelesen.«

»Und er ist eines natürlichen Todes gestorben?«

Sie sah mich vorwurfsvoll an. Ich schwieg. Dann sagte sie:

»In Ihrer Welt kann man, wie sich zeigt, noch grausamer sein als in der meinen. Ja, er ist eines natürlichen Todes gestorben.«

»Was das Schicksal – wie Sie das nennen – Pawel Alexandrowitsch verweigert hat.«

»Das war ein doppelter Tod. Denn mir scheint, von dem Moment an, als er starb, habe ich ebenfalls zu existieren aufgehört.«

Ich hörte, was sie sagte, und empfand widersprüchliche Gefühle: rasende Wut, Ekel und Trauer.

»Hören Sie«, sagte ich, bemüht, ruhig zu sprechen, obwohl es mich viel Kraft kostete, »ich will Ihnen sagen, was ich denke. Sie haben Ihr Leben mit Amar verbunden.«

»Ich habe ihn geliebt.« Ihre Stimme klang matt.

»Sie haben doch bestimmt – schließlich waren Sie in Afrika – Müllgruben bei grellem Sonnenlicht gesehen. Sie haben gesehen, wie dort unten, durch den Unflat, langsam kurze, weißliche Würmer kriechen. Sicher hat deren Existenz irgendeinen biologischen Sinn. Aber ich kann mir nichts Abscheulicheres als dieses Schauspiel vorstellen. Und auch wenn es mich vor Ekel schüttelt, fällt mir das jedesmal ein, wenn ich an Amar denke. Ihre – wie Sie sagen – Liebe zu ihm hat Sie in diesen Unflat getaucht. Und das wird keine Macht, keine Bereitschaft, irgend jemandes Ratschlägen zu folgen, kein Wasser von Ihnen abwaschen. Ich will vollkommen offen sein. Wie in Hotels Zimmer vermietet werden, so haben Sie – und Sie können sich bei mir bedanken, dass ich kein treffenderes Wort benütze – dem armen Pawel Alexandrowitsch Ihren Körper vermietet. Sie müssen zugeben, das war den Preis, den er dafür gezahlt hat, nicht wert.«

Ihr schwerer Blick ruhte unbeweglich auf mir. Ich schluckte Speichel, zu reden fiel mir schwer.

»Jetzt kommen Sie zu mir und wollen einen Rat. Doch Ihre Absichten sind viel zu durchsichtig, als dass ich daran Zweifel hätte. Und allein schon der Gedanke, Sie könnten mich berühren, erregt bei mir Ekel.«

»Wirklich?«, sagte sie und stand vom Sessel auf. Ich erhob mich von dem Stuhl, auf dem ich saß. Ihr bleiches und irgendwie wahrhaft schreckliches Gesicht – ich dachte noch, nicht von ungefähr sei sie die Geliebte eines Mörders gewesen – näherte sich mir.

»Gehen Sie!«, sagte ich fast flüsternd, denn mir versagte die Stimme. »Gehen Sie, oder ich erwürge Sie.«

Sie brach in Tränen aus, schlug die Hände vors Gesicht und verließ den Raum. Ich empfand Reue und Bedauern, zu spät und unnützerweise, wusste ich doch, da war weder etwas zu korrigieren noch zurückzunehmen. Und ich überlegte, dass sowohl ihr Verhalten wie auch ihr Kalkül unrichtig und natürlich zugleich waren. Bei ihrem Verstand hätte sie begreifen müssen, dass sie, so handelnd, falsch vorging. Sie war jedoch ein Opfer des Milieus, in dem sie ihr Leben verbracht hatte, der Erinnerungen, die sie bedrückten, und von diesem ganzen Bündel düsterer und trauriger Dinge, die ihre Existenz ausmachten. Kein gelesenes Buch konnte das verändern. Es wäre natürlich ungerecht, ihr zur Last zu legen, dass sie nicht der Tugendheldin eines Romans glich. Sie war nun einmal so, wie sie war, und nach diesem Muster war alles gestrickt, bis hin zur Wahl ihres Liebhabers und der Verantwortung für ihn. Im übrigen glaubte ich nicht, dass sie von dem Mordplan nichts gewusst hatte, ich war bloß überzeugt, dass sie das niemandem gesagt hätte. Um das zu erfahren, galt es die Verhaftung und die Geständnisse Amars abzuwarten.

Er hatte sich an dem Tag, als sie ihn holen kamen, aus dem Staub gemacht und war, so schien es, ebenso spurlos verschwunden wie kurz zuvor die Statuette des Buddha. Prunier mutmaßte, es sei ihm vielleicht gelungen, nach Tunis zurückzukehren. Jedenfalls verging Tag um Tag, und die Polizei konnte weder ihn selbst entdecken, noch fand sie überhaupt Spuren, dass er sich aufgehalten hatte, wo man ihn suchte. Dennoch hatte der Untersuchungsrichter, als er zu mir sagte, seine Verhaftung sei eine Frage der Zeit, gewusst, wovon er sprach. Früher oder später müsste irgendeiner von seinen Bekannten oder Freunden, dem er einmal über den Mund gefahren war oder der ihm sein zeitweiliges Pariser Wohlleben neidete oder der sich bei der Polizei für alle Fälle Pluspunkte sichern wollte, aus dem oder jenem, auf den ersten Blick eher unbedeutenden Grund, die richtige Stelle wissen lassen, Amar verstecke sich da und da oder sei oft in einem bestimmten Café. Es hätte in Paris oder in Nizza, in Lyon oder in Tunis passieren können, aber es war unausweichlich. Er hätte nach Südamerika fahren können, aber dafür hatte er wohl keine Mittel, auch dachte er daran wohl kaum. Wie sich später herausstellte, hatte er einige Zeit in Marseille verbracht und war dann nach Paris zurückgekehrt.

Entdeckt wurde er in einem Café unweit der Place d'Italie. Er versuchte zu fliehen. Als dann die Umstände seiner Verhaftung beschrieben wurden, nannten einige Zeitungen ihn einen Feigling. Ich glaube, das war ungerecht. Natürlich hatte er keinen moralischen Mut, wie sich bei den Verhören und später, während des Prozesses, zeigen sollte. Aber er verfügte zweifellos über körperliche Tapferkeit. Was mit ihm geschah, verstand er schlecht und langsam, er war ein rabiater und primitiver Mensch, der kaum lesen und schreiben konnte. Weder seine Seelenstärke noch seine geistigen Fähigkeiten hätten jemals ausgereicht, um Widerstand als nötig oder möglich zu begreifen, nachdem sogar ihm die Aussichtslosigkeit seiner Lage klargeworden war. Er war unfähig zu begreifen, es könnte noch eine andere Realität existieren als diejenige, die vom einfachsten materiellen Kräfteverhältnis bestimmt wird. Aber er hatte den Mut eines verfolgten und sich verteidigenden Tiers. Sein gesamtes Verhalten bewies, dass er die Lage natürlich falsch einschätzte; hätte er das gleich begriffen, was nicht schwer war, hätte er sich ohne Widerstand ergeben. Ihn verfolgten zwei Polizisten. Worauf konnte er bei seiner Flucht bauen? Er zog ein Bein nach, und es war offensichtlich, dass er nicht weit käme. Endgültig ins Verderben riss ihn ein Fehler in seiner Fluchtroute: Er bog in eine Sackgasse, da er glaubte, es sei eine Straße. Als der erste Polizist ihn einholte, stach er mit dem Messer zu – in seinen Händen eine überaus gefährliche Waffe, die er virtuos beherrschte. Allerdings war dieser Polizist, wie sich zeigte, jedem messerbewehrten Gegner gewachsen, denn er schaffte es, blitzschnell seine dicke dunkelblaue Pelerine dem Hieb auszusetzen. Hätte er diese Bewegung nur den Bruchteil einer Sekunde später ausgeführt, wäre er tot gewesen. Unterdessen war der zweite Polizist herzugeeilt, er streckte Amar mit einem Kinnhaken zu Boden. Noch eine halbe Minute später war alles zu Ende, und in den Abendzeitungen gab es bereits Photos des Verhafteten.

Sein Vorsatz, auf Fragen nicht zu antworten, war rasch gebrochen, und nun erzählte er, ohne auch nur ein Detail zu verbergen, wie sich alles zugetragen hatte.

Seinen Worten nach hatte es damit begonnen, dass Sina ihrer Tochter riet, Pawel Alexandrowitsch den Gedanken einzugeben, es sei notwendig, ein Testament aufzusetzen. Eine Zeitlang war Schtscherbakow den Gesprächen zu diesem Thema ausgewichen, dann aber sagte er eines Tages, das Testament sei gemacht und liege beim Notar. Weder Sina noch der mausgraue Schnorrer, weder Amar selbst noch gar Lida zweifelten daran, dass Pawel Alexandrowitsch natürlich alles ihr hinterließ – wie konnte es auch anders sein? Danach begannen langwierige und beinahe tagtägliche Erörterungen, wie er zu beseitigen wäre. In Erwartung der endgültigen Entscheidung nahm Amar auf Sinas Rat schon einmal Fahrstunden, denn er beabsichtigte, gleich nach Empfang der Erbschaft ein Auto zu kaufen. Sie alle hatten überzogene Vorstellungen von Pawel

Alexandrowitschs Vermögen; sie waren überzeugt, er sei ein mächtiger Millionär. Sinas Beischläfer schlug eine allmähliche Vergiftung mit Arsen vor. Sina fand, es sei besser, den Gashahn aufzudrehen, wenn er eingeschlafen wäre. Lida hatte keine eigenen Absichten; zwar protestierte sie nicht gegen die Familienpläne, verhielt sich dazu jedoch recht distanziert.

Insgesamt aber erhielt keine einzige dieser Methoden die einhellige Zustimmung, und es wurde keine Entscheidung getroffen. Man musste auf eine passende Gelegenheit warten, auf etwas Unbestimmtes und weit Entferntes. Amar wollte zu gerne ein Auto haben, er wollte persönlich über die Gelder verfügen, die Schtscherbakow hinterließ, und konnte nicht länger warten. Deshalb beschloss er, seinen eigenen Plan zur Ausführung zu bringen. Auf den ersten Blick waren die Umstände ihm günstig. Er wusste, dass ich bei Pawel Alexandrowitsch oft zu Besuch war; zwar hatte er mich nie gesehen, hatte aber durchaus eine bestimmte Vorstellung von mir, und Lida hatte ihm sogar eines Tages gesagt:

»Dieser Kerl könnte gefährlich sein.«

Äußerlich war Amars Kalkül höchst einfach und verführerisch, aber seine Phantasie reichte nicht weiter als bis zu den nächstliegenden Dingen. Alle Indizien waren gegen mich. Ihm kam gar nicht in den Sinn, sich einmal an meine Stelle zu versetzen und versuchsweise alles so zu durchdenken, wie ich es hätte durchdenken müssen, wäre ich tatsächlich auf die ungeheuere und sinnlose Idee verfallen, Pawel Alexandrowitsch zu töten. Sein Plan schien ihm unfehlbar. Als Lida in dem Dancing mit einem ihrer zahllosen Kavaliere tanzte, holte er aus ihrer Handtasche die Schlüssel von Schtscherbakows Wohnung und steckte sie ein. Dann sagte er zu ihr, er ginge kurz weg und käme bald zurück, trat auf die Straße, nahm ein Taxi und fuhr bis zur Ecke Rue Chardon-Lagache und Rue Molitor. Es war gegen ein Uhr nachts. Nun wartete er, wann ich ginge.

»Ein paar Minuten später«, berichtete er dem Untersuchungsrichter, »sah ich, wie er aus dem Haus kam. Er blieb erst stehen, schaute nach allen Seiten, dann steckte er die Hände in die Taschen und ging runter, zur Rue Chardon-Lagache. Ich wartete noch eine Viertelstunde, dann öffnete ich die Tür mit dem Schlüssel und trat ein.«

Pawel Alexandrowitsch saß schlafend im Sessel und hörte nichts. Amar schlich sich auf Zehenspitzen von hinten an und hieb ihm mit dem Messer auf den Nacken. Der Tod trat augenblicklich ein. Mit einem Tuch rieb Amar das Blut vom Messer, und in diesem Moment erblickte er plötzlich auf dem Regal die goldene Buddha-Statuette. Er nahm sie herunter, um sie besser zu betrachten, und ohne sich etwas dabei zu denken, steckte er sie in die Tasche. Dann trat er auf die Straße und schloss die Tür hinter sich ab.

Alles war still, ringsum keine Menschenseele. Er ging bis zur Seine, spießte das blutbesudelte Tuch auf das Messer, schlang es zum Knoten und warf alles in den Fluss. Dann schritt er zum anderen Ufer und nahm wieder ein Taxi, mit dem er fast bis zur Ecke der Straße fuhr, wo sich das Dancing befand. Hier begegnete er Gugusse, dem er die Statuette gab, mit der Bitte, sie einige Zeit aufzubewahren. Dann kehrte er in das Dancing zurück. Weiterhin spielte das Orchester, Lida tanzte nach wie vor.

»Gerade, als wäre gar nichts geschehen«, sagte er.

Er legte die Schlüssel zurück in die Handtasche. Nach

dem Tanz kam Lida zum Tisch und fragte Amar, wo er gewesen sei. Er antwortete:

»Du kannst dich bei mir bedanken, es ist alles erledigt.«

Als er ihr aber ein wenig später berichtete, wie es abgelaufen war, geriet sie, seinen Worten nach, schrecklich in Zorn. Sie sagte zu ihm, er habe gehandelt wie der letzte Idiot, er würde sie alle zugrunde richten, zweifellos würde mir der Beweis gelingen, dass ich mit dem Mord nichts zu tun hätte, auch würden die Polizeiinspektoren und der Untersuchungsrichter sich mir gegenüber anders verhalten als ihm gegenüber. Darauf beging Amar einen nicht wiedergutzumachenden Fehler: Er verschwieg Lida, dass er die Buddha-Statuette mitgenommen hatte.

Lidas Zeugenaussagen unterschieden sich wesentlich von Amars Version: Sie habe nichts von dem Mord gewusst, bevor er nicht offiziell entdeckt wurde, als nämlich die Hausgehilfin, die jeden Morgen zu Schtscherbakow kam, die Tür aufsperrte – sie hatte einen Wohnungsschlüssel – und Pawel Alexandrowitschs Leiche fand, wovon sie sofort die Polizei in Kenntnis setzte. Lida und ihre Familie hatten niemals Mordpläne diskutiert; die Gespräche, auf die Amar sich bezog, waren eindeutig scherzhaft gemeint gewesen, sowohl Lida wie auch ihre Eltern hatten zu Schtscherbakow das beste Verhältnis und wünschten nichts weniger als seinen Tod. Über die Notwendigkeit, ein Testament aufzusetzen, hatte Pawel Alexandrowitsch von sich aus mit ihr gesprochen, aber nur, weil er ein schwaches Herz hatte und logischerweise mit Krankheit rechnete. Sie konnte die Polizei nicht wissen lassen, dass Amar der Mörder war, da er ihr gedroht hatte, er würde auch sie umbringen, wenn sie irgendwem nur ein Wort sagen würde.

Ich erfuhr alle diese Einzelheiten aus Zeitungsberichten; und da ich unmittelbar mit den tragischen Ereignissen konfrontiert war, die der Existenz von Pawel Alexandrowitsch Schtscherbakow ein Ende gesetzt und meine Freilassung wie auch meinen materiellen Wohlstand bewirkt hatten – ein Wohlstand, fast so überraschend wie sein Reichtum –, fesselte mich mehr und mehr der Gedanke, das Schicksal von Amar und Lida sei, ebenso wie der Tod von Pawel Alexandrowitsch, Teil eines komplizierten Systems, dem eine gewisse, unheilvolle und konsequente Logik innewohnte. Als Amar entkleidet war, erblickte der Polizeiarzt auf seiner Brust die Tätowierung: »Enfant de malheur[1]«. Jetzt erwartete ihn die Guillotine oder lebenslange Zwangsarbeit. Dass er diesen Mord beging, gegen den Lida ja nicht prinzipiell, sondern rein aus technischen Überlegungen protestiert hatte, war kein Zufall. Es war die letzte Episode in seinem Kampf gegen jene Welt, zu der ihm der Zugang verwehrt blieb – weil er halb Araber, halb Pole war, weil er kaum lesen und schreiben konnte, weil er arm war, weil er an Schwindsucht litt, weil er Zuhälter war und weil in jener Welt von Dingen geredet wurde, die er nicht kannte, und in einer Sprache, die er nicht verstand. Zugleich wollte er zu gerne dorthin, denn dort gab es Geld, schöne Wohnungen und Autos, vor allem Geld. Nicht allein das hatte ihn jedoch angetrieben, sondern auch das dumpfe Bewusstsein, es gebe ein anderes, besseres Leben, und um dorthin zu gelangen, genüge es, über die Leiche eines bejahrten und zur Verteidigung unfähigen Menschen zu gehen. Darin bestand sein tiefer liegen-

1 Kind des Unglücks

der Fehler, in diesem Wunsch, den Lebensbedingungen zu entkommen, in denen er geboren worden und aufgewachsen war. Naiv meinte er, zur Erreichung dieses Ziels genüge die Waffe in seiner Hand, das dreikantige Messer. Dass sein Opfer von einem anderen, einem Menschen fast der gleichen Art wie der, den er töten wollte, abends Besuch bekam, würde, so sein Kalkül, den Untersuchungsrichter und alle übrigen in die Irre führen. Er konnte nicht begreifen, dass er vor diesen Menschen hilflos war wie ein Kind und dass er für den verzweifelten und widerrechtlichen Versuch, die existierende Ordnung der Dinge zu verändern, mit seinem eigenen Leben bezahlen müsste. Er war schon vorher verurteilt, sein Schicksal war längst entschieden, ganz gleich wie die Umstände seiner Existenz aussahen. Natürlich schien alles die Folge einer Reihe von Zufällen zu sein: Tunis, die Begegnung mit Lida, ihre Pariser Bekanntschaft mit Pawel Alexandrowitsch. Aber im Inneren blieb der Sinn dieser Zufälle stets der gleiche und wäre es auch geblieben, wenn es statt dessen andere Zufälle gegeben hätte. Das hätte nichts geändert – oder fast nichts.

Jetzt war er ganz auf sich allein gestellt, niemand teilte sein Schicksal, er konnte auf niemandes Hilfe und auf niemandes Mitgefühl zählen. Lida unterstützte ihn nicht, weil sie zu klug dafür war, andere, seine Kameraden, sagten sich von ihm los, weil sein persönliches Geschick ihnen im Grunde gleichgültig war. Und später empfanden weder der Untersuchungsrichter noch die Menschen, die ihn verurteilten, ihm gegenüber Hass, es war nicht Rachsucht, die sie beflügelte; er fiel unter den und den Gesetzesparagraphen, dessen entlegener Verfasser natürlich niemanden speziell im Blick gehabt hatte. Und für alle, die bei der Entscheidung über sein Schicksal eine bestimmte Rolle zu spielen schienen, war es vollkommen unwichtig, dass er, gerade er, Amar, demnächst nicht mehr existieren würde. Auf den ersten Blick lag darin natürlich eine leicht beweisbare Gerechtigkeit – sie war von der gleichen Art wie die spezifische Logik seines Lebens, die ihn auf die Guillotine geführt hatte. Aber diese Gerechtigkeit war unendlich weit vom klassischen Triumph des positiven Prinzips über das negative entfernt. Niemand hatte je Zeit damit verloren, Amar den Unterschied zwischen Gut und Böse und die weitreichende Relativität dieser Begriffe zu erklären. Wenn er von allem, was mit ihm geschah, überhaupt etwas verstand, so konnte es nur eines sein: dass seine Kalkulation einen Fehler enthalten hatte. Hätte er den nicht gemacht, so hätte kein Bewusstsein seiner Schuld, keine Reue ihn jemals gequält. Pawel Alexandrowitschs Geld wäre ausgegeben und alles in Ordnung gewesen, bis zu dem Augenblick, da irgendwelche neuen Tatsachen aufgetaucht wären, die ihn ungefähr zu dem geführt hätten, was jetzt geschah. Höchstwahrscheinlich wäre er aber vorher eines natürlichen Todes gestorben, an der Schwindsucht. Ihn traf das Unglück, dass er – von seiner persönlichen Zugehörigkeit zur Verbrecherwelt einmal abgesehen – zu jener riesigen Mehrheit der Menschen gehörte, auf deren Interessen sich unweigerlich alle Konstrukteure staatlicher Prinzipien, alle sozialen und fast alle philosophischen Theorien beriefen, die das Material für statistische Schlüsse und Vergleiche abgab und in deren Namen angeblich Revolutionen stattfanden und Kriege erklärt wurden. Aber sie war nur Material. Solange Amar in Tunis im

Schlachthof gearbeitet hatte, von stinkendem Blutschleim besudelt, und im Monat ebensoviel verdiente, wie sein Anwalt an einem einzigen, mit der Geliebten verbrachten Abend in Paris ausgab, war seine Existenz wirtschaftlich und sozial gerechtfertigt, auch wenn er das gar nicht wusste. Doch ab dem Tag, da er zu arbeiten aufhörte, wurde er entbehrlich. Was hätte er zu seiner Verteidigung vorbringen können, wer brauchte sein Leben und wozu? Er stellte eine Arbeitskraft dar, mehr nicht, er war weder Angestellter noch Maurer, weder Schauspieler noch Maler; und das unausgesprochene, in keinem Kodex figurierende, aber unerbittliche Gesetz der Gesellschaft gestand ihm nicht mehr das moralische Lebensrecht zu.

Selbst rein äußerlich – von Interesse war er gewissermaßen nur bis zu dem Augenblick, solange er noch nicht gesagt hatte, dass er es war, der Schtscherbakow tötete. Nach diesem Geständnis bildete sich um ihn eine Leere, und in dieser Leere war der Tod. Selbst der Anwalt, der ihn verteidigte, sah in ihm bloß einen günstigen Anlass, um sich in forensischer Beredsamkeit zu üben – schließlich und endlich, was bedeutete schon für ihn, Maître Soundso, den gut verdienenden jungen Mann, der in einer komfortablen Wohnung lebte, täglich badete, eine fürsorgliche Frau hatte, Bücher zeitgenössischer Schriftsteller las, die Stücke von Giraudoux und die Philosophie von Bergson schätzte – was bedeutete für diesen entrückten Herrn schon das Schicksal des dreckigen und kranken Arabers, des Mörders?

Jetzt war alles zu Ende, er war zum Tode verurteilt und wartete auf den Tag, da das Urteil vollstreckt werden sollte. Mir fiel sein schreckliches, finsteres Gesicht im Prozess wieder ein, seine schwarzen und toten Augen. Wahrscheinlich hatte er weder die Rede des Staatsanwalts noch die Rede des Verteidigers verstanden; er verstand nur, dass er zum Tode verurteilt war. Während ich erst den Worten des Staatsanwalts, dann der Rede des Verteidigers lauschte, hätte ich am liebsten mit den Schultern gezuckt, derart durchschaubar kam mir die Künstlichkeit ihrer Konstrukte vor. Aber natürlich war das unvermeidlich, denn in juristischer Brechung musste jedes Faktum aus einem Menschenleben eine grobe Verzerrung erfahren, wie auch anders. Der Staatsanwalt sagte:

»Wir sind nicht hier, um anzugreifen, wir sind hier hergekommen, um uns zu verteidigen. Wenn wir über den Angeklagten das Todesurteil fällen, verteidigen wir jene fundamentalen Prinzipien, auf denen die Existenz der modernen Gesellschaft und generell eines jeden menschlichen Kollektivs aufbaut. Da denke ich vor allem an das heilige Recht jedes Menschen auf Leben. Ich hätte gerne, dass alles klargestellt wird und keine Zweifel zurückbleiben.

Von vornherein bestreite ich die Möglichkeit, es könnte auf irgendwelche mildernden Umstände verwiesen werden. Ich hätte gerne, dass es sie gäbe, denn dass es sie nicht gibt, kommt dem Todesurteil gleich, und wenn mein Gewissen mir erlaubte, nicht auf einem solchen Gerichtsentscheid zu beharren, würde ich mich ohne Bedenken der Analyse dieser mildernden Umstände zuwenden. Zu meinem Bedauern gibt es sie nicht, wie gerade gesagt. Und ich bin der Ansicht, dass ich meine Pflicht verletzte, wenn ich Sie nicht daran erinnerte, dass wir hier über einen Menschen urteilen, der ein doppelter Mörder ist. Das erste Verbrechen ist unglücklicherweise nicht rückgängig zu machen. Derjenige aber, der das zweite Opfer des Angeklagten werden sollte, entging dem Schicksal Schtscherbakows nur dank dem in diesem Fall einwandfreien Vorgehen der Justiz und ihres Apparats, ebenjener Justiz, in deren Namen ich mich an Sie wende. Der Plan des Angeklagten war so ausgerichtet, dass der Mordverdacht auf einen Unschuldigen fallen musste, auf den besten Freund des Ermordeten, einen jungen Studenten, der das ganze Leben noch vor sich hat. Wäre das Vorhaben des Angeklagten so umgesetzt worden, wie er das wollte, säße auf der Anklagebank jetzt ein Mensch, dessen Tod er ebenfalls auf dem Gewissen hätte. Zum Glück ist das nicht der Fall. Dieser Mensch verdankt sein Leben und seine Freiheit aber keineswegs der Großmut des Angeklagten. Mit derselben kalten Grausamkeit, mit der er sein erstes Opfer tötete, hätte er das zweite auf die Guillotine geschickt. Deshalb betone ich, dass er ein doppelter Mörder ist. Und wenn sein Schicksal bei Ihnen Bedauern auslösen sollte, bedenken Sie, dass Sie durch Ihr vernünftiges und unvoreingenommenes Urteil vielleicht noch einige Leben retten.

Ich möchte Ihre Aufmerksamkeit noch auf einen anderen Umstand lenken. An diesen beiden Morden – der eine vollzogen, der andere nicht vollzogen – tritt nie, keine Sekunde lang, etwas anderes zutage als kaltes Kalkül. Ich wäre als erster bereit anzuerkennen, dass nicht jeder Totschlag demjenigen, der ihn begangen hat, automatisch das Todesurteil bringen muss. Es gibt den Totschlag infolge legitimer Selbstverteidigung. Es gibt die Rache für geschmähte Ehre oder Verhöhnung. Wir kennen eine ganze Palette menschlicher Gefühle, von denen jedes einzelne zu einem tragischen Ende führen kann. Bei dem

Mord, der von diesem Menschen hier begangen wurde, würden wir vergeblich nach irgendeinem romantischen Grund suchen. Dass dieses Verbrechen möglich wurde, ergab sich keineswegs aus den Beziehungen zwischen den Beteiligten an der kurzen Tragödie, zu deren Auflösung Sie hier berufen sind. Der Angeklagte kannte sein Opfer nicht, hatte es nie gesehen und konnte ihm gegenüber keinerlei Gefühle hegen. Eine Rechtfertigung oder Erklärung dieses Mords durch persönliche emotionale Motive – einmal angenommen, persönliche Motive könnten eine Rechtfertigung für ein solches Verbrechen sein – ist hier überhaupt nicht gegeben. Ich will die Abscheulichkeit dieser Tat nicht herausstreichen, denn die Fakten sind dermaßen beredt und überzeugend, dass jeder Kommentar dazu überflüssig ist. Aber ich erlaube mir, Ihre Aufmerksamkeit auf die folgende Überlegung zu lenken: Ließ der Mörder, ein stumpfsinniger und unzivilisierter Mensch, sich im ersten Fall von niedersten und materiellen Interessen leiten, so war er im zweiten bereit, einen Menschen, dessen Verschwinden ihm keinen einzigen zusätzlichen Franken eingebracht hätte, aufs Schafott oder in die Zwangsarbeit zu schicken.

Es ist unschwer vorauszusehen, dass die Verteidigung behaupten wird, im Fall des zweiten, nicht vollzogenen Verbrechens sei die Anschuldigung haltlos. Noch einmal sei gesagt: Dass dieses nicht stattgefunden hat, ist am allerwenigsten einem plötzlichen Zweifel oder der Unschlüssigkeit des Angeklagten zuzuschreiben. Indem ich ständig zu diesem zweiten Verbrechen zurückkehre, will ich Sie darauf hinweisen, dass der Angeklagte kein zufälliger Totschläger ist. Ich appelliere an Sie: Unterbinden Sie diese

Mordserie! Unterbinden Sie das! Denn wenn Sie es nicht tun und wenn der Angeklagte nach ein paar Jahren in Freiheit kommt, werden Sie den Tod des nächsten Opfers auf dem Gewissen haben.«

So oder ungefähr so lautete die Rede des Staatsanwalts, jedenfalls in ihren Hauptthesen. Weniger aufmerksam lauschte ich dem Teil, in dem er beschrieb, wie der Mord vonstatten gegangen war, wobei er keine Einzelheit ausließ und auf alle erdenkliche Weise die, wie er sagte, bestialische Grausamkeit hervorhob, mit der er begangen worden war. Als er über Amars Leben sprach, beschränkte er sich darauf zu erwähnen, dass Amar in Tunis mehrfach wegen Diebstahls vor Gericht stand und im Grunde ein professioneller Zuhälter war. Mir kam die Beharrlichkeit, mit der er von dem zweiten Verbrechen sprach, ein wenig seltsam vor; ich neigte eher zu dem Gedanken, unter juristischem Blickwinkel könne man Amar der Absicht bezichtigen, die Rechtsprechung zu täuschen, aber sicher nicht eines Mords, an den er nicht gedacht und den er letztendlich auch nicht begangen hatte. Jedenfalls ging aus der gesamten Rede des Staatsanwalts klar hervor, dass auch ihn der Angeklagte selbst nicht mehr interessierte als die anderen; er untersuchte einen Fall, er wies gleichsam ein psychologisches Theorem nach, vereinfachte es dabei bis zum Äußersten und brachte seine Lösung auf eine möglichst knappe Formel.

Ich glaube nicht, dass Amar in der Lage war, der Rede dieses Mannes, der ihn auf die Guillotine schickte, aufmerksam zu lauschen. Aber das hatte keine Bedeutung, denn auch wenn ihm kein einziges Wort entgangen wäre, begriffen hätte er sie trotzdem nicht. Er verstand nur das eine, dass er in den Tod geschickt wurde, und das war für ihn die Hauptsache – im Gegensatz zu allen anderen, für die das wichtigste war, wie und mit welchem Grad an rhetorischer Überzeugungskraft, mit welchen Metaphern und Formulierungen es geschehen würde. Auf Lida und ihre Eltern kam der Staatsanwalt nur nebenbei zu sprechen; rein formal war keine Anklage gegen sie erhoben worden, und er warnte die Richter vor dem Fehler, den sie begehen könnten, falls sie dazu neigten, dem Einfluss dieser Familie auf den Angeklagten eine übergroße Bedeutung beizumessen.

Eine echte Anklagerede gegen sie hielt jedoch Amars Verteidiger. Der Staatsanwalt war ein dürrer und gelbgesichtiger, regelrecht durchräucherter Mann, der mit hoher und überraschend pathetischer Stimme sprach. Er wirkte extrem vertrocknet und glich einem Asketenporträt, das in dem hageren Menschenkörper, nachlässig und provisorisch, seine Gestalt gefunden hatte. Vollkommen unvorstellbar schien, dass er einen lyrischen Monolog aufsagen könnte oder entkleidet wäre und eine Frau in seinen Armen hielte. Der Verteidiger hatte ein naives rosa Gesicht, eine zugleich klangvolle und tiefe Stimme, und ihm zuzuhören war weniger ermüdend als dem Staatsanwalt. Seine Rede unterschied sich von der des Staatsanwalts dadurch, dass sie ihrem Kalkül nach ganz auf emotionale Wahrnehmung abzielte.

»Herr Vorsitzender, meine Herren Richter«, hob er an, »mir scheint, wir sollten es von Anfang an tunlichst vermeiden, uns zu der vereinfachten Deutung der Ereignisse hinreißen zu lassen, auf der, bewusst oder zufällig, die Anklage beharrt. Ich möchte Sie gleich vorwarnen, dass ich kein einziges handfestes Argument habe, welches mir meine Aufgabe erleichtern könnte. Ich verfüge lediglich über das Material, über das auch die Anklage verfügt, und es gibt in diesem Rechtsfall kein einziges Faktum, von dem ich wüsste und die Gegenseite nicht wüsste. Wie Sie sehen, stehe ich von vornherein waffenlos da. Aber ich hätte Sie gerne vor übereilten Schlussfolgerungen behütet, die logisch unfehlbar erscheinen mögen, denen es aber an jenem Element eindringlichen Verständnisses und Mitgefühls fehlen würde, die ebenfalls eine Grundlage der Rechtsprechung sind. Und auf der Verteidigung dieser Grundprinzipien der Rechtsprechung beharre ich mit der ganzen Kraft meiner Überzeugung. Kommen wir nun aber zur Persönlichkeit des Angeklagten und zu seinen beiden Morden, von denen der Ankläger mit so viel Nachdruck gesprochen hat. ›Ein stumpfsinniger und unzivilisierter Mensch‹, sagt der Staatsanwalt. Ja, ein stumpfsinniger und unzivilisierter Mensch, der Schtscherbakow umgebracht und alles so eingerichtet hat, dass ein anderer beschuldigt wurde und seinen Kopf riskierte. Sie werden mir zustimmen, dass das zweite Verbrechen, im Unterschied zum ersten, nicht wirklich realisiert wurde, und da wir gehalten sind, hier nur gesicherte Tatsachen zu behandeln, so dürfte nichts unstrittiger sein als das schlichte Zurückweisen dieser Beschuldigung. Doch ich möchte noch weiter gehen. Das erste Verbrechen, der erste Mord, verdient ebenfalls eingehendere Beachtung. War Amar tatsächlich ein Mörder oder war er nicht einfach der Vollzieher eines verbrecherischen Plans, der im Gehirn anderer Menschen herangereift war – eines Plans, den er, Amar, niemals hatte? Das ist die Frage, die mir als die wesentlichste erscheint.

Vergleichen Sie die Biographie dieses Menschen mit den Biographien derer, die um ihn waren. Zur Welt gekommen und aufgewachsen ist Amar im Elend, er bekam keine Ausbildung, arbeitete in Tunis im Schlachthof und führte das armselige und kümmerliche Leben, das die verelendeten Einheimischen in unseren afrikanischen Departements nun einmal führen. Wer konnte ihm den Drang zu einem anderen Leben eingeben, wer kannte teure Restaurants, Cabarets, die Avenue des Champs-Élysées, das nächtliche Paris, Ausschweifung und Verschwendung, den Wechsel vom Reichtum zur Armut und vom Elend zum Reichtum? Wer riet Lida, auf der Notwendigkeit eines Testaments zu beharren? Wer erörterte verschiedene Möglichkeiten – nicht eines Mordes natürlich, sondern einer Beseitigung Schtscherbakows, wer war auf sein Geld aus? Vergleichen Sie die Aussagen von Amar mit den Aussagen von Lida und Sina. Amar ist unfähig, etwas zu verheimlichen, nicht einmal lügen kann er. In dem, was Lida und Sina sagen, werden Sie hingegen keinen einzigen taktischen Fehler finden. Sie wussten nichts von dem Mord, sie waren Schtscherbakow aufrichtig zugetan, hegten für ihn nur die besten Gefühle. Sehen Sie denn nicht die unerträgliche und offenkundige Verlogenheit darin? Einen Menschen lieben – und auf einem Testament beharren; einen Menschen lieben – und die Nächte mit einem anderen verbringen; einen Menschen lieben – und abendelang kaltblütig erörtern, wie man ihn am gefahrlosesten und am günstigsten loswerden kann.

Es gibt in diesem Fall noch ein paar Umstände, deren genaue Bedeutung wir nicht berücksichtigen können, ihr Vorhandensein aber lässt sich nicht leugnen, und das nährt Zweifel an jener überaus schlichten und kategorischen Deutung, die von der Anklage vorgebracht wurde. Insbesondere die Rolle des jungen Mannes, auf den zuerst der Verdacht fiel und dem Schtscherbakow, aus uns völlig unbekannten Beweggründen, sein gesamtes Vermögen vermacht hat – die Rolle dieses Studenten ist ebenfalls weniger klar, als es auf den ersten Blick erscheint. Er hatte eine deutliche Vorstellung vom moralischen Profil Lidas und ihrer Mutter, und er wusste um die Existenz Amars. Wieso hat er, als bester Freund des Verstorbenen, ihn nicht vor der Gefährlichkeit einer solchen Verbindung gewarnt? Was bedeutet, schließlich und endlich, seine rätselhafte Antwort während der Ermittlung, als er verneinte, der Mörder zu sein, und die unverständlichen Worte sprach: ›Es war eine willkürliche logische Konstruktion‹? Ich bestreite nicht, dass er an dem Mord tatsächlich nicht beteiligt war, nach Amars Geständnis wäre das unsinnig. Aber allein schon, dass er das aus irgendeinem Grund für logisch denkbar und folglich auch für möglich hielt, erscheint außerordentlich merkwürdig und verdiente womöglich eine zusätzliche Ermittlung.«

Im großen und ganzen baute seine Verteidigung auf seiner ersten Behauptung auf, nämlich dass Amar lediglich einen fremden und verbrecherischen Willen vollstreckt habe und dass er nur als Vollstrecker verurteilt werden dürfe. Die gesamte Schuld übertrug er auf Sina und Lida, deren Biographien er mit einem solchen Reichtum an Details nacherzählte, dass sich darin sein Hauptinteresse an dem Fall offenbarte. Von seiner Rolle als Verteidiger hatte er wohl eine äußerst gewissenhafte Vorstellung, was ihn trotzdem nicht hinderte, an Amars Geschick nur in dem

Maße interessiert zu sein, wie der Erfolg seines Auftritts bei Gericht davon abhing. Gegen jede These des Staatsanwalts erhob er Einspruch, mit mehr oder weniger Überzeugungskraft, doch im Gegensatz zu seinem Gegner achtete er nicht genügend auf den rein logischen Gedankenaufbau, und das war, wie mir schien, sein Fehler. Er beendete seine Rede mit einem Appell an die Richter, der nicht weniger pathetisch war als der Appell des Staatsanwalts:

»Die Anklage hat Sie aufgerufen, die Mordserie zu unterbinden, die nach Meinung des Anklägers in Zukunft gewiss zu erwarten wäre. Ich wage zu behaupten, dass vor einem Eingreifen der Rechtsprechung sich darum schon das bittere Schicksal des Angeklagten gekümmert haben wird. Sie können ganz ruhig sein – von ihm droht niemand mehr Gefahr. Er leidet an einer schweren Tuberkulose, seine Lungen sondern Blut ab, und es wäre, scheint mir, gleichermaßen sinnlos und grausam, wollte die Rechtsprechung jene traurige Aufgabe übernehmen, die schon von der Krankheit erledigt wird. Ganz gleich unter welchen Umständen, Amar hat nicht mehr lange zu leben, seine Tage sind gezählt. Und ich appelliere an Ihre Barmherzigkeit: Lassen Sie ihn eines natürlichen Todes sterben. Der Unterschied in der Zeit wird winzig sein, einen Unterschied im Ergebnis wird es gar nicht geben. Er ist ohnehin zum Tode verurteilt; laden Sie sich nicht die undankbare Aufgabe auf, an die Stelle seines unerbittlichen Schicksals zu treten. Wie gerade gesagt, wird das Ergebnis in jedem Fall ein und dasselbe sein. Wenn Sie ihn jedoch nicht verurteilen, wird ein Todesurteil weniger Ihr Gewissen belasten, und dieser Mensch wird im Gefängnishospital sterben und dabei die dankbare Erinnerung mitnehmen, dass er zwar von seinen Freunden und der Frau, derethalben er sein kümmerliches Leben aufs Spiel setzte, verraten wurde, aber Barmherzigkeit seitens derer erfuhr, die ihn zum erstenmal auf der Anklagebank zu Gesicht bekamen und Verständnis hatten für diesen armen, unzivilisierten Araber, der für das Verbrechertum von Menschen, die ihn zum Mord drängten, die Vergeltung auf sich nahm.«

Das Urteil wurde nach einer einstündigen Pause verkündet: Amar wurde zum Tode verurteilt. Ich schaute ihn an: Seine Lippen zitterten, er sagte etwas, abgehackt und zusammenhanglos, und auf sein dunkles Gesicht legte sich ein schwerer Schatten. Er sah, dass alles zu Ende war – und mir ging durch den Sinn, dass die phantomhafte Existenz dieser toten schwarzen Augen, dieses hageren, dunkelhäutigen Körpers mit der eintätowierten Inschrift auf der Brust sich noch eine gewisse, kurze Zeit fortsetzen würde, doch das wäre nur eine in die Länge gezogene Formalität, und dass dieser Mensch sich nun eigentlich nicht mehr von denen unterschied, die im Krieg getötet wurden, die an einer schweren Krankheit starben, und auch nicht von dem, der mit einem Dreikantmesser abgestochen wurde und dessen Schatten sich nun so grausam an ihm gerächt hatte.

* * *

Als ich nach einigen Wochen Haft nach Hause zurückkehrte, frappierte mich, wie unerschütterlich unverändert alles war, was ich am Tag meiner Verhaftung verlassen hatte und mir nun von neuem aneignete. Dieselben Menschen gingen durch dieselbe Straße, dieselben Bekannten dinierten in demselben Restaurant; es war noch dieselbe städtische und menschliche Landschaft, die ich so gut kannte. Und da empfand ich besonders heftig die verhängnisvolle Unbeweglichkeit der Existenz, die für die Menschen meiner Straße typisch ist und über die ich an jenem, mir jetzt unendlich fern erscheinenden Abend nachgedacht hatte, als ich am Fenster stand und mir Michelangelos »Jüngstes Gericht« ins Gedächtnis rief. Als ich nun mein Zimmer aufgeräumt und gebadet hatte, mich rasierte und in den Spiegel schaute, begegnete ich auch da wieder dem immer noch gleichen, irgendwie feindlichen Spiegelbild meines Gesichts. Und mit neuer Heftigkeit kehrten, ähnlich einem niemals aufhörenden Kopfschmerz, die früheren Gedankengänge zu mir zurück, diese andauernde und so hartnäckige wie fruchtlose Suche nach irgendeiner phantomhaften und harmonischen Rechtfertigung des Lebens. Ich konnte nicht anders, als danach zu suchen, denn im Unterschied zu Menschen, die an die fast rationale Existenz eines göttlichen Urgrunds glauben, neigte ich eher zu der Überzeugung, der unersättliche Wunsch, etwas Ungreifbares zu erlangen, sei gewiss mit der Unvollkommenheit meiner Wahrnehmungsorgane zu erklären; dies kam mir so unbestreitbar vor wie das Gesetz der Erdanziehung oder die unanzweifelbare Kugelgestalt der Erde. Und obgleich ich das sein langem wusste, konnte ich nicht davon lassen. Wenn ich mir bestimmte Vorlesungen in der Universität anhörte oder bestimmte Bücher las, die damit unmittelbar zu tun hatten, beneidete ich unwillkürlich den Professor oder den Verfasser, für den fast alles klar war und dem sich die Menschheitsgeschichte als eine geordnete Aufeinanderfolge von

Tatsachen darstellte, deren einziger und nicht anzuzweifelnder Sinn darin bestand, dass sie die wesentlichen Schlussfolgerungen und Thesen seiner politischen und sozialen Theorien bestätigten. Das hatte etwas Tröstliches und Idyllisches, eine mir unerreichbare metaphysische Behaglichkeit.

Es war ein kalter Märzabend; ich zog den Mantel an, trat aus dem Haus und streifte lange durch die Straßen, dabei bemühte ich mich, an nichts zu denken, außer daran, dass in der Luft das Herannahen des unsicheren Pariser Frühlings zu spüren war, dass die Straßenlaternen brannten und die Autos fuhren und dass es kein Gefängnis und keine Mordanklage mehr gab und auch, zum erstenmal in meinem ganzen Leben, keine materiellen Sorgen um die Zukunft. Ich bemühte mich, so tief wie möglich das Bewusstsein meines unbestreitbaren Wohlstands in mich eindringen zu lassen, und ging, nacheinander und immer wieder, die positiven Begleitumstände meiner jetzigen Situation durch: Freiheit, Gesundheit, Geld, die unbeschränkte Möglichkeit, zu tun, was ich möchte, und zu gehen oder zu fahren, wohin ich möchte. Dies war vollkommen unbestreibar; doch leider war es ebensowenig überzeugend, wie es unbestreitbar war. Und erneut fühlte ich, wie mich allmählich jene schwere und grundlose Traurigkeit überkam, vor deren Anfällen ich mich noch nie und durch nichts hatte schützen können.

Ich schritt durch eine der kleinen und stillen Straßen, die auf den Boulevard Raspail münden. Im Erdgeschoss eines Hauses, an dem ich vorüberkam, sprang für einen kurzen Moment ein Fenster auf, und in der kalten Luft erklangen – dort spielte jemand Klavier – ein paar Takte einer

Musik, die mich veranlasste, auf der Stelle stehenzubleiben. Ich hatte die Melodie sofort erkannt, sie hieß *Souvenir*, und ich hatte sie ein paar Jahre davor zum erstenmal in einem Konzert von Fritz Kreisler gehört. Dieses Konzert in der Salle Pleyel besuchte ich zusammen mit Catrine; sie saß neben mir, und mir war, als ob ihre verhangene Zartheit den Sinn der Melodie geradezu herausstrich und das Thema der Erinnerung, über das Kreisler spielte, noch vertiefte. Als ich die Bewegung der Töne in meine armselige Begriffssprache zu übertragen suchte, war die Bedeutung ungefähr die folgende: Die Empfindung glücklicher Fülle ist kurzzeitig und illusorisch, später bleibt davon nur Bedauern, und von der gleichen Art ist auch diese traurige und verführerische Vorwarnung; und weil ich um die Unwiederholbarkeit des Augenblicks wusste, nahm ich mit besonderer, vielleicht ebenso unwiederholbarer Deutlichkeit diesen Violinzauber wahr. Es war das Jahr, als Catrine zum Studieren nach Paris gekommen war und ich sie im Quartier Latin kennenlernte, in dem kleinen Lokal, wo wir jeden Tag dejeunierten und wo sich im gleichen Raum wie unsere Tischchen ein riesiger Herd befand. Darauf blinkten die roten Kasserollen, zischten die zahlreichen Soßen in den geschlossenen Soßentöpfen, roch es nach gebratenem Fleisch und kräftiger Bouillon, und über die dekorative Farbenpracht von Essen und Küche, wie durch ein Wunder aus holländischen Gemälden hierher versetzt, herrschte eine riesengroße und fröhliche Wirtin mit frechen, verschmitzten Augen, schwarzen Haaren, einem hohen Busen, kräftigen und wohlgeformten Beinen und mit dieser unvergesslichen Altstimme, in der gleichsam ein Reflex ihrer Rubensschen Kraft unüberhörbar war. »Erinnerst du dich noch an sie, Catrine?«, sagte ich laut und blickte mich sogleich um, da ich fürchtete, es hätte mich jemand gehört. Aber niemand war in der Nähe. Ich ging weiter und überlegte, was ich zu ihr sagen würde, wenn ich sie sähe.

Ich würde sie fragen, ob sie sich an das Konzert von Kreisler erinnere. Ich würde sie fragen, ob sie auch jene warme Aprilnacht nicht vergessen habe, als wir beide durch die Straßen von Paris gingen und sie, in einem Gewirr aus Englisch und Französisch, von Melbourne erzählte, wo sie zur Welt gekommen und aufgewachsen war, von Australien, von ihrer ersten kindlichen Verliebtheit – ein Operettentenor, der bald eine reiche Amerikanerin heiratete –, von Schiffen, die in den Hafen einliefen, vom Rasseln der Ankerketten und vom rotgelben Blinken des Messings auf Kreuzern und Torpedobooten, im Sonnenschein. Ich würde sie fragen, ob sie auch jene Worte nicht vergessen habe, die sie mir damals sagte. Ich würde sie fragen, ob sie sich an ihr Versprechen erinnere. Ich hörte noch jede Nuance ihrer Stimme:

»Ganz gleich, wo du bist und wann es sich ereignet, vergiss eines nicht: Sobald du dich stark genug fühlst, sobald nichts mehr die Klarheit deines Verstandes trübt, lass es mich wissen. Ich werde alles stehen und liegen lassen und zu dir kommen.«

Ich würde zu ihr sagen, im Gefängnis hätte ich mich an diese Worte erinnert, in jenen ersten Tagen meiner Haft, als ich noch nicht wusste, ob ich jemals wieder ein freier Mensch wäre.

Ich würde zu ihr sagen, dass ihr Gesicht zur Unkenntlichkeit verzerrt gewesen war, als sie mir mitteilte, sie erwarte ein Kind, das sei der Tod, das dürfe nicht sein, das käme später, sie sei zwanzig und das ganze Leben liege noch vor uns. Dies, denke ich, hat sie nicht vergessen: die Klinik, deren Wände mit weißer Ölfarbe gestrichen waren, die kleine Ärztin von unbestimmter Nationalität und mit ruhelosen Augen, der qualvolle Eingriff ohne Narkose und das Klappern des Taxis, mit dem ich sie nach Hause brachte, in ihr Hotelzimmer, ihre Ohnmachten während des Transports und wie ich sie aus dem Auto zum Bett trug, wie sie sich mit den Händen an meinem Hals festhielt und wie unterhalb ihres Knies eine kleine Ader zitterte und pochte. Zwei Monate aß ich danach nicht zu Mittag und nicht zu Abend, ernährte mich von Brot und Milch und zahlte bei allen meinen Kameraden die Schulden ab, denn Geld für den Eingriff hatte weder sie noch ich gehabt. Und am Abend jenes Tages fand im Erdgeschoss des Gebäudes, das ihrem Hotel gegenüberlag, die Hochzeit einer Conciergentochter statt, die einen pickeligen jungen Mann im schwarzen Anzug heiratete, den niederen Angestellten eines Bestattungsinstituts. Die Fenster standen offen, es war der Tisch mit dem Hochzeitsschmaus zu sehen, das erstarrt freudige, hölzerne Gesicht der Braut und die im elektrischen Licht heftig rot leuchtenden Pickel des jungen Ehemanns. Um den Tisch saßen zahllose Verwandte, die von Zeit zu Zeit anhoben, in verletzend misstönigem Unisono irgendwelchen musikalischen Müll zu singen. Die Stimmen wurden allerdings immer heiserer und immer schwächer, schließlich verstummten sie. Catrine schlief ein, und ich saß die ganze Nacht neben ihr im Sessel. Als sie morgens die Augen aufschlug und mich erblickte, sagte sie:

»All das ist unwichtig, denn es ist zu Ende. Du siehst sehr komisch aus, wenn du unrasiert bist.«

Und später, an dem Tag, als ich merkte, dass diese seltsame Krankheit mit Macht von mir Besitz ergriff und ich keine Kraft hatte, dagegen anzukämpfen, sagte ich ihr das, und sie schaute mich an, die Augen weit aufgerissen vor Verwunderung. Ich sagte, dass ich mich nicht berechtigt fühlte, sie irgendwie an mich zu binden, dass ich krank sei, und wenn es anders wäre …

Und danach zwang ich mich jedesmal, wenn meine Gedanken zu ihr zurückkehrten, an etwas anderes zu denken. Sie hatte das Quartier Latin verlassen, und ich kannte ihre jetzige Adresse: Sie wohnte in der Rue de Courcelles, in der Wohnung ihrer Tante, die bald anreiste, bald wieder abreiste, aber diese Wohnung stets behielt. Viele Male hatte ich Catrine dorthin begleitet und dort viele Male auf der Straße auf sie gewartet.

Ich wusste nicht, wie ihr Leben jetzt verlief, woran sie dachte und ob sie sich an all das erinnerte, woran ich mich aus der Zeit unseres gemeinsamen Lebens erinnerte. Ich wusste nicht, ob ihre Stimme zittern würde, wenn sie auf die ersten Worte, die ich zu ihr sagte, antworten würde, ich wusste nicht einmal, ob sie weiterhin so war, wie sie bei dem Kreisler-Konzert und in ihrem Hotelzimmer gewesen war – und ob sie mich die ganze Zeit über im Gedächtnis behalten hatte. Sie war jetzt dreiundzwanzig, und natürlich wäre es unwahrscheinlich, dass sie die ganze Zeit auf meine problematische Rückkehr gewartet hätte. Ihr Versprechen gehörte ebenso der Vergangenheit an wie alles, was ihr Leben vor drei Jahren ausmachte, und ich hätte kein Recht, sie zu beschuldigen, sollte sich herausstellen, dass sie ihr Versprechen nicht halten kann. Das wurde mir gleich im ersten Augenblick klar, als ich darüber nachdachte. Aber ich ließ mich davon nicht beirren; der innere Trieb, der mich veranlasste, diesen verzweifelten Versuch einer Rückkehr zu Catrine zu unternehmen, war viel zu mächtig, als dass diese Erwägungen ihn hätten behindern können. Mir schien, jene Vielzahl von Gefühlen, die in mir aufkam, wenn ich an sie dachte oder wenn ich ihre Anwesenheit neben mir spürte, sei durch nichts zu ersetzen. In der chaotischen Welt, der ich im Grunde nichts entgegenzusetzen hatte, da alles, was ich wusste, mir kraftlos und nicht überzeugend vorkam oder unerreichbar weit entfernt, stand ihr Dasein als die einzige Fata Morgana vor mir, die Gestalt gewonnen hatte. Selbst rein äußerlich hatte sie mich manchmal, besonders abends oder in der Dämmerung, an ein luftiges Phantom erinnert, das neben mir herging. Sie hatte hellblonde Haare, durch die das Licht schien, ein blasses Gesicht und blasse Lippen, glanzlose tiefblaue Augen und den Körper eines fünfzehnjährigen Mädchens. Aber ihr Leben, das meine Phantasie gänzlich erfüllt hatte, war darüber hinausgewachsen und dort aufgetaucht, wo mir alles fremd oder feindlich erschien.

Und nun, nach Erlangen der doppelten Freiheit, der unmittelbaren, weil ich aus dem Gefängnis entlassen worden war, und der seelischen, da diese Erschütterung mich gleichsam geheilt hatte, vielleicht sogar für immer, fühlte ich rings um mich Leere, und mir schien, niemand außer Catrine könnte mich dagegen abschirmen. Ich suchte bei ihr Schutz, ich war der Einsamkeit und der Verzweiflung sehr müde, und ich dachte, jetzt, seltsamerweise gerade jetzt, hätte ich mir das Recht auf ein anderes Leben verdient. Und als ich nach Hause zurückkehrte, beschloss ich, gleich morgen zur Rue de Courcelles zu fahren.

Um zehn Uhr morgens war ich bereits dort. Ich mochte dieses Viertel, die stillen Straßen und nachgedunkelten hohen Häuser mit den großen Fenstern, hinter denen das Leben in solchem Gleichmaß ablief, wo man sich über Einkünfte und Aktien, über passende Partien und Erbschaften Gedanken machte; ein beharrliches neunzehntes Jahrhundert war das, archaisch und naiv, dessen langsames Dahinsterben schon viele Dutzend Jahre andauerte. Im Haus, in dem Catrines Tante wohnte, war das System des Lifts uralt, er hing an mehreren Riemen, und während ich damit in den dritten Stock hochfuhr, rauchte er leicht, und es kam mir sogar vor, als wären ein paar Funken durch den Rauch gesprungen. Ich klingelte; mir öffnete eine füllige Frau mit grauen Haaren, die fragte, was ich wolle. Sie sprach geläufig Französisch, aber mit Akzent. Ich sagte, ich würde gerne Catrine sehen.

»Catrine?«, fragte sie zurück. »Catrine ist vor einem Jahr nach Australien gezogen.«

»Ah so, nach Australien«, wiederholte ich automatisch.

»Sie ist gleich nach der Hochzeit abgereist.«

»Sie hat geheiratet?«

Meine Stimme hatte wohl einen eher persönlichen und gegenüber dieser Frau, die ich zum erstenmal im Leben sah, eigentlich nicht gerechtfertigten Tonfall, denn sie sagte:

»Kommen Sie doch herein und nehmen Sie Platz. Verzeihen Sie, wie ist Ihr Name?«

Ich nannte ihn.

»Ja, ja. Catrine hat von Ihnen gesprochen. Wären Sie ein

Jahr früher gekommen, hätten Sie sie noch unverheiratet angetroffen.«

»Ja, ich verstehe«, sagte ich. »Leider bin ich ein Jahr später gekommen.«

Sie hatte ein ganz besonderes, einnehmendes Lächeln, und mir war, als würde ich die ältere Dame schon lange kennen. Sie sah mir in die Augen und fragte:

»Sind Sie der Verrückte?«

»Ja«, sagte ich, fassungslos. »Das heißt, ganz so ist es nicht, ich bin nicht verrückt …«

»Sie müssen mir verzeihen, ich bin bedeutend älter als Sie, und, wissen Sie, ich habe den Eindruck, dass Sie sich das alles einbilden. Es kommt alles nur daher, weil Sie viel lesen, nicht genug essen und wenig an das in Ihrem Alter Wichtigste denken, an die Liebe.«

Aus ihren Worten schloss ich, dass Catrine ihr anscheinend ziemlich viel von mir erzählt hatte. Ich erwiderte:

»Gestatten Sie mir den Einwand, dass dies eine nicht gerade wissenschaftliche Diagnose ist.«

»Sie ist vielleicht nicht wissenschaftlich, doch mir scheint, sie ist richtig.«

Ich schwieg eine Weile, dann fragte ich:

»Wen hat Catrine geheiratet?«

»Einen englischen Maler. Dieses Porträt« – sie hob ihren Blick zur Wand – »stammt von ihm, es ist, glaube ich, seine erste Frau.«

Auf dem Bild war eine Frau von unglaublich bonbonhafter Schönheit dargestellt, in einem roten Samtkleid; das Bild glich einem schlechten Öldruck. Wie hatte Catrine das nicht sehen können?

Ich stand auf, um mich zu verabschieden. Sie reichte

mir die Hand und bat mich, für alle Fälle meine Adresse dazulassen.

Die Treppe war breit, es lag ein dicker Teppich darauf, und sie glich nicht der Treppe im Quartier Latin, damals, in Catrines Hotel. Ich aber dachte, dass ich aus der Welt, in der sie gelebt hatte, wieder lautlos in den phantomhaften Abgrund hinabstiege, den zu verlassen mich solche Mühe gekostet hatte.

* * *

Es vergingen Tage, Wochen und Monate. Ich war längst aus dem Quartier Latin fortgezogen, die Bäume an den Pariser Straßen waren grün geworden, hatten Knospen getrieben, sich dann mit Sommerstaub bedeckt, dann fielen die ersten Blätter, und der Oktober brach an. In einer kalten Nacht, im Morgengrauen, wurde Amar hingerichtet; ich las es in den Zeitungen, wo berichtet wurde, er habe ein Glas Rum getrunken und eine Zigarette geraucht, bevor er auf die Guillotine stieg. Dann schweifte sein Blick über die Menschen, die ihn umringten.

»Du courage![1]«, sagte zu ihm der Anwalt. Amar wollte noch etwas vorbringen, konnte aber nicht, und erst im letzten Augenblick, in der höchst irrealen Zeitspanne, als er theoretisch noch existierte, schrie er mit hoher Stimme: Pitié![2] An dieses Wort hatte er sich endlich erinnern können, und dieses Wort hatte er wohl einige Minuten früher schon vorbringen wollen. Doch natürlich hatte es nun kei-

1 Nur Mut!
2 Erbarmen!

nen Sinn mehr, genausowenig wie jedes andere Wort und jeder andere Begriff. »C'est ainsi qu'il a payé sa dette à la société.[1]« So endete der Zeitungsartikel über seine Hinrichtung. Und ich dachte zum letzten Mal darüber nach, was ihm die Gesellschaft eigentlich gegeben hatte: eine zufällige Geburt inmitten von Elend und Trunksucht, eine hungrige Kindheit, Arbeit im Schlachthof, Tuberkulose, die schlaffen Körper einiger Prostituierter, dann Lida und die schäbige Verführung durch den Reichtum, dann der Mord, nicht zu trennen von der schrecklichen Armseligkeit seiner Einbildungskraft, und dann schließlich, nach dem Gefängnis, die kalte Luft eines Morgengrauens im Herbst, das Gerüst der Guillotine, ein wenig Rum und eine Zigarette vor dem Tod. So, wie er war, hätte er wohl kein anderes Leben leben können, und es erschien logisch als abgeschlossen. Hätte er nicht den Mord verübt, wäre er an der Schwindsucht gestorben, damit hatte sein Anwalt natürlich recht. Eines war offensichtlich – dass in dieser Welt kein Platz mehr für ihn war, als wären die riesigen Weiten der Erde für ihn plötzlich zu eng geworden.

Ich hatte von seiner Hinrichtung am nächsten Tag in der Morgenzeitung gelesen. Da lebte ich längst in der Rue Molitor, in ebender Wohnung, in der Pawel Alexandrowitsch ermordet worden war und die er, wie sich bei der Klärung seiner Verhältnisse herausstellte, nicht lange vor seinem Tod erworben hatte. Ich stellte die Möbel um und tauschte überall Tapeten und Teppiche aus; dort, wo das Klavier gewesen war, stand nun ein großer Radioapparat;

1 Auf diese Weise hat er seine Schuld vor der Gesellschaft abbezahlt.

den kleinen Schreibtisch ersetzte ich durch einen anderen, viel breiteren und längeren, mit Schubladen. Nur die Sessel und die Bücherregale blieben dieselben und an denselben Stellen. In Mußestunden sah ich aufmerksam die gesamte Bibliothek durch und überzeugte mich, dass sie fast ausschließlich aus Klassikern bestand – in der Hinsicht war Pawel Alexandrowitsch ein Mensch seiner Zeit, Bücher von zeitgenössischen Autoren fand ich bei ihm nur sehr wenige. Er hatte auch, was mir noch erstaunlicher vorkam, fast keine persönlichen Dokumente aufbewahrt, außer einigen Briefen, die ihm vor vielen Jahren an die Adresse eines Hotels in der Rue de Buci geschickt worden waren, wo er zu jener Zeit somit gewohnt hatte. Ein Brief war in weiblicher Handschrift geschrieben, und als ich darauf schaute, sprangen mir gleich die Worte in die Augen: »Du hast, hoffe ich, jene Minuten nicht vergessen ...« Ich fühlte mich peinlich berührt und legte ihn ungelesen weg. Den einzigen Brief des Bruders dagegen, jenes Bruders, der ertrunken war und dessen Erbschaft ihm zugefallen war, las ich von Anfang bis Ende; er war im übrigen kurz und in seiner kategorischen Entschiedenheit nahezu beispiellos. Sein Ende lautete:

»Du kennst mich, Gott sei Dank, gut und weißt, dass ich stets lieber die Wahrheit sage, statt sentimentale Dummheiten zu brabbeln. Dass Du mein Bruder bist, liegt am Zufall der Geburt, dafür bin ich nicht verantwortlich. Das Leben, das Du geführt hast und führst, interessiert mich nicht, das ist Deine Sache. Ich weiß nichts von Dir und will nichts von Dir wissen. Demnächst ziehe ich weg von hier in ein anderes Land, Du brauchst Dich nicht zu bemühen, mich ausfindig zu machen oder mir zu schreiben. Ich wünsche Dir alles erdenklich Gute, aber zähle nicht auf mich. Das hast Du im übrigen, glaube ich, immer gewusst.«

Und auf diese Worte, die in ihrer unklugen Schärfe geradezu unglaubwürdig wirkten, folgte die überraschende Unterschrift: »Dein Dich liebender Bruder Nikolai«. Dieser Mensch hatte eine merkwürdige Vorstellung von der Bedeutung gewisser Wörter, und ich überlegte, ob er sich wohl an jemandes Liebe erinnert habe, als er begriff, dass er unterging und dass alles zu Ende war.

Es gab keine einzige Photographie, kein einziges Dokument, nur einen Pass, ausgestellt im Jahr 191... in Konstantinopel, darin ein französisches Visum, und eine Pariser »carte d'identité[1]«, in der es hieß: Junggeselle, ohne Beruf. Ich erfuhr, dass Pawel Alexandrowitsch in Smolensk zur Welt gekommen war, doch diese ganzen Jahre, vom Tag seiner Geburt bis zu dem Datum, das auf dem Pass aus Konstantinopel stand, waren vollkommen leer – keine Papiere, keine Photographien, keine irgendwie gearteten Hinweise, was er gemacht hatte und wo er gewesen war. Danach folgte eine zweite, ebenfalls äußerst lang dauernde Pause, sein ganzes Leben in Paris, auch das so leer und unbekannt wie das vorhergegangene, denn selbst in der Rue Simon le Franc war Pawel Alexandrowitsch, wie mir der Gentleman sagte, erst zwei Jahre vor dem Tag aufgetaucht, als ich ihm zum ersten Mal im Jardin du Luxembourg begegnet war. Und ich überlegte, dass ich im Grunde fast nichts wusste von diesem Menschen, mit dem das Schicksal mich auf so merkwürdige und unerwartete Weise verbunden hatte; jene Bilder von ihm, die ich im Gedächt-

1 Kennkarte

nis hatte, erst der malerische Bettler, dann der gutgekleidete und selbstbewusste ältere Herr, kamen mir manchmal beinahe willkürlich vor, ähnlich den phantomhaften und schwankenden Schatten aus jener Welt, die mein eigenes Leben in zwei Teile zerschnitten hatte und die zu vergessen ich mich jetzt bemühte. Er war gleichsam verschwunden, und von dem Tag an, als ich das Gefängnis verließ, spürte ich nie mehr, dass er mir irgendwie nähergekommen wäre.

Überlegungen zum Schicksal von Pawel Alexandrowitsch beschäftigten jedoch, wie sich herausstellte, nicht nur mich, denn eines Tages begegnete ich ganz zufällig dem Gentleman, dessen dunkle Hand mit den schwarzen Fingernägeln lange meine Hand drückte und der mich so unzweideutig abwartend ansah, dass ich nicht anders konnte, als ihn ins Café einzuladen. Das geschah unweit des Boulevard Saint-Michel. Ich bot ihm an, er könne sich ein beliebiges Getränk aussuchen, doch er gab zur Antwort, er trinke nie etwas anderes als Rotwein. Danach erklärte er, der Verlauf meines Lebens erinnere ihn, wenn auch auf andere Weise, an das Schicksal der Fürstin, welche allerdings ... – hier aber unterbrach ich ihn, und nun kam er auf Schtscherbakow zu sprechen. Bemerkenswert war, dass das tragische Ende dieses Menschen dem Gentleman so etwas wie posthume Achtung für sein Andenken einflößte, denn er nannte ihn nicht mehr wie früher kumpelhaft »Paschka Schtscherbakow«, sondern sprach vom »seligen Pawel Alexandrowitsch«. An diesem Tag drängte es ihn aus irgendeinem Grund zu recht abgehobenen Betrachtungen.

»Nun schauen Sie«, sagte er, »ist das nicht ein Witz: Da

stirbt Pawel Alexandrowitsch, und Sie kriegen die Erbschaft. Wer sind Sie überhaupt? Ich achte Sie sehr, aber trotzdem sind Sie ein unbekannter junger Mann, der weiß Gott woher kommt.«

»Ja, natürlich.«

»Aber noch davor«, fuhr er fort, »woher stammt das Vermögen des seligen Pawel Alexandrowitsch? Von seinem seligen Bruder, der im Meer ertrunken ist. Jetzt stellen Sie sich einmal vor, was für ein Drama das für ihn war.«

»Ja, ich verstehe.«

»Nein, es geht mir um was anderes. Also, von unsereinem ertrinkt der Bruder, das ist nicht schlimm.«

»Na ja, wie soll ich sagen, immerhin ...«

»Nein, in dem Sinn, dass ein Ertrunkener einem sozusagen nicht leid tut. Ertrunken ist eben ertrunken. Aber er, der Alte, verstehen Sie? Was hat er gedacht, als er am Ertrinken war? Mein Gott, hat er gedacht, was jetzt alles an Geld verkommt! Trotzdem ist er ertrunken. Nun gut. Aber noch davor, woher stammt sein Vermögen? Wahrscheinlich von seinen Eltern. Doch wo sind diese Eltern? Es erinnert sich ja nicht mal wer, wann sie gestorben sind. Nun schauen Sie, was herauskommt: Irgendwelche Menschen, die längst gestorben sind, hatten ein Vermögen, das ging auf den ältesten Sohn über – der ist ertrunken. Es ging auf den jüngeren über – der wurde ermordet. Nicht? Und jetzt ist das Geld dieser verstorbenen Eltern Ihnen zugefallen – dabei waren Sie vielleicht noch gar nicht auf der Welt, als die gestorben sind. Da hätten Sie, wie man so sagt, die Grimassen des Kapitalismus.«

»Sie sind gegen das kapitalistische System?«

»Wer? Ich?«, sagte er. »Ich, Kostja Woronow? Ich habe

mit der Waffe in der Hand dafür gekämpft. In der Ordre stand geschrieben: ›Zeichnete sich aus durch unerschrockene Tapferkeit, ein Beispiel dem Offizierskorps und den Untergebenen …‹ So habe ich mich für den Kapitalismus geschlagen. Und wenn es wieder nötig wird, ziehe ich wieder in den Krieg, da können Sie ganz ruhig sein. Nein, ich meine ja nur, weil Ihnen die Erbschaft zugefallen ist. Sei Ihnen, bei Gott, vergönnt. Bloß schade, dass nicht mir.«

»Und was hätten Sie damit gemacht?«

»Ich? Hätte mir eine Wohnung gemietet gegenüber von ihr. Und wäre abends ans Fenster getreten und hätte gesagt: Na, was ist, Frollein Fürstin? Der wäre die Kinnlade runtergefallen.«

Er trank Glas um Glas, seine Rede wurde unzusammenhängend, und alles, was er jetzt sagte, betraf nur die Fürstin. Ich stand schließlich auf und ging, dachte aber hinterher, zu Beginn hätten seine Betrachtungen trotz allem eine paradoxale, doch unbezweifelbare Wahrheit enthalten. Danach kaufte ich mir ein paar Bücher und kehrte nach Hause zurück.

Es kam mir selbst merkwürdig vor, dass ich in einer Wohnung lebte, in der ein Mord geschehen war, meistens nicht daran dachte und dazu neigte, es gänzlich zu vergessen. Nach einiger Zeit hatte ich den Eindruck, als unterscheide sie sich nicht von jeder anderen Wohnung, was sie kennzeichne, sei ihre eigenwillige, fast strenge Behaglichkeit, der weder das Phantom des Ermordeten noch das Phantom des Mörders etwas anhaben konnte. Sie stimmte einen wie von selbst auf maßvolle Ordnung ein, auf ein beschauliches, langsames Dahinleben. Und eine Zeitlang lebte ich dort, als wäre ich ausgewechselt, als wäre ich fünfzig Jahre alt und meinem Umzug hierher wäre ein langes Leben vorausgegangen, das mich erschöpft hatte. Im Grunde entsprach dieser Eindruck in gewissem Maß der Wirklichkeit, denn meine seelische Erschöpfung war nicht zu bezweifeln. Ich konnte zum Beispiel keine Bücher lesen, die eine einigermaßen rege Aufmerksamkeit erforderten, und jedesmal, wenn mein Denken an einen Punkt stieß, der einige Konzentration verlangte, wäre ich plötzlich, mitten am Tag, am liebsten eingeschlafen, und ich döste im Sessel vor mich hin. Diesen Zustand seelischer Erstarrung beförderte noch der Umstand, dass meine materiellen Lebensbedingungen sich jäh geändert hatten und ich mich um nichts mehr sorgen musste: In mehreren europäischen Banken lagen Gelder, die mir gehörten, in Paris hatte ich ein laufendes Konto, und es war in Erfüllung gegangen, wovon ich so oft geträumt hatte, wenn ich nicht einmal mehr für ein Essen im Restaurant oder für Zigaretten bezahlen konnte. Damals hatte ich mir ausgedacht, wie ich reisen würde, hatte nachts von Kajüten auf Überseedampfern geträumt, von Wildgerichten, Hummer, Schlafwagencoupés, von Italien, Kalifornien, fernen Inseln, vom Mondenglanz über dem Ozean, dem endlosen Dahinrollen der nächtlichen Wellen und dem dunklen Reiz einer unbekannten Melodie, die mir in den Ohren klang. Jetzt hingegen, da ich zur Verwirklichung eines jeden dieser Pläne, die mir noch unlängst unerfüllbar und phantastisch erschienen waren, nur hätte telephonieren, Erkundigungen einziehen und eine Fahrkarte bestellen müssen, verspürte ich nicht den geringsten Wunsch, dies zu tun.

Und wenn ich ab und zu über all das nachdachte, konnte ich mich des Gedankens nicht erwehren, dass ich erneut, wie es so oft mit mir geschehen war, aus Willkür oder Zufall in jemandes fremder Existenz lebte, deren Realität mir nicht überzeugend vorkam, wie auch die Schecks, die ich unterschrieb, nicht überzeugend waren, die Gelder, die mir gehörten, sowie dieses Schwergewicht teurer und massiver Dinge, die mich in der Wohnung in der Rue Molitor umgaben.

Ich ging spät zu Bett und stand spät auf, nahm ein warmes Bad, das mich noch schlaffer machte, trank gemächlich Kaffee, zog mich ohne Hast an, las die Zeitung, für die mir die Geduld nicht reichte, und mir kam in den Sinn, dass ich schon lange nicht mehr in der Universität gewesen war und dass die Vorlesungsreihe, von der ich keine einzige Vorlesung gehört hatte, dem Ende zuging. Aber auch die Universität kam mir völlig unnütz vor. Dann setzte ich mich an den Tisch, der mit einem gestärkten Tischtuch bedeckt war, und verspeiste das Dejeuner, serviert von Marie, derselben Frau, die schon Pawel Alexandrowitschs Hausgehilfin gewesen war und die sich ständig bemüßigt fühlte, mir zum hundertsten Mal zu erzählen, wie sie mit dem Schlüssel die Tür aufgesperrt hatte, eingetreten war und plötzlich das Blut auf dem Teppich sah und sich dachte, dass ein Unglück geschehen sei.

»Und da habe ich mir gleich gedacht, viel Zeit habe ich nicht gebraucht, um zu begreifen: Mein Gott, da ist ein Unglück passiert mit diesem armen Monsieur Tcherliakoff!«

Sie verunstaltete beharrlich den schwierigen slawischen Nachnamen, doch stets auf die gleiche Weise, so dass herauskam: »Monsieur Tcherliakoff«.

Nach dem Dejeuner begab ich mich ins Kabinett, wohin

sie mir den Kaffee brachte, nahm das erstbeste Buch vom Regal und begann zu lesen, schlug es aber bald wieder zu und saß im Sessel, ohne an etwas zu denken. Und nur sehr selten, einmal in zwei oder drei Wochen, immer überraschend, abends oder tagsüber, hörte ich plötzlich jemandes unwirkliche Stimme:

But come you back when all the flow'rs are dying,
If I am dead – as dead I well may be –
You'll come and find the place, where I am lying …

– und dann schlug ich eiligst das Buch auf und las mir mit begieriger Aufmerksamkeit jedes Wort und jeden Satz laut vor.

Manchmal ging ich ins Kino, aber auch das erschöpfte mich. Überhaupt lebte ich in stets der gleichen ruhigen Erstarrung, und woran ich auch dachte, nichts schien mir eine irgendwie geartete Mühe von meiner Seite zu verdienen. Dazu hatte ich noch nie in so ungewöhnlichem Ausmaß meine Einsamkeit empfunden. Im Lauf vieler Monate erhielt ich nur drei Briefe, einen von Bekannten, deren Tochter ich eine Zeitlang Französischstunden gegeben hatte, sie luden mich zum Diner ein; und die beiden anderen von Kameraden. Doch ich beantwortete keinen und erhielt nun rein gar nichts mehr. Ein paarmal war ich im Quartier Latin, wo ich vier Jahre gelebt hatte und wo ich jedes Haus kannte; aber es kam mir fremd und fern vor, gerade als hätte dort ein Mensch gelebt, der seine visuellen Eindrücke in ihrer ganzen Vielfalt an mich weiterreichte, sie aber willkürlich von ihren emotionalen Reflexen getrennt hatte, ohne die sie jeglichen Sinn und jegliche

Ausdruckskraft verloren. Und manchmal dachte ich nun auch, wahrscheinlich sei Schtscherbakows Erbschaft tatsächlich nicht für mich bestimmt gewesen, obwohl ich inzwischen wusste, weshalb er sein Testament zu meinen Gunsten abgefasst hatte – auch das war das Ergebnis eines Missverständnisses. Bevor mir aus dem Möbelgeschäft der neue Schreibtisch geliefert und der alte, der früher da stand, abgeholt werden sollte, zog ich aus der rechten Schublade ein paar Blätter, die dort vergessen worden waren. Zwischen ihnen lag, mitten durchgerissen, die Hälfte von einem festen Briefkuvert, und darauf stand mit Bleistift geschrieben: »Test. aufs. Stud. z. D. f. 10 Fr.« – »Testament aufsetzen. Dem Studenten zum Dank für die 10 Franken«, jene zehn Franken also, die ich ihm im Jardin du Luxembourg gegeben hatte. Er wusste nicht, dass ich bloß nicht anders hatte handeln können, ich hatte keine Wahl und keine Möglichkeit, es anders zu machen. Bis zum Ende des Monats, wenn ich mein Stipendium erhalten sollte, blieb noch eine Woche, und in meiner Brieftasche befanden sich lediglich zwei Geldscheine, der eine über hundert, der andere über zehn Franken. Sonst besaß ich keinen einzigen Centime, ich konnte ihm ja nicht die hundert Franken geben und hatte keine Möglichkeit, ihm weniger als zehn zu geben. Ein unwesentliches finanzielles Missverständnis, infolgedessen bei ihm die unzutreffende Vorstellung entstand, ich sei anscheinend großmütig; was er für Großmut hielt, war bloß die Folge meiner Armut. Und diesem offenkundigen Fehlurteil verdankte ich alles, was ich jetzt hatte und worüber Kostja Woronow, im Grunde so richtig, gesagt hatte: »Aber trotzdem sind Sie ein unbekannter junger Mann, der weiß Gott woher kommt.«

Und dieser zufällige Satz, ausgesprochen von einem betrunkenen Bettler, enthielt eine sehr knappe und absolut zutreffende Formulierung, obwohl der Gentleman natürlich weit davon entfernt war, möglichst exakt ausdrücken zu wollen, was die traurige Besonderheit meines ganzen Lebens ausmachte.

Es war erneut Winter, durchdringend kalt und windig, trockener, gefrorener Staub flog die Straßen entlang und legte sich mit leichtem Rascheln aufs Straßenpflaster und auf die Trottoire. Eines Tages schüttelte ich die ständige seelische Unbeweglichkeit ab, an die ich mich längst gewöhnt hatte, trat aus dem Haus und begab mich in den Bois de Boulogne. Dort war es still und menschenleer; die Alleen waren übersät von herabgefallenen Blättern, es roch leicht nach durchgefrorener Erde, und der Wind jagte kleine Wellen über die kalten und verlassenen Seen. Gewiss zwei Stunden zog ich gemächlich meine Runden durch den Wald und kehrte nach Hause zurück, als es längst dunkel war und in den Straßen matt die Laternen brannten. Das Diner war bereit, auf dem Tisch stand Rotwein, den Marie mir beharrlich jedesmal servierte, obwohl ich ihn nie anrührte. An diesem Abend jedoch, nach dem langen Spaziergang, goss ich mir zum erstenmal in der ganzen Zeit ein Glas ein und trank es auf einen Zug leer; der Wein war stark und süßlich, von recht angenehmem Geschmack.

Dann wurde der Tisch abgeräumt, Marie wünschte mir eine gute Nacht und ging, ich blieb allein und wechselte hinüber ins Kabinett. Dort setzte ich mich in den Sessel, noch ohne zu wissen, was ich tun würde, und dachte an gar nichts. Mein Blick fiel zufällig auf den Schiebekalender, den Marie stets sorgfältig einstellte. Der Kalender zeigte den elften Februar. Ich meinte mich dunkel zu erinnern, dass es mit diesem Datum irgendeine Bewandtnis hatte. Vielleicht war ein historisches Ereignis damit verbunden, das irgendwann und aus irgendwelchem Grund meine Aufmerksamkeit gefesselt hatte?

Plötzlich fiel es mir ein – und ich schämte mich, dass ich so lange danach gesucht hatte. In dieser Nacht, vor genau einem Jahr, war in dem Kabinett, wo ich jetzt saß, Pawel Alexandrowitsch Schtscherbakow ermordet worden.

Ich stand vom Sessel auf, holte irgendein Buch aus dem Regal und schlug es auf.

> Et ces mêmes fureurs que vous me dépeignez,
> ces bras que dans le sang vous avez vus baignés …[1]

Nein, nichts lag mir jetzt ferner, als *Iphigénie* zu lesen. Ich holte ein zweites Buch, ebenfalls aufs Geratewohl; es war das berühmte Tagebuch von Samuel Pepys.

> To the King's Theatre, where we saw »Midsummer's Night's Dream«, which I had never seen before, nor shall ever again, for it is the most insipid, ridiculous play that ever I saw in my life.[2]

1 Und diese Raserei, die Ihr mir habt geschildert, die Arme, die, in Blut gebadet, Ihr gesehen …

2 Waren im Königl. Theater, wo wir den *Sommernachtstraum* sahen, den ich noch nie gesehen hatte und auch nie mehr sehen werde, denn es ist das fadeste, albernste Stück, das ich in meinem Leben je gesehen habe.

Ich stellte das Buch wieder an seinen Platz. Gegen meinen Willen dachte ich über dieses Februardatum nach, darüber, was ihm unmittelbar vorausgegangen war und was ihm anschließend folgte. Dann hob ich den Blick zum Bücherregal, das sich über mir befand. Dort war alles noch so wie vor einem Jahr: dieselbe Ordnung, dieselben kräftigen Buchrücken und vor ihnen, mitten auf dem Regal, der goldene Buddha mit dem unbeweglich verzückten Gesicht. Ich schaute auf ihn, und mir fielen die Worte des Untersuchungsrichters ein.

»Wenn es uns gelingt, die Statuette aufzuspüren, kehren Sie nach Hause zurück …«

Ich nahm den Buddha herab und betrachtete ihn mit einem schwer wiederzugebenden und komplizierten Gefühl. Trotz allem galt es nicht zu vergessen, dass seine Rückkehr mir die Freiheit gebracht hatte. Es war derselbe Buddha, den Amar in seiner dunklen Hand gehalten hatte, der dann im Zimmer der Prostituierten stand, umgeben von Schwaden billigen Parfüms, der in der Ledermappe des Untersuchungsrichters gereist war und dessen Auftauchen oder Verschwinden noch vieles andere umfasste, insbesondere, dass keines der Ereignisse rund um seine Rückkehr, keine Gefühlsregungen und keine Deutungsversuche jemals den eigentlichen Sinn seiner rätselhaften Begeisterung erklären könnten, wie auch noch so viele Jahre im Louvre nicht den Seelenzustand des vor langer Zeit gestorbenen Künstlers erklären würden, der die Ekstase des heiligen Hieronymus abgebildet hatte.

Das Licht der Lampe fiel auf die Statuette, und ich schaute auf sie, ohne die Augen zu wenden. Vor dem Fenster draußen herrschte abendlicher Frost. Im Kabinett brannte nur die Tischlampe, Wände und Möbel traten vage aus dem Schatten der Nacht hervor. Ringsum lag reglose Stille.

Ich schaute weiterhin auf den Buddha, und da sah ich, wie sein Gesicht auf einmal verschwamm und verschwand und dort, wo es gerade noch gewesen war, einen gelben Fleck hinterließ, der sich unmerklich ausbreitete, mehr und mehr Raum einnahm. Dann wuchs er über das Zimmer hinaus, seine Umrisse verschwanden, und im gleichen Augenblick begriff ich, dass schon seit einiger Zeit in meinen Ohren eine Melodie tönte, in einer seltsamen Verbindung von Gitarre und Geige. Ich erkannte sie, doch fiel sie mir nicht gänzlich ein, und ich suchte, krampfhaft und vergeblich, wo und wann ich sie gehört hatte. Am Ende einer gelblichen, ausgedehnten Sichtschneise, die sich mit außerordentlicher, unglaublicher Tiefe unmerklich vor mir aufgetan hatte, führten ein paar abgerundete Stufen zu einer Bühne, wo ein schwarzer Flügel tragisch glänzte, und davor saß ein älterer Mensch im Frack. Rechts von mir ging, lautlos wie im Schlaf, langsamen Schrittes ein Mann vorbei; die Revers seines Smokings lagen wie aus Erz gegossen auf seiner gestärkten Hemdbrust. Ich kannte sein Gesicht dermaßen gut, dass ich zu anderen Zeiten nicht verunsichert gewesen wäre, aber jetzt kam es mir vor, als ob mein Gedächtnis den visuellen Eindrücken hinterherhinke; ich spannte alle Kräfte an, und da begriff ich, dass es das Gesicht des Gentleman war. Ein sehr rosiger junger Mann mit Brille ging links an mir vorbei, er führte am Arm eine ältere Frau, an deren faltigem Hals in mehreren Reihen eine massive Perlenkette hing. Auch sie kannte ich quasi, irgendwo hatte ich diesen fast tänzerischen, für ihr vorgerücktes Alter überraschend jugendlichen Gang schon gesehen. Der Saal füllte sich allmählich und noch immer lautlos mit Menschen in Abendroben, und bei jedem einzelnen meinte ich mich dunkel an bekannte, aber vergessene Bewegungen oder Gesichtszüge zu erinnern. Dann schaute ich auf die Wand über den menschlichen Köpfen, und plötzlich überlief es mich kalt. Es war die – wer weiß wie hier hergeratene – Gebirgslandschaft, die ich über meinen fernen Tod hinweg im Gedächtnis bewahrt hatte. Ich erkannte die überhängende Felswand mit den Vorsprüngen und kleinen Sträuchern; der abgebrochene Zweig eines verdorrten Baums war mit unglaublicher Deutlichkeit abgebildet. Links und rechts von der Felswand ragten andere auf, sie bildeten einen riesigen Schacht. Und unten, am steinigen Ufer des schmalen, stürmischen Gebirgsbachs, lag, den linken Arm zur Seite geworfen und den rechten unter sich gewinkelt, der Leichnam eines Menschen, bekleidet mit brauner Bergsteigerkluft.

Ich trat einen Schritt zurück, doch hinter mir war eine weiche Wand aus Samt. Ich schaute nach allen Seiten, dann wandte ich die Augen dorthin, von wo die Leute hereinkamen und wo sich allem Anschein nach die Tür befinden musste. Aber es gab keine Tür: An ihrer Stelle hing, fast so groß wie die Wand, ein gigantischer naiver Farbdruck, das Porträt eines flachstirnigen Mannes in einem halbmilitärischen, mit den unterschiedlichsten Orden geschmückten Rock.

Da jedoch – der Saal war schon beinahe gefüllt – ertönte ein Poltern und ein Schrei. Männliche und weibliche Stimmen verflossen zu einer einzigen Lautmasse, aus der nur hie und da einzelne Sätze in verschiedenen Sprachen vernehmbar waren. Dann trat eine Pause ein, und in der überraschenden Stille war ein schweres Knacken zu hören, sogleich abgelöst von einem Todesröcheln. Jemand war mitten im Saal hingestürzt, und dort sammelte sich im Nu ein Menschenhaufen; da jedoch begann der Pianist im Frack, der bislang mit unbegreiflicher, steinerner Unbeweglichkeit am Klavier gesessen war, eine äußerst lärmige und hüpfende Melodie zu spielen, dazu fielen sofort Geige und Gitarre ein. Bald flaute das formlose Getöse ab, zugleich klang das Klavier dumpfer und dumpfer, und wenige Augenblicke später trat wieder Stille ein. Und da bewegte sich durch die dunkle Luft, ohne die Schwankungen, die für jeden gehenden Menschen natürlich sind, die Silhouette eines hochgewachsenen Mannes im blauen Anzug, langsam entfernte er sich von mir durch die ausgedehnte Sichtschneise. Er stieg auf die Bühne, verschwand jedoch und tauchte gleich wieder auf, und mir schien, als wäre ich seinem kalten und durchsichtigen Blick begegnet. Bis zu mir drang seine ausdruckslose Stimme, sie sprach einen kurzen Satz, den ich nicht verstand. Er sagte den Satz und war weg. Schon seit geraumer Zeit erkannte mein ständig von neuem sich spaltendes und erblindendes Bewusstsein, was jetzt vor sich ging, und ich hatte das Gefühl, es gebe weder eine Rettung noch eine Kampfmöglichkeit, da helfe höchstens eine kurze Folge magischer Wörter, die ich nicht kannte und die vielleicht auch gar nicht existierten. Verzweifelt schaute ich um mich – und im gelblichen Halbdunkel des Saals erblickte ich deutlich ein aus dem trüben Schatten hervortretendes Gesicht mit typisch arabischem Profil, ein totes schwarzes Auge und hüpfende Lippen. Von der Bühne klangen erneut die

Töne des Klaviers. Ich schaute dorthin; neben dem Pianisten stand in einem weißen Ballkleid, das den schmalen Körper an der Taille eng umspannte, eine Frau mit schwerem Blick. Im nächsten Moment hörte ich ihre tiefe Stimme, doch die Bühne rückte plötzlich so weit in die Ferne, dass die Töne schwächer wurden, ich konnte die Melodie wie auch den Text ihres Lieds nicht mehr vernehmen. So verging eine Minute, eine zweite, schließlich kam die Stimme wieder näher, drang zu mir mit voller melodischer Kraft. Ich hörte nur die letzte Strophe und spürte den vertrauten Schmerz auf der linken Brustseite, denn mir fiel eine andere Stimme ein, eine leichte, klare und durchsichtige – Catrines Stimme, die mir so oft dieses Lied vorgesungen hatte:

And I shall hear though soft you tread above me,
And all my grave shall warmer, sweeter be,
For you shall bend and tell me that you love me
And I shall sleep in peace until you come to me.[1]

Sogleich ging mein Atem schwer, wieder waren alle Muskeln meines Körpers schmerzhaft angespannt, und mir war dunkel bewusst, dass davon, ob ich diese unbegreifliche und letzte Kraftanstrengung aushielte, meine ganze Zukunft abhing, sogar die Möglichkeit einer solchen Zukunft. Da begann, mit erstaunlicher Langsamkeit, die

1 Ich höre dich, so leis du auch zu mir trittst,
Und wärmer, leichter wird das Grab für mich,
Weil du dich neigst und sagst, dass du mich lieb hast,
Und ich schlaf friedlich, bis du kommst zu mir.

Sichtschneise zum Saal sich allmählich zu verengen, das gelbliche Licht sich ein wenig zu verdichten, und nach einigen Minuten fortdauernder Qual tauchten die dunklen Umrisse meines Kabinetts vor mir auf, das goldene Gesicht des Buddha und meine weiß gewordenen Finger, die schmerzhaft die Statuette umklammerten. Ich hatte eine nasse Stirn, mein Kopf war schwer, aber das erschien mir völlig unwesentlich und absolut bedeutungslos im Vergleich zu dem stürmischen Freiheitsgefühl, das ich empfand – denn zum ersten Mal in all der Zeit verdankte ich den Sieg über die Phantomwelt nicht einem äußeren Anlass und nicht einem zufälligen Erwachen, sondern meiner eigenen Willensanstrengung.

Vom nächsten Tag an lebte ich anders, als ich bisher gelebt hatte. Statt der warmen Bäder duschte ich morgens kalt, danach fuhr ich in die Universität. Ein paarmal war ich im Kino und im Cabaret, von wo ich, Frostluft schluckend, zu Fuß zurückkehrte in diesen kalten Februarnächten. Zu Hause fiel ich wie tot in den Schlaf.

* * *

Eines Morgens erhielt ich einen Brief – in einem festen dunkelblauen Briefkuvert mit australischer Marke.

»Warum bist Du dort in Paris so lange nicht zu mir gekommen? Ich habe so auf Dich gewartet. Du weißt jetzt, was alles passiert ist nach Deinem unnützen Verschwinden. Der Mann, mit dem ich verheiratet war, ist nach England abgereist, und ich habe ihm die Scheidung geschickt. Aus finanziellen Erwägungen kann ich nicht nach Europa zurückkehren, und ich weiß, dass auch Du kein

Geld hast für eine Reise nach Melbourne. Aber vielleicht werden wir uns doch einmal wiedersehen, und mir kommt es nun vor, als wäre ich bereit, mein Leben lang auf Dich zu warten.

Erinnerst Du Dich an das sentimentale Lied, das ich Dir beigebracht habe, ›Oh, Danny boy‹? Jedesmal, wenn mir die Melodie einfällt, denke ich an Dich und möchte weinen.«

Einige Tage später reiste ich ab nach Australien. Und als ich vom Schiffsdeck auf die entschwindende Küste Frankreichs blickte, dachte ich, dass zu den zahlreichen, gleichermaßen willkürlichen Vermutungen, was Reise und Rückkehr des Buddha für mich bedeuteten und worin der tiefere Sinn meines persönlichen Schicksals in den vergangenen Lebensjahren lag, vielleicht auch gehörte, dass alles nur die qualvolle Erwartung dieser großen Ozeanüberquerung gewesen sei – eine Erwartung, die ich nicht zu deuten gewusst hatte bis zum letzten Augenblick.

Nachwort

Auf schwankendem Boden
Gaito Gasdanow und seine »Seelenkrimis«

Während *Das Phantom des Alexander Wolf* 1947/48 erstmals im Druck erscheint, sitzt Gasdanow bereits am nächsten Roman: *Die Rückkehr des Buddha.* Die beiden Werke, in so enger Nachbarschaft entstanden, wirken wie ein Zwillingspaar. Nicht dass sie sich allzu ähnlich wären, schon gar nicht täuschend ähnlich; jeder steht für sich, auf eigenen Füßen, hat sein eigenes Profil. Aber es durchzieht sie ein Geflecht von Spiegelungen, Parallelen und Gegensätzen, das auf nahe Verwandtschaft hindeutet und das aufzudecken der Lektüre zusätzliche Würze verleiht.

In beiden Romanen geht es um einen Mord, der eine stellt sich als vermeintlich heraus, der andere wird dem Ich-Erzähler fälschlich zugeschrieben. Gasdanow liebäugelt damals offensichtlich mit dem Genre des Kriminalromans, und das zu einer Zeit, als sich in Amerika dessen »schwarze« Variante entwickelt und in die Buchhandlungen wie die Kinos drängt; so entsteht, ebenfalls Ende der vierziger Jahre, *Strangers on a Train,* der erste Psychothriller von Patricia Highsmith, 1951 wird er von Hitchcock verfilmt. Dem Klassiker des Genres, Dashiell Hammett und seinem schon 1930 veröffentlichten *Malteser Falken,* zollt Gasdanow seinen Tribut, wenn er ebenfalls einer Statuette, dem goldenen Buddha, in der Auflösung seines Mordfalls eine prominente Rolle zuweist. Der Vergleich zeigt aber auch, wie wenig Gasdanow auf eine aktionsreiche Handlung Wert legt, und vor allem – ihn interessiert nicht die Aufklärung eines »Falls«, er schreibt keine Detektivgeschichte.

Gasdanows Prosa kreist oft, nicht nur in diesen Zwillingsromanen, um das Thema des Todes. Was nicht verwundert bei einem Schriftsteller, der 1919 als Sechzehnjähriger in den russischen Bürgerkrieg gezogen war und danach, in der Pariser Emigration, sich jahrelang am Rand der Existenz durchgeschlagen hatte, oft vom völligen Absturz bedroht. Selbst ein weiterer Krieg blieb ihm nicht erspart, den Zweiten Weltkrieg erlebte er im besetzten Paris. In den drei längeren Prosastücken, die er während der Nachkriegsjahre veröffentlicht, fasst er gleichsam seine sämtlichen Kriegserfahrungen zusammen, schreibt sie sich von der Seele. »Je m'engage à défendre«, 1946 in französischer Übersetzung erschienen (auf Russisch erst nach Gasdanows Tod), berichtet vom Schicksal sowjetischer Kriegsgefangener, die in Frankreich als Partisanen mit der Résistance gegen die deutschen Besatzer kämpften; Gasdanow und seine Frau halfen ihnen in der Illegalität. Der dokumentarische Text zeigt einen ganz anderen Gasdanow, statt des verhaltenen, austarierten Stils seiner Prosa herrscht darin ein hoch emotionaler Reportage-Tonfall vor.

Danach rückt der Krieg allmählich aus Gasdanows Blickfeld. Im *Phantom des Alexander Wolf* ist eine Episode aus dem Bürgerkrieg, der vermeintliche Mord, noch zur Zeit der Handlung, Mitte der dreißiger Jahre, Motor des Geschehens; in der *Rückkehr des Buddha* blickt Gasdanows

Hauptfigur zwar ebenfalls auf eine Vergangenheit als Soldat im Bürgerkrieg zurück, doch obwohl die Handlung diesmal früher spielt, schon Ende der Zwanziger, blitzen Kriegserinnerungen nur kurz auf, wenn auch in gewichtigen Szenen. Mit der Veröffentlichung des *Buddha* (in zwei Nummern der Zeitschrift »Nowy Schurnal«, 1949 und 1950) scheint Gasdanow das Thema Krieg und Vertreibung für sich abgeschlossen zu haben. Seine späten, in größeren Abständen erscheinenden Romane entfalten Stoffe aus der französischen Gegenwart.

Die Innenwelt und die Phantasien der Hauptfigur nehmen in der *Rückkehr des Buddha* solche Dimensionen an, dass sie großräumiger und plastischer wirken als die reale Stadt, durch die der Erzähler wandert. Ein paar Straßennamen, wenige Ausblicke auf Häuser, Bäume und den Fluss, damit hat es sich, besonderes Flair wird Paris nicht zugestanden. Zurückgedrängt ist auch die Zeithistorie, kaum etwas verweist auf das Geschehen jener Jahre. Dabei ging es damals in der Pariser Emigrantenszene hoch her, man war in Gruppen und Grüppchen zersplittert und oft entsprechend zerstritten. Gasdanows Personen der Handlung stammen fast durchweg aus dem Emigrantenmilieu, aber sie sind als Charaktere gezeichnet, werden nicht irgendwelchen Fronten wie den »Eurasiern« oder »Monarchisten« zugeordnet.

Ein leises Echo politischer Ereignisse findet sich jedoch im *Buddha,* und zwar in der Traumwelt der Zentralstaat-Episode. Sicher stehen dahinter die Berichte sowjetischer Partisanen über deutsche Lager und Gefängnisse. Markanter noch ist die Erinnerung an Skandale, die in der Vorkriegszeit in Paris Schlagzeilen machten. Sowjetische Agenten suchten damals militärische Vereine und Nachfolgeorganisationen der Weißen Armee in Paris zu unterwandern, beispielsweise die von General Wrangel gegründete Russische All-Militärische Union (ROWS). Spektakulär war die Entführung des Generals Kutepow (1930), und 1937 ereilte General Jewgeni Miller das gleiche Schicksal. Von ihm ist bekannt, dass er in Moskau eingekerkert war und 1939 hingerichtet wurde. Bei Gasdanows vielfach zu beobachtender Zurückhaltung gegenüber allzu eindeutigen Bezügen zum Faktischen könnte er sich allerdings gegen eine solche Ausleuchtung verwehren, ähnlich wie Vladimir Nabokov es getan hat. In dessen *Einladung zur Enthauptung* – und nicht weit von diesem Roman dürfte Gasdanows Zentralstaat angesiedelt sein – rät Nabokov dem Leser ab, sich um Einflüsse der Wirklichkeit auf diese »bestialische Farce« zu kümmern. (Gegen seine sonstigen Gepflogenheiten verwendet Nabokov 1943 in der Erzählung *Der Regieassistent* recht unverschlüsselt die Ereignisse und Affären um General Millers Entführung.)

Die Zwillingsromane Gasdanows wurzeln, ungeachtet seiner Seitenblicke nach Amerika, auf jeden Fall fest in der russischen Literaturtradition. Sie sind sozusagen mehr »Psycho« als »Thriller«. Verbindungsfäden zu Dostojewskis psychologischen Romanen liegen auf der Hand. Wiederum stärker, wenn auch weniger offensichtlich, sind wohl die Stränge, die von Gasdanow zu Tolstoi führen. Nicht nur Gogol, auch Tolstoi hat – unvollendete – *Aufzeichnungen eines Wahnsinnigen* verfasst. Sie fußen auf einem Erlebnis, das Tolstoi in einem Hotel der Stadt Arsamas hatte: Völlig unvermittelt überfiel ihn eines Nachts Todesangst und ein panisches Grauen, das ihn in seiner Existenz erschütterte.

Als das »Entsetzen von Arsamas« ging das Erlebnis in die Literaturgeschichte ein. Und wenn Gasdanows Student in der *Rückkehr des Buddha* seinen Todestraum schildert oder von dem »chronischen Wahnsinn« spricht, den die Außenwelt nicht an ihm bemerkt, so erinnert das an Tolstois *Aufzeichnungen.* Der an der Pariser Sorbonne lehrende Philosoph Lew Schestow veröffentlichte 1929 die Schrift *Auf Hiobs Waage* (noch im gleichen Jahr ins Deutsche übersetzt), darin geht er ausführlich auf Tolstois Arsamas-Erlebnis ein. Es steht zu vermuten, dass Gasdanows Student, ebenso wie sein Verfasser, zu ebendieser Zeit an der Sorbonne Vorlesungen von Schestow hörten.

»Phantom« oder »phantomhaft« sind wie in Gasdanows vorhergegangenem Roman auch jetzt wieder Schlüsselwörter. Während in *Alexander Wolf* dem Gegenspieler – zugleich ja ein Alter Ego der Hauptperson – dieses Charakteristikum angeheftet wurde, trägt nun der Ich-Erzähler gespenstische Phantasiewelten im eigenen Inneren. Krieg und Auswanderung in die Fremde haben Fremdheit in ihn selbst verpflanzt und zu bedrohlichen Halluzinationen verdichtet. Ihm entgleitet die Gegenwart, die äußere Realität, er ist sich seiner Sinneswahrnehmung wie seiner eigenen Konturen nicht mehr sicher.

Ein Dasein auf dem schwankenden Boden des Exils.

Rosemarie Tietze